Elisa Beth

Ein Rucksack voller Träume

Erzählung

Begegnung mit Narziss

Impressum

© 2023 Elisa Beth
Herstellung und Verlag: BoD – Books on Demand, Norderstedt
ISBN: 9783757828530

Cover- Bilder aus persönlichem Archiv

Sprüche und Weisheiten von Dagmar Schulz, Heike Kaiser, Cornelia
Caser, Renate Berger, Angelika Fesenmeyer, Petra Michels, Andrea
Buschlinger, Maria H. und Krümel von Sprüche app aus dem Internet

*Mache niemanden zu deiner Priorität,
für den du nur eine Option bist.*

Maya Angelou

Da war sie wieder, die Frau mit dem bunten Kaftan und einem Sombrero ähnlichen Sonnenhut. Sie setzte sich an einen der Tische, rückte ihren Stuhl so hin, dass sie ihren Blick auf das Meer richten konnte, legte ihre knallgelbe Umhängetasche auf den Tisch neben sich und schaute in die Runde. Unsere Blicke begegneten sich, sie lächelte mich freundlich an, ich lächelte zurück. Dann nahm sie ein kleines Büchlein und einen Stift aus ihrer Tasche und legte beides ebenfalls auf den Tisch. Sie legte auch den Sonnenhut ab, er bekam einen Platz auf dem Stuhl neben ihr, und schüttelte ihr langes mittelblondes Haar, das ihr in sanften Wellen über die Schultern fiel. Wieder stellte ich mir die Frage, wie alt sie wohl sei? Ihre leicht gebräunten Gesichtszüge waren weich und von meinem Platz aus konnte ich keine Falten erkennen. Das Rot ihrer Lippen war zwar sehr intensiv, passte aber irgendwie zu ihrer schillernden Erscheinung. Auch ihre Arme ließen keine „Winkfahnen" erkennen, wie sie bei älteren Frauen oft zu beobachten sind. Sie strahlte Ruhe und Zufriedenheit aus. Für mich besaß sie eine nicht in Worte fassbare Ausstrahlung, alles war irgendwie ganz selbstverständlich, was sie tat. Vielleicht war es das, was meine Neugier geweckt hatte.

Es dauerte einige Minuten, dann erschien die Bedienung an ihrem Tisch und fragte sie: „Como siempre?" (Wie immer?) „Si, por favor, un cafe con leche descofeinado de machina en baso y un bocadillo con mucho vegetal, ceso blanco, huevo frito y ayoli (Ja, bitte, einen Kaffee mit Milch, ohne Koffein, aus der Maschine, im Glas und ein belegtes Brötchen mit viel Gemüse, Ziegenkäse, frittiertem Ei und Ajoli).

Der Frage der Bedienung nach kam sie oft in diese Bar. Während sie auf ihr Frühstück wartete, las sie in dem Büchlein und fügte hier und da etwas dazu. Es dauerte nicht lange, da brachte die Bedienung das Brötchen und den Kaffee. Sie schob das Glas mit dem Kaffee etwas zur Seite und begann, ihr Brötchen zu essen. Langsam und bedächtig kaute sie und schaute dabei in Richtung Meer. Sie schien ihre Mahlzeit zu genießen. Sie wischte sich sorgfältig ihren Mund mit der Serviette ab, schob den Teller zur Seite und zog sich das Glas mit ihrem Kaffee heran. In kleinen vorsichtigen Schlucken begann sie zu trinken. Sie klappte ihr Büchlein wieder auf und begann etwas aufzuschreiben. Ab und zu nahm sie einen Schluck Kaffee und sah dabei auf das Meer hinaus. Sie schien zu überlegen. Es hatte den Anschein, als würde sie die Welt um sich nicht wahrnehmen, in eine andere Welt eingetaucht sein.

Mir fiel auf, dass sie sehr schnell schrieb, so als befürchtete sie, den

7

Gedanken zu vergessen, bevor sie ihn auf das Papier bringen konnte. Nach einer Weile, ihren Kaffee hatte sie inzwischen ausgetrunken, schlug sie das Büchlein zu, verstaute es samt Stift in ihrer Tasche, stand auf und ging, um am Tresen ihre Rechnung zu bezahlen. Sie wechselte noch ein paar Worte mit der Besitzerin der Bar, drehte sich dann um, winkte noch kurz und schlenderte in Richtung Strand. Sie setzte sich auf die Mauer, die Strand und Promenade trennten, und schaute auf das Meer. Dort saß sie gleich einer Statue. Manchmal legte sie den Kopf in den Nacken zur Sonne hin und schloss ihre Augen. Ich beobachtete sie, irgendetwas an ihr zog mich magisch an, ohne dass ich hätte erklären können, was genau es war. Mein schriftstellerischer Instinkt war erwacht, diese Frau hatte eine Geschichte zu erzählen, das spürte ich. Ich beschloss, sie einfach anzusprechen. Gerade als ich aufstehen und meinen Entschluss in die Tat umsetzen wollte, erhob sie sich und schlenderte in Richtung Hafen davon. Immer noch fasziniert schaute ich ihr nach. Na gut, dachte ich, dann ein anderes Mal.

Die Gelegenheit bot sich mir erst einige Tage später. Ich hatte Freunde in Santa Cruz besucht, musste mir eine neue Computermaus kaufen und mein Mietauto umtauschen, weil es Zündprobleme hatte. Damit war ich drei Tage beschäftigt, denn in den beiden Computerläden gab es keine Funkmaus, wie ich sie haben wollte und ich musste extra nach Los Llanos fahren, um mich dort umzusehen und konnte dann im dritten Laden das bekommen, was ich mir in den Kopf gesetzt hatte.
Auch der Umtausch des Mietautos war nicht ohne Wartezeit möglich, denn momentan war kein Auto mit Automatikgetriebe vorrätig, es musste erst von einer anderen Station abgeholt werden und ohne Auto war ich nicht flexibel und an meine Unterkunft gebunden.

Ich saß nun im Schatten eines riesigen Sonnenschirmes in der Bar und wartete auf die Frau im bunten Kaftan. Da sah ich sie vom Parkplatz oberhalb der Straße herüber kommen. Wir lächelten uns freundlich an und ich beobachtete ihre weiteren Handlungen, die immer dem gleichen Ablauf folgten. Ich beschloss, sie anzusprechen wenn sie aufbrach, um zum Strand zu gehen. Ich war aufgeregt wie ein Teenager beim ersten Date, wie würde sie mein Ansinnen aufnehmen? Die Minuten zogen sich gefühlt endlos hin. Endlich erhob sie sich, bezahlte und ich stand ebenfalls auf, um sie auf ihrem Weg zum Strand abzufangen. Sie wollte gerade an mir vorüber gehen, als ich sie mit „Hola" grüßte. Sie sah mich erstaunt an, lächelte dann und grüßte „Hola, como esta? (Hallo, wie geht es Ihnen?). Ich sammelte meine wenigen Spanischkenntnisse und antwortete ihr „Muy bien, gracias!" (Danke, sehr gut!) Sie lachte und fragte mich dann in Deutsch, ob ich sie begleiten und mich etwas mit ihr unterhalten möchte. Ich war froh, dass ich offensichtlich an eine deutsche Touristin oder „Zugezogene" geraten war, mein Spanisch war doch sehr rudimentär und ich hatte schon Bedenken gehabt, keine fruchtbringende Unterhaltung führen zu können. Wir setzten uns auf die Mauer und ich stellte mich ihr vor. Ihr Name war Hanna. Ich fragte sie, ob sie auf der Insel lebt, sie verneinte es, fügte aber hinzu, dass sie darüber nachdenkt, es zu tun. Dabei sah sie auf das Meer und ich hatte für einen Moment den Eindruck, dass sie mit ihren Gedanken weit weg war. Dann sah sie mich an und fragte, was mich auf die Insel gebracht hatte. Ich erzählte ihr, dass ich ein Buch schreiben wollte, mir aber noch keine zündende Idee gekommen war und ich hoffte, hier Inspiration zu finden. Ich wagte auch den Vorstoß, ihr zu sagen, dass ich sie schon eine Weile beobachtet hatte und irgendwie glaube, dass sie mir da behilflich sein könnte. Sie sah mich lange mit ihren blaugrauen Augen an, als würde sie ergründen wollen, ob meine Absichten ehrlich seien. Dann huschte ein Lächeln über ihr Gesicht und sie machte mir das Angebot, mir eine Geschichte zu erzählen und wenn ich der Meinung sei, dass es sich lohnen würde, darüber ein Buch zu schreiben, hätte sie nichts dagegen. Ich war erstaunt, wie einfach plötzlich alles gegangen war und freute mich, dass sie mir vertraute.

Wir verabredeten uns für den nächsten Tag zur gleichen Zeit am gleichen Ort, bevor sie mich bat, sie zu verlassen, weil sie noch einige Minuten mit sich allein sein wollte hier am Meer.

Auf dem Weg zu meinem Mietauto ging mir die Begegnung nicht aus dem Kopf, diese Frau war so völlig unkompliziert auf mich zugegangen, als würden wir uns schon Ewigkeiten kennen. Das hatte ich noch nicht oft erlebt, aber mir wurde wieder einmal mehr bewusst, was meine Freundin Marion erzählt hatte über die Magie von La Palma. Nun erfuhr ich sie selbst und diese Frau war ein Teil davon.

Wir trafen uns nun jeden Tag. Ich wartete geduldig, was mir außerordentlich schwer fiel, dass sie ihr Frühstück und ihre Notizen beendete und dann zu mir an den Tisch kam. Die Zeit verging wie im Flug, während sie ihre Geschichte erzählte.

Als wir uns zwei Wochen später voneinander verabschiedeten, hatten wir beide das Gefühl, eine neue Freundin gefunden zu haben. Hanna hatte einen Teil ihres Lebens mit mir geteilt und ich war sehr berührt von dem, was sie erlebt hatte.

Mit „einem Rucksack voller Träume", Hannas Geschichte, kehrte ich nach Deutschland zurück. Schon einen Monat später hatte ich mein Manuskript fertig. Ich schickte es ihr mit der Bitte um ihre Meinung. Schon knapp eine Woche später schrieb sie mir eine e- mail, in der sie sich überaus herzlich bedankte. Sie berichtete mir, dass sie beim Lesen noch einmal tief eingetaucht sei in die Situationen und die Gefühle von damals wieder sehr präsent gewesen seien. Sie habe oft geweint und das damalige Geschehen erneut durchlebt. Aber sie habe auch gespürt, dass sie nun mit vielem abschließen konnte. Das war ihr bisher nicht möglich gewesen. Ihre Worte rührten mich sehr, ich spürte die Dankbarkeit, die sie damit verband. Am Ende ihrer so liebevollen Nachricht bat sie mich jedoch, das Manuskript noch nicht zu veröffentlichen, irgendetwas wäre da noch, was sie noch nicht benennen kann aber glaubt, erledigen zu müssen. Natürlich war ich sehr gespannt, was das wohl sein würde. Aber ich musste mich noch ein halbes Jahr gedulden, bevor sie sich wieder meldete.

Deine Träume haben kein Verfallsdatum,
gib sie niemals auf!

2019

2019 hatte nicht gut für Hanna begonnen, ein Infekt hatte sie dahin gestreckt und auch noch einige Wochen danach war sie immer schnell erschöpft gewesen. Das Gute daran war, sie hatte viel Zeit, sich über ihre Pläne für das vor ihr liegende Jahr klar zu werden. Zunächst wollte sie sofort damit beginnen, einen ihrer „guten" Vorsätze in die Tat umzusetzen, sie wollte mehr für sich und ihr Wohlbefinden tun, endlich wieder einmal Urlaub machen. Ein wenig scheute sie sich noch vor dem Gedanken, allein zu verreisen, fand aber letztendlich die Gelegenheit passend, etwas Neues kennenzulernen und sich ganz auf dieses Abenteuer einzulassen.

Hanna überlegte, wohin ihre Reise gehen könnte. Während draußen dicke Schneeflocken vom Himmel fielen und alles in eine strahlend weiße Winterwelt verwandelte, erinnerte sie sich an zwei Reisen zu den kanarischen Inseln Teneriffa und Fuerteventura, beide hatten einen tiefen Eindruck bei ihr hinterlassen, das Klima, die Sonne und das Meer waren genau nach ihrem Geschmack. Welches Ziel sollte also das nächste sein? Eins war sicher, sie wollte keinesfalls in einem großen Touristenzentrum ihren Urlaub verbringen, ihr schwebte da eher ein ganz individueller Aufenthalt vor. Die Karte der kanarischen Inseln lag vor ihr und irgendwie zog es sie in westlicher Richtung, zum Atlantik hin. El Hierro, die kleinste der Kanaren erweckte zunächst ihre Aufmerksamkeit. Sie fand jedoch kein passendes Quartier und auch die Anreise schien ihr doch etwas aufwendig. Dann galt ihr Interesse La Gomera, die etwas östlicher davon liegende Insel. Aber auch da wurde sie nicht fündig. Na, dachte sie, dann wird es La Palma. Hier hatte sie schon mehr Glück. Sie fand es ganz toll, dass auf La Palma der Tourismus noch nicht solche Blüten getrieben hatte wie auf Teneriffa und Fuerteventura, wo es wahre Touristenhochburgen gibt, die das Bild der Strände und kleineren Ort prägen. La Palma, das Wanderparadies, hatte es ihr sofort angetan und ihr Entschluss stand schnell fest. Nun ist sie zwar nicht der Wanderfreak, aber die Landschaft auf den Bildern im Internet begeisterten sie und machten sie sogleich neugierig. Vulkanberge, bewaldet bis auf große Höhe, kleine verschlafene Ortschaften mit den typisch kanarischen Häusern aus Lavasteinen gebaut, schwarzsandige Strände, nicht so ausgedehnt wie auf Teneriffa oder auch Fuerteventura, dafür aber weniger frequentiert und deshalb ruhiger, hübsche Restaurants und Bars und nicht zu vergessen, die fast immer strahlende Sonne und das Meer in seiner unendlichen Weite. Nachdem sie dann auch noch eine Reportage über La Palma im

Fernsehen gesehen hatte, war sie sich sicher, eine gute Wahl getroffen zu haben.

Mögen deine Träume dich dorthin bringen
wo dein Herz glücklich ist!

Februar

Ganz euphorisch erzählte Hanna ihrer Freundin Betty von ihrem Vorhaben und fand in ihr eine eben so begeisterte Interessentin wie sie es selbst war. Und so war es schnell beschlossene Sache, dass sie beide im späten Herbst nach La Palma fliegen würden. Hanna war erfreut, die Reise nun doch nicht allein antreten zu müssen. Dank Internet waren Unterkunft und Flug schnell gebucht. Betty hatte noch einen Reiseführer, den sie sich schon vor einigen Jahren gekauft hatte und so saßen beide an so manchem Nachmittag beim Tee und schwelgten in der Vorfreude auf die Erlebnisse auf der grünsten aller Kanareninseln.

Sei gut zu dir!
Du hast es dir verdient, dass es dir gut geht!
Gönn dir was Schönes!
Etwas Ruhe...
und Entspannung!
Einfach mal die Seele baumeln lassen
und sich selbst belohnen!

März

Als sich Hanna am Jahresanfang vorgenommen hatte, mehr für sich zu tun, hatte sie überlegt, wo sie es sich gut gehen lassen könnte. Unweigerlich war ihr ihre Yogalehrer- Ausbildungsstätte eingefallen, die sich auch nur ca. zwei Autostunden von ihr entfernt befand. Seit einigen Jahren wurden dort auch Ayurvedatherapeuten ausgebildet und es gab eine sehr ansprechende Ayurveda- Oase, die sie immer schon einmal besuchen wollte. So hatte sie sich kurzentschlossen eine Ferienwoche mit Ayurveda- Wellness gebucht.
Voller Vorfreude machte sie sich Anfang März auf den Weg dorthin.

Schon bei ihrer Ankunft kam ihr alles vertraut vor, sie war schon oft zu Ausbildungen da gewesen, aber noch nie zu einer Ferienwoche und war gespannt, was sie erleben würde.

Sie bezog ihr Einzelzimmer, das sich in einem Bereich des Hauses befand, in dem sie sich nie zuvor aufgehalten hatte. Es war spartanisch mit Bett, Regal, Tisch und Stuhl eingerichtet, dennoch gemütlich. In einem Ashram (indisch für Kloster) ging es nicht um Luxus, sondern Zweckmäßigkeit, das kannte sie ja schon von ihren vorherigen Besuchen und fand es auch überhaupt nicht schlimm. Sie hatte immerhin ein eigenes Bad.

Als sie ausgepackt hatte beschloss sie, sich erst einmal im Haus umzusehen und ausfindig zu machen, welche Angebote sie über ihre schon gebuchten Massagen hinaus in Anspruch nehmen wollte.

Da sie im Augenblick nicht erpicht auf viele Leute war, wollte sie ihre Yogaeinheiten in ihrem Zimmer absolvieren. In der Kureinrichtung, ihrer Arbeitsstelle, hatte sie oft das morgendliche Yoga übernommen und sich mit der Zeit ein eigenes kleines Programm erarbeitet, das sie jeden Morgen durchführte.

An ihrem ersten Tag hatte sie schon einen Termin für eine ayurvedische Gesichtsmassage. Weil sie noch ein wenig warten musste, bis sie aufgerufen wurde, sah sie sich etwas in der Wellnessoase um. Die Wände waren in einem Orangeton gehalten und überall hingen Bilder der hinduistischen Gottheiten. Bequeme Stühle machten das Warten leichter. Große Glasvasen standen auf dem Boden, in denen Lichterketten für eine angenehme Atmosphäre sorgten.

Eine junge Frau erschien und bat sie in ihren Behandlungsraum. Auch hier sorgten indirekte Beleuchtung und der Geruch von Kräutern und Räucherwerk für Wohlbefinden. Von der Gesichtsmassage war Hanna nicht überzeugt, die junge Frau hatte anscheinend noch nicht viel Erfahrung, irgendwie hatte Hanna das Gefühl, dass sie gar nicht richtig wusste, was sie machen sollte, denn die Ausstreichungen wiederholten sich oft. Das war kein gelungener Start in ihr Wohlfühlprogramm. Aber es konnte ja nur noch besser werden.

Am nächsten Morgen erschien sie zu ihrer zweiten Massage, eine Ganzkörperölmassage. Ein junger Mann holte sie ab und Hanna war skeptisch, ob er seine Aufgabe besser erledigen wird als die junge Kollegin vom Vortag. Sie wurde von einer ganz wundervollen Massage überrascht, der junge Mann arbeitete mit sehr viel Gefühl, Erfahrung und einem angemessenen Druck, Hanna war erfreut.

Das Wetter zeigte sich frühlingshaft und Hanna unternahm jeden Tag einen ausgedehnten Spaziergang im angrenzenden Park. Hier hatte sie viel Zeit während ihrer Yogalehrerausbildung verbracht und sich auf die Prüfung vorbereitet. Unter den großen alten Bäumen blühten Schneeglöckchen, Märzenbecher und Buschwindröschen, Hanna liebte den Frühling und seine Farben.

An ihrem dritten Tag hatte sie eine Rückenmassage mit einer Beinwellpackung gebucht. Eine ältere Mitarbeiterin führte sie in ihren Raum und als Hanna sich hingelegt hatte, verschwand sie, um nach einer längeren Wartezeit mit einem Topf, in dem sie das Beinwell angerührt und erhitzt hatte, wieder zu erscheinen. Für Hannas Geschmack war die Paste etwas heiß, das sagte sie der Therapeutin auch, aber diese meinte, sie würde schnell abkühlen. Das tat sie natürlich nicht, aber Hanna wollte nicht als Besserwisserin dastehen und erwiderte nichts. Die Rückenmassage konnte sie dann genießen und tatsächlich fühlte sie danach keine Schmerzen mehr im unteren Rücken, die sie seit einiger Zeit in ihrer Beweglichkeit eingeschränkt hatten.

Am Abend fand eine Veranstaltung mit zwei jungen Künstlern statt, Janin Devi und ihr Begleiter Mark, die ein sehr schönes Mantraprogramm darboten. Hanna hatte einen der wenigen begehrten Plätze ergattert. Die meisten sangen begeistert mit, sie natürlich auch. Hanna liebte Mantras, sie sang sie bei jeder sich bietenden Gelegenheit und hatte zu Hause zahlreiche CDs mit dieser Musik.

Am vierten Tag, dem letzten ihres Aufenthaltes, kam sie noch in den Genuss einer phantastischen Fußmassage, ein schöner Abschluss, wie sie fand. Alles in allem war sie mit ihrer kurzen Ferienwoche sehr zufrieden. Sie hatte auch an zwei Phantasiereisen teilgenommen und dabei eine wunderbare Entspannung erfahren. Frisch aufgetankt trat sie den Heimweg an und freute sich wieder auf ihre Arbeit. Sie hatte sehen und spüren dürfen, wie andere Ayurvedatherapeuten arbeiteten und das war sehr interessant gewesen.

Finde heraus, was deine innerste Überzeugung ist,
und du hast den Schlüssel für dein Leben in der Hand.
Pierre Franckh

August

Der Frühling und der Sommer gingen ins Land, Hanna arbeitete viel. Da sie ungebunden war, wurde sie oft von ihrer Chefin angesprochen, ob sie für eine kranke Kollegin einspringen oder einfach ein paar Tage länger als geplant arbeiten könne. Es kam nur sehr selten vor, dass sie dieser Bitte nicht nachkam.

Der Sommer war besonders im August heiß gewesen und obwohl Hanna die Hitze nicht so gut vertrug, sah sie es als „Training" für die bevorstehende Reise an, denn sie hatte gelesen, dass es auf den Kanaren die besondere Wetterlage eines „Calima" gab. Heiße Winde aus der afrikanischen Sahara wehten dann heran und brachten auch noch roten Sand mit, der so fein war, dass er in alle Ritzen zog und das Atmen erschwerte. Insbesondere Menschen mit Asthma hatten da zu leiden.

Glück ist die Summe kleiner Freuden

September

Als es im September etwas kühler wurde, hatten sie und Betty eine sehr schöne Tour mit den E- Bikes entlang der Unstrut gemacht. Fast schon träge hatte sich der Fluss, der wenig Wasser führte, am Radweg entlang geschlängelt. Der Mais stand mit seinen reifen Kolben neben bereits abgeernteten Getreidefeldern links und rechts des gut ausgebauten Weges.

Sie hatten in Nebra einen Stopp eingelegt, um sich die Himmelsscheibe anzusehen, die dort vor einigen Jahren gefunden worden war und die damals die astrologische Welt in Aufruhr versetzt hatte. Ein modernes neu errichtetes Gebäude unweit des Fundortes barg viel Interessantes und Wissenswertes, die Ausstellung war auch für Menschen wie Hanna und Betty, die sich bisher kaum mit Astronomie beschäftigt hatten, eine Fundgrube an neuen Informationen. Gefüllt mit beeindruckenden Erkenntnissen setzten sie ihr Tour fort.
Am dritten Tag hatte es morgens heftig zu regnen begonnen und sie mussten schweren Herzens ihre Tour abbrechen.

Das Leben ist schöner, wenn man es teilt.

Oktober

Ein wahrhaft goldener Oktober ging vorüber und der Tag der großen Reise rückte immer näher.

Eines Abends, Hanna war auf ihrer Arbeit während einer Panchakarma-Kur, kam sie vom Abendessen zurück in ihr geräumiges, aber wenig gemütliches Zimmer. Sie hatte am Morgen vergessen, die Heizung aufzudrehen und es war ziemlich frisch. Eigentlich hätte sie nur zurück in die Kureinrichtung gehen brauchen, um sich dort im Wintergarten etwas aufzuwärmen, aber Hanna war froh, den anstrengenden Arbeitstag hinter sich gebracht zu haben und nun die Beine hochlegen zu können. Sie saß auf einem bequemen Sessel, die Beine auf ihr Bett gelegt und schloss für einen Moment die Augen. Sie ließ den Tag noch einmal an ihrem geistigen Auge vorüberziehen. Ihre Gedanken blieben bei Sonja stehen, einer jungen Frau, die sie heute behandelt hatte. Sonja hatte mit ihren 38 Jahren bereits über 30 Operationen an ihrem Darm über sich ergehen lassen müssen, ihr Bauch war von Narben übersät und sie hatte einen künstlichen Darmausgang. Als Hanna Sonjas Bauch das erste Mal gesehen hatte, war sie erschrocken gewesen und hatte die Massage besonders vorsichtig ausgeführt. Die Narben hatten sich weich angefühlt, aber die Bauchdecke hatte jede Elastizität verloren. Doch Sonjas Lebensfreude hatte Hanna tief beeindruckt, sie hatte vor kurzem einen netten jungen Mann geheiratet, der viel Mitgefühl für ihre Krankheit zu haben schien und beide wollten gern ein Kind haben. Obwohl Hanna sich nicht vorstellen konnte, wie das mit den vielen Narben gehen sollte, wünschte sie sich für die Beiden, dass sich das Babyglück dennoch einstellen möge.

Als Hanna die Augen wieder öffnete und in das spartanisch eingerichtete Zimmer blickte, überkam sie ganz plötzlich der Gedanke, dass sie, auch wenn sie wieder daheim sein wird, genauso allein ist, wie hier auch. Niemand erwartete sie nach einem anstrengenden Arbeitstag und sie konnte sich mit keinem lieben Menschen über das, was sie bewegte, unterhalten.
Ihr wurde auf einmal bewusst, dass sie auch in ihren Beziehungen diese Möglichkeit nicht gehabt hatte, denn ihre beiden Männer, mit denen sie jeweils 11 und 14 Jahre verheiratet gewesen war, hatten in der Woche auswärts gearbeitet und wenig Interesse für ihre Bedürfnisse gezeigt. Andererseits hatte sie immer ihre Unabhängigkeit genossen, die sie dadurch hatte. Hanna war ein Freigeist, sie brauchte Zeit für sich und

mit sich allein, was aber nicht heißt, dass sie nicht auch mit ihren Partnern gemeinsam viele schöne Erlebnisse hatte.

Ihre letzte Trennung lag jetzt drei Jahre zurück und sie fragte sich, ob sie bis an ihr Lebensende allein bleiben möchte. Das wollte sie nicht, da war sie sich sicher. Vielleicht sollte sie sich wieder für eine Partnerschaft öffnen? Sie spürte in sich hinein und als sich dort ein klares „Ja" vernehmen ließ, holte sie sich ihr Notizheft und einen Stift, um sich darüber klar zu werden, wie sie sich ihren Partner vorstellte. Da musste sie nicht lange überlegen, ihr fielen im Nu einige Eigenschaften ein, die sie sich notierte. Schnell war ein Bild entworfen, das ihr alltagstauglich erschien. Sie setzte sich bequem auf ihr Bett, schloss für einen Moment die Augen und formulierte dann ihren Wunsch an das Universum, wie sie es in Bärbel Mohrs gleichnamigen Buch „Wünsche an das Universum" gelesen hatte. Nun musste sie nur noch warten, wann und wie etwas geschehen würde. Sie war gespannt und äußerst zufrieden mit sich.

Du wirst niemals einen perfekten Menschen finden,
aber einen, mit dem es sich perfekt anfühlt.

November

Der Wecker riss Hanna aus ihrem Schlaf. Obwohl sie vor lauter Aufregung nur wenige Stunden geschlafen hatte, fühlte sie sich frisch und ausgeruht. Noch eine Stunde bis Betty sie abholen und sie gemeinsam zum Bahnhof fahren würden. Die Kosmetiktasche war schnell gepackt und im Koffer verstaut. Bis kurz vor 23 Uhr hatte Hanna am Abend ihren Koffer mehrmals umgepackt. Sie fand es sehr schwierig, die passende Kleidung auszusuchen, die Tage auf La Palma sollten zwar mit über 20° sommerlich anmuten, aber in der Zeit, nachdem die Sonne weg war, herrschten dann eher Temperaturen im 15°- Bereich und das konnte dann schon recht kühl werden. Sie hoffte, eine gute Mischung gefunden zu haben.
Hanna bereitete sich noch einen Espresso mit viel Milch und setzte sich in ihren Ohrensessel. In Gedanken ging sie noch einmal alles durch: Pass, Scheckkarte, etwas Bargeld, Trinkflasche, Medikamente, Fotoapparat, Handy und Notizheft, alles war gut verstaut in ihrem Rucksack oder der Gürteltasche. Sie goss alle Blumentöpfe, kontrollierte, ob alle Fenster und die Wasserhähne gut verschlossen

waren, schaltete den Anrufbeantworter ein, beschriftete ihre kleine Holztafel mit ihren Reisedaten, damit ihre Vermieter wussten, wie lange sie unterwegs sein würde. Noch fünf Minuten, sie brachte ihren Koffer, der ein ordentliches Gewicht auf die Waage brachte, 20 kg waren erlaubt und die hatte sie bis auf wenige Gramm ausgereizt, nach unten. Dann schwang sie sich den Rucksack auf den Rücken, legte die Gürteltasche um, ließ den Blick nochmal durch ihr Wohnzimmer schweifen, schloss dann die Wohnungstür ab und steckte den Schlüssel in ihre Gartenschuh, die immer griffbereit an der Treppe standen.

Vor dem Check- in- Schalter hatte sich eine lange Schlange gebildet und es ging nur sehr schleppend vorwärts. Plötzlich vernahm Hanna Bettys Stimme: „Oh je, mein Pass ist abgelaufen!" Nach einer Schrecksekunde fiel ihr glücklicherweise ein, dass ja auch der Personalausweis innerhalb der EU als Reisedokument nutzbar war. Na, das wäre es gewesen, wenn sie deshalb hätte nicht mitfliegen können!

Betty und Hanna nahmen den Fenster- und Mittelplatz in der Sitzreihe ein, auf dem Gangplatz saß eine junge Frau. Sie schien zu arbeiten, denn sie hatte einen Laptop auf dem aufgeklappten Tisch vor sich. Betty, die immer sehr schnell in Kontakt mit anderen Menschen kommt, begann eine Unterhaltung mit ihr. Die junge Frau erzählte, dass sie gerade von einem kurzen Aufenthalt bei ihrer Mutter in Deutschland nach La Palma zurückfliegt, wo sie seit drei Monaten in Todoque lebt. Wir wollten wissen, warum sie sich dazu entschlossen hatte, ihre Heimat zu verlassen. Mehrere ihrer Freunde hatten in den letzten Jahren eine kleine Kommune auf La Palma gegründet und da sie sich beruflich und privat verändern wollte, hatte sie die Entscheidung getroffen, das auf La Palma zu tun. Schon bald waren Betty und sie in ein angeregtes Gespräch vertieft, denn es hatte sich herausgestellt, dass die junge Frau Grundschullehrerin ist und online Bildungs- und Erziehungsprogramme für junge Eltern anbietet. Da war Betty in ihrem Element, denn das war auch eine Aufgabe, der sie sich schon seit vielen Jahren gewidmet hatte.

Die Zeit verging rasch und als die Flugbegleitung die Aufforderung zum Anlegen der Sicherheitsgurte gab, war Hanna ganz erstaunt, dass sie eine der Inseln, es war Teneriffa, schon sehen konnte. Das Flugzeug umrandete die südliche Spitze und sie konnte den Teide erkennen. Jetzt waren es nur noch wenige Minuten bis zur Landung. Eine nicht zu beschreibende Freude trieb Hanna Tränen in die Augen, ein Traum wurde wahr, sie würde auf La Palma sein! Da lag sie, die Insel ihrer

Sehnsucht, sie konnte die schroffe Steilküste der Ostseite erkennen. Landung, Gepäck und das Entgegennehmen des Mietautos, alles ging viel zu langsam.
Schon auf der Fahrt vom Flughafen auf die andere Inselseite präsentierte sich eine üppig grüne Vegetation, am Straßenrand und in den Gärten überall exotisch anmutende Pflanzen mit tollen Blüten in den unterschiedlichsten Farben. Hanna wusste sofort, hier wird es ihr gefallen. Betty, die schon viele fremde Länder bereist hatte, sparte nicht mit anerkennenden Worten und ab und zu war von ihr ein „Aaah" oder „Oooh" zu vernehmen.

Im Ortsteil Tajuya, der zu El Paso gehört, fanden Hanna und Betty in einer kleinen Seitenstraße gelegen ihre Unterkunft, eine hübsche kleine Finca im original kanarischen Stil. Im oberen Bereich des Wohnhauses lag ein großes Zimmer mit Doppelbett, Schrank, bequemen Sitzmöbeln und einem riesigen Fernsehgerät, hier „mietete" Hanna sich gleich ein. Betty hatte es sich im unteren Bereich in einem kleineren Zimmer mit Doppelbett, Bücherregal und einem kleinen Tisch mit einem Stuhl eingerichtet. Das Bad mit Dusche befand sich in einem extra Gebäude und war über einige Stufen zu erreichen. Neben Bettys Zimmer befand sich eine komplett eingerichtete Küche mit einem großen Esstisch, einer Sitzbank und zwei Stühlen.

Es war später Nachmittag geworden und langsam Zeit, an das Abendessen zu denken. Der nächste Supermarkt war laut Reiseführer in El Paso zu finden und so machten sich die Beiden auf den Weg. Gleich an der Hauptstraße gelegen war er auch nicht zu verfehlen. Es herrschte ein buntes Treiben im Markt, palmerische Familien mit Kindern und Großeltern unterhielten sich lautstark und Hanna hatte den Verdacht, dass sie sich stritten. Aber Betty lachte: „Das ist das Temperament der Spanier, sie reden laut und viel."
Bald hatten sie alles, was sie zum Abend und für den nächsten Tag brauchen würden im Einkaufswagen, bezahlten und verstauten ihre Einkäufe im Auto.

Betty hatte sich bereiterklärt, das Kochen zu übernehmen. Hanna putzte und schnitt bereitwillig das Gemüse und nach einiger Zeit füllte ein verführerischer Duft die kleine Küche.
Nach dem leckeren Mahl setzten sie sich jede mit einem Glas Wein an einen Tisch, der auf der Terrasse zusammen mit drei Klappstühlen stand. Betty hatte die Karte von La Palma vor sich ausgebreitet und machte ein Kreuzchen an dem Ort, an dem sie sich gerade befanden.

Sie wollten den morgigen Tag planen. Einige Ziele hatten sie sich schon während der Reisevorbereitungen ausgesucht: Zunächst wollten sie sich in der näheren Umgebung umschauen, El Paso mit seinen beiden Kirchen, einem kleinen, liebevoll angelegten Park mitten in der Stadt, ein wunderschöner Park gestaltet mit tausenden Mosaiksteinen in Las Manchas, ein weiterer wunderschöner mit Mosaiken gestalteter Park in Los Llanos, das archäologische Museum, faszinierend und beeindruckend in der Gestaltung, das Monumento mit seinen unterirdischen Höhlen direkt unter dem Lavastrom des San Juan und der San Antonio, der einen Einblick in einen Vulkankrater bietet.

Hanna hatte schon beim Besuch des Monumento das Gefühl, dass die Vulkanenergie ihr ungeheure Kraft verlieh und dieses Gefühl wurde noch um einiges stärker auf dem San Antonio. Ein stürmischer Wind fegte über den Kraterrand und sie hatte Mühe, sich auf den Beinen zu halten. Glücklicherweise waren Absperrungen vorhanden, an denen sie sich festhalten konnte. Sie hatte sich bei Betty untergehakt und so trotzten sie den Wetterwidrigkeiten. Mit einem spektakulären Rundumblick wurden sie jedoch entschädigt, als sie auf der kleinen Aussichtsplattform ankamen. Der Krater des Teneguia, der beim letzten Vulkanausbruch 1971 entstanden war, zeigte sich in nordwestlicher Richtung und beim Blick nach Süden konnten sie die Salinen von Fuencaliente erkennen. Etwas im Dunst gelegen war die Insel El Hierro auszumachen, die in südöstlicher Richtung liegt.
Auf dem Rückweg entlang des Kraterrandes, immer noch begleitet von starken Windböen, zeigte sich La Palma von seiner launischen Seite, zu dem Sturm kam noch ein heftiger Regenguss, der jedoch nach wenigen Minuten vorüber war und es schien wieder die Sonne.
Der kurze, aber heftige Schauer hatte die Beiden durchgeweicht. Auf der Suche nach einem trockenen und warmen Plätzchen fanden sie das hübsche Cafe „Zulay", direkt an der Straße gelegen. Eine heiße Schokolade und ein leckeres Stückchen Kuchen verkürzten die Zeit des Wartens, denn es hatte erneut zu regnen begonnen.

An einem der Nachbartische hatten eine Frau und ein Mann Platz genommen und Betty bemerkte, dass es sich um ein deutsches Pärchen handelt. Sie hatten ebenfalls bemerkt, dass Hanna und Betty Deutsche waren und sprachen sie an. Betty hatte sofort den Mann in Beschlag genommen und Hanna unterhielt sich sehr nett mit der Frau, die erzählte, dass sie Heilpraktikerin ist und schon seit 20 Jahren auf La Palma lebt. Hanna hatte ihr von ihren ersten Eindrücken erzählt und war dabei wohl etwas ins Schwärmen gekommen. Sibylle, so hieß die Frau, konnte das gut verstehen, denn auch sie war damals dem Charme dieser Insel erlegen. Betty unterhielt sich sehr angeregt mit dem Mann, der sich als Karl vorgestellt hatte. Auch er war Heilpraktiker und hatte in Deutschland viele Jahre eine Naturheil- und Hypnosepraxis betrieben. Sibylle und Karl schlugen ihnen ein Treffen vor, worüber sie sehr erfreut waren, weil sie beide sehr sympathisch und auch die Aussicht toll fanden, von ihnen Informationen über die Insel und deren Highlights zu bekommen. Der Abschied fiel sehr herzlich aus und Betty und Hanna wurden leidenschaftlich umarmt. Für Hanna war das etwas sonderbar, sie war nicht der Typ, der schnell zu viel Nähe zulassen konnte. Aber hier schienen Umarmungen zur Tagesordnung zu gehören, wie sie später des öfteren feststellen musste.

Schon auf der Rückfahrt bemerkte Hanna, dass ihr diese Begegnung nicht aus dem Kopf ging, und es verwunderte sie, dass sie insbesondere immer wieder an Karl denken musste, obwohl sie nur wenige Worte mit ihm gewechselt hatte. Sollte er einen so großen Eindruck bei ihr hinterlassen haben, aber wodurch oder womit? In den folgenden Tagen erging es ihr ähnlich und sie begann, sich zu fragen, was da in ihr arbeitet. Auch Betty war es nicht entgangen, dass Hanna zeitweise ziemlich abwesend und über etwas nachzugrübeln schien. Aber Hanna konnte ihr nicht erklären, was da durch ihren Kopf ging und vor allem, warum. Während sie in den ersten Nächten tief und fest geschlafen hatte, wurde sie nun ständig wach, Gedanken an Karl bestimmten diese Wachphasen und ließen sie nicht wieder einschlafen. Waren das die Vulkanenergien, von denen Sibylle gesprochen hatte und die nicht jedem Inselbesucher gut taten, oder hing doch alles mit Karl zusammen? Hanna hätte es zu gern gewusst, aber da war nur eine beständige Unruhe, nicht direkt unangenehm, einfach eben nur beständig da.

Einer der nächsten Ausflüge führte Hanna und Betty nach Puntagorda, im Nordwesten der Insel gelegen. Puntagorda selbst schien ein beschauliches Plätzchen zu sein, eine gut ausgebaute Straße zog sich durch den Ort, überall war es sauber und einladend, die Häuser schienen einer geraden Struktur zu folgen und waren frisch getüncht. Umgeben von einem Waldstück stand die Markthalle, die an jedem Wochenende Magnet sowohl für Einheimische als auch Touristen war. Auch Betty und Hanna wollten sich das bunte Markttreiben nicht entgehen lassen. Doch sie waren zu früh da, der Markt öffnete erst am Nachmittag und so entschieden die Beiden, noch einen Spaziergang zu unternehmen.

Unweit des Parkplatzes war ein Wanderrundweg ausgeschildert, dem sie folgten. Er führte hinab zum Meer durch Orangenplantagen und Kiefernwälder, vorbei an hübschen Häusern, die auf einen gewissen Wohlstand schließen ließen, durch Mandelplantagen und steiniges Gelände. Auf einer kleinen Bergspitze hatten sie einen wunderbaren Ausblick entlang der Küste in südlicher Richtung. Das Meer lag sehr ruhig unter ihnen und der Horizont war in ein milchiges Licht getaucht. Fast zwei Stunden waren sie unterwegs gewesen und freuten sich auf einen Kaffee und eine kleine Leckerei dazu. Mit dieser Vorfreude betraten sie den Markt und waren überwältigt von dem, was sie sahen. Die Auslagen der Stände mit Obst, Gemüse und Backwaren waren überaus üppig und sie mussten sich in mehr oder weniger lange Schlangen einreihen. Sogar ein deutscher Bäcker war hier vertreten, bei ihm kauften sie Brot und Plundertaschen. Im hinteren Teil des Marktes befanden sich Stände mit einheimischer Handwerkskunst. Keramik, Leder, Stoff und Schmuck zogen Hanna magisch an und Betty war schon auf der Suche nach einem passenden Souvenir, das sie Hella, ihrer Nachbarin, mitbringen wollte als Dankeschön für das Blumengießen während ihrer Abwesenheit.

Eine junge Frau bot an ihrem Stand Kaffeespezialitäten und selbst gebackene Torten an und Hanna konnte nicht widerstehen, sich ein Stück einer verführerisch aussehenden Schokoladentorte zu gönnen. Betty hingegen hielt sich an Quarktorte, die aber nicht minder kalorienarm zu sein schien. Ein Kaffee mit Sahnehäubchen machte die Schlemmerei komplett.

Betty hatte Karl ihre Handynummer gegeben und als sie auf dem Rundweg unterwegs waren, meldete sich Karl, um mit ihnen ein Treffen für den kommenden Sonntag in Tazacorte, der westlich gelegenen Hafenstadt, zu vereinbaren.

Inzwischen hatte es sich herausgestellt, dass Sibylle und Karl kein Paar sind, einfach nur gute Freunde und Hanna begann, sich auf das bevorstehende Treffen zu freuen. Sie war neugierig und hoffte auf eine Gelegenheit, Karl etwas näher kennenzulernen. Zu der ohnehin ständig anwesenden Unruhe kam nun noch eine kindliche Vorfreude auf das Treffen.

Pünktlich trafen sie am Kiosko in Tazacorte auf der Plaza zum Frühstück ein. Lustigerweise brauchte sich Hanna gar keine Gedanken zu machen, dass Betty Karl wieder für sich beanspruchen würde, denn bei der Begrüßung, bei der er ihr zu ihrer Überraschung einen Kuss auf die Wange drückte, begleitete er sie gleich zum Tisch und das Gespräch war schon im Gang. Er wollte sehr viel wissen, belächelte die Euphorie, mit der Hanna ihre Eindrücke von der Insel schilderte und stellte zu ihrem Erstaunen ziemlich schnell die Frage, ob sie sich vorstellen könne, auf La Palma zu leben. Sie war überrascht. Ja, La Palma ist ein Traum, aber ob sie hier leben wollte? Hanna hatte ihre Kinder, ihren Enkelsohn, Freunde in Deutschland, hier wäre alles neu und ungewohnt... Hinzu kam noch die fremde Sprache und eine andere Kultur und was wohl das größere Problem sein dürfte, sie hatte noch ihre Arbeit, die ihr viel Freude machte und bis zur Rente waren es noch mehr als zwei Jahre. Aber, die Entscheidung stand doch so nicht, oder?

Es war ein sehr angenehmer Vormittag, Betty und Hanna hatten einiges über Karl und auch Sibylle erfahren dürfen. Betty hatte Hanna schon vor dieser Begegnung von ihrem Interesse an einem Therapiegespräch mit Karl offenbart und hatte dafür einen Termin für den kommenden Donnertag mit ihm vereinbart. Hanna freute sich, sie würde Karl wiedersehen, denn mittlerweile wusste sie, dass sie das unbedingt wollte. Sein jungenhaftes spitzbübisches Lächeln, seine wasserblauen Augen und seine charmante Art hatten sie beeindruckt. Voller Vorfreude auf dieses Wiedersehen verabschiedeten sie sich voneinander und Betty und Hanna fuhren an diesem Nachmittag noch zum Strand in der Nähe von Puerto Naos. Betty wollte noch ein wenig schwimmen. Hanna setzte sich auf einen großen Stein und schaute auf das Meer. Es war ein ruhiger Spätnachmittag, das Wasser lag fast spiegelglatt vor ihr. Diese endlose Weite, die sinkende Sonne, die sich im Meer spiegelte, so dass sie die Augen zu Schlitzen zusammenkneifen musste, und das beruhigende Murmeln der Wellen hatten sie schon immer fasziniert und sie fragte sich, wie es wäre, immer hier auf La Palma zu sein. Das seichte Uferwasser umspülte ihre Füße und ihre Gedanken flogen zu ihren Kindern; was sie wohl sagen würden, wenn sie hier ein neues aufregendes Leben beginnen würde. Mehr als 300 Tage im Jahr Sonne, eine wohldosierte Wärme, das Meer vor der Haustür und vielleicht ein hübsches Häuschen waren durchaus sehr verlockend. Auch eventuell die Aussicht auf einen lieben Partner, und da fiel ihr natürlich Karl ein, schien ihr nicht unmöglich. Doch stopp, an der Stelle pfiff sie sich zurück, sie musste keine Entscheidung treffen, hier und jetzt nicht.

In den kommenden Tagen wurde Hanna von sehr wechselhaften Gefühlen heimgesucht. Sie begann sich vorzustellen, wie ein Leben hier auf La Palma aussehen könnte. Wunderschöne Bilder entstanden vor ihrem geistigen Auge und sie ertappte sich immer öfter dabei, wie sie die Landschaft, die kleinen Orte und Städte auf sich wirken ließ. Sie schaute sogar schon im Internet nach einer Wohnmöglichkeit, irre, was ging hier mit ihr vor! Immer wieder kehrten ihre Gedanken aber auch zu Karl zurück, dieser Mann hat irgendetwas damit zu tun, nur was?

Bettys Termin bei Karl rückte näher und Hanna wurde bewusst, dass sie dieses Treffen, das in Karls Haus stattfinden sollte, wie ein Rendezvous herbeisehnte. Verrückt, einfach nur verrückt, sie war völlig durcheinander und wusste überhaupt nicht, was da mit ihr passiert. Unruhe, Freude, Unsicherheit, wie sollte sie sich verhalten, Abwehr (das darf doch nicht sein) und Neugier wechselten ständig und ihre Gedanken kreisten nur noch um Karl. Sie kam sich wie auf einer Achterbahn vor, ständig stiegen neue Empfindungen in ihr auf und sie konnte keinen klaren Gedanken fassen.

Karl hatte ihnen eine genaue Wegbeschreibung gegeben und so war es kein Problem, zu ihm zu gelangen. Sie stellten das Mietauto in der Einfahrt zum Grundstück ab. Schon dort fielen ihnen die zahlreichen Blumen und Büsche auf. Betty und Hanna waren beeindruckt von der Fülle wunderschön blühender Geranien und so viel Grün in zahlreichen Blumentöpfen. Ein zu beiden Seiten mit hohen blühenden Büschen bewachsener Weg führte zum Haus. Wow, dachte Hanna, das ist ja ein tolles Anwesen! Ein großzügig gestalteter Vorraum, gesäumt von stattlichen Palmen rechts und links vom Eingang, ließ vermuten, dass es auch innen so weiträumig weitergehen muss. Und so waren sie erstaunt, in eine große Diele zu gelangen, als Karl ihnen die Tür öffnete. Eine sehr schöne Buddhastatue mit einladender Handgeste direkt gegenüber der Haustür empfing sie. Karl ging voran durch ein gefühlt riesiges Wohnzimmer mit offenem Kamin und Kaminofen, großen bis zum Boden reichenden Fenstern, von denen aus man einen tollen Blick auf das Meer hat und dabei gemütlich in 2 Sesseln in Gesellschaft eines weiteren wunderschönen Buddhas (Hanna liebt Buddhas!) lümmeln kann, einer offenen Küche sowie seinem Arbeitsplatz und einer einladenden Sitzecke, an der Wand ein sehr schönes Marienbildnis, mit Fernsehapparat (ganz schön groß das Ding). In der Ecke stand eine Gitarre, oh, dachte Hanna, Gitarre spielt er auch, wie schön! Zielstrebig führte er sie hinaus auf eine überdachte Terrasse und einem umwerfenden Blick auf sattes Grün in allen Schattierungen, wieder Blumen und Blüten auf Beeten und in Töpfen. Hanna war begeistert und lief zu einer kleinen Plattform, von der aus sich ein toller Blick auf die Landschaft unterhalb des Hauses und auf das Meer bot. Von hier aus waren die Inseln Teneriffa, La Gomera und El Hierro zu sehen. Hanna fehlten die Worte, das hatte sie nicht erwartet; ein riesiges Grundstück mit einem großen Haus, einfach paradiesisch! Karl war ihr gefolgt und als er neben sie trat, hatte Hanna plötzlich eine magische Anziehung gespürt, nur einen Moment, dann war sie wieder weg. Merkwürdig, vielleicht hatte sie sich getäuscht. Seine Antwort auf ihre euphorische Schilderung ihres Eindruckes fiel etwas überraschend aus, denn er sagte, dass dieses Paradies noch schöner für ihn wäre, wenn er es mit einer Frau teilen könnte. Für einen Moment machte sie das nachdenklich und sie fragte sich, ob er mit dieser Frau womöglich sie meinte. Ja, wäre schon schön, an so einem himmlisch anmutenden Ort zu leben! Bäume, riesige Sträucher, Mauern, aus Lavasteinen aufgeschichtet und Blüten in Hülle und Fülle, ein Traum! Sie war sofort verliebt in dieses Stückchen Erde. Überall standen große Blumentöpfe mit Pflanzen, die sie weder schon einmal gesehen hatte, geschweige denn deren Namen kannte. Es war alles so umwerfend und exotisch, sie war wie verzaubert.

Dann zeigte Karl ihnen „den Rest" des Hauses, ein Schlafzimmer mit einer großen Fensterfront, also viel Licht, einem Kaminofen, der vor einer toll anzusehenden gemauerten Lavasteinwand stand, ein großes Bett (ordentlich hergerichtet und Hanna wurde klar, dass Karl sehr ordentlich sein muss, es hatte alles seinen Platz) und ein wunderschönes Buddhabild an der Wand darüber (offensichtlich liebt er Buddhas genauso wie sie).

Nebenan ein Raum, der mit allerlei Werkzeugen, unausgepackten Umzugskisten, Bildern und Geräten voll gestellt war! Hatte Hanna gerade noch gedacht, was für ein ordentlicher Mensch Karl sein musste, war sie jetzt ehrlich entsetzt, das gehörte doch alles in einen Schuppen oder Abstellraum!

Ein großes Bad mit Dusche und Eckbadewanne, alles in grau gehalten und ein riesiger Spiegel über dem Waschbecken, schloss sich an und dann ein Gästezimmer mit großem Doppelbett. Ihr fielen gleich zwei große schicke Lampen auf, die auf den Nachttischen standen. Eine Seite des Raumes füllte ein sechstüriger Wandschrank aus dunklem Holz aus. Da die Räume um einen Innenhof angelegt sind, kamen sie nun wieder in der Diele an.

Es schloss sich ein Hauswirtschaftsraum an mit Waschmaschine und Trockner und ein Raum zur Trocknung der Wäsche, in dem aber auch große Regale standen mit allerlei Ablagekörben, Kisten mit Karteikarten, zahlreichen Ordnern und Medikamenten aus Karls aktiver Praxiszeit. An der Wand lehnte auf dem Boden ein Bild, das ihn als Pilger auf dem Jakobsweg zeigte.

Und dann gab es noch ein zweites Bad, etwas kleiner, mit einer Dusche, deren Vorhang noch auf Anbringung wartete. Hanna fiel auf, dass alle Räume sehr sparsam möbliert waren und sie fragte sich, wo Karl Dinge aufbewahrt, die sie bei sich zu Hause in Schränken verstaut hat

(Geschirr, Fotoalben, …).
Alles in allem ein sehr schönes Haus und sie verstand, dass er stolz darauf ist.

Karl lud Hanna und Betty ein, in den bequemen Bistrostühlen auf der Terrasse Platz zu nehmen während er ins Haus ging und mit drei gefüllten Wassergläsern zurückkam. Ohne Umschweife begann Karl mit Bettys Beratung. Interessiert hörte Hanna zu und war sofort von der Art und Weise seiner Anamnese beeindruckt. Er hörte sehr aufmerksam zu und fragte oft nach. Dann bat er sie zu seinem Arbeitsplatz, wo er mit seinem Elektroakupunkturgerät weitere Untersuchungen vornahm. Nach mehr als zwei Stunden war Betty durchgecheckt und mit einer Therapie versorgt. Betty hatte viel erfahren und Hanna hatte einen Einblick bekommen, wie Karl arbeitet. Sie war einmal mehr beeindruckt und hätte gern mehr über sein Elektroakupunkturgerät erfahren, aber es war schon spät geworden und sie wollten gern vor Einbruch der Dunkelheit bei ihrem Quartier ankommen. Sie verabredeten sich zu einem letzten Frühstück in Tazacorte am Strand am Vortag ihrer Abreise, Sibylle würde auch mit dabei sein.

In den Tagen bis zu diesem Treffen war Hanna ordentlich durcheinander und sie fragte sich wohl zum hundertsten Mal, was hier eigentlich vorging mit ihr und Karl. Sie hatte das Gefühl, nicht mehr klar denken zu können, irgendwie drehte sie sich gedanklich im Kreis um das Thema was wäre, wenn er tatsächlich sie meinte, wenn er von der Frau sprach, mit der er in seinem Haus leben möchte. Hanna fühlte sich überfordert und irgendwie fand sie, dass so eine Entscheidung, ob sie hier leben möchte, überhaupt noch nicht auf die Tagesordnung gehörte, sie kannten sich nur wenige Stunden und keiner wusste vom anderen, welcher Art Gefühle sie füreinander empfanden.

Obwohl es sonnig war, pfiff ein kühler Wind an diesem letzten Tag. Leider waren alle Tische besetzt, die ein wenig Windschatten versprachen, so dass sie ganz schön durch gepustet wurden. Karl saß Hanna gegenüber und sein Lächeln schien ihr sagen zu wollen: Mach Dir keine Sorgen, alles wird gut! Sie war total überrascht, als Karl plötzlich aufstand, um den Tisch herumkam und ihr ihren Schal enger um den Hals legte. Wie aufmerksam von ihm. Nach dem Essen bummelten sie entlang der Strandmauer in Richtung Hafen, Betty und Sibylle liefen vornweg, Karl und Hanna hinterher. Karl lenkte das Gespräch schnell wieder auf das Thema, dass er auf der Suche nach einer Frau ist, die mit ihm auf La Palma leben möchte und Hanna hatte

28

wieder den Eindruck, dass er dabei indirekt sie ansprach. Aber sie wollte diesen Gedanken nicht zu Ende denken, vielleicht bildete sie sich das alles nur ein, Augenzwinkern oder Lächeln sind ja noch kein Indiz für ein leidenschaftliches Interesse und ein konkreter Hinweis auf ihre Person war nicht zu erkennen.

Am Hafen, dort wo die Boote lagen, mit denen die Touristen auf das Meer hinaus fuhren, um Delfine zu beobachten, tranken sie noch gemeinsam Kaffee und Hanna spürte, dass sie immer trauriger wurde, je näher der Abschied rückte. Und dann war er doch da, der Moment, „auf Wiedersehen" zu sagen. Sie ist kein guter „Abschiednehmer" und war froh, als Betty und sie im Auto saßen und zurück fuhren, denn sie hatte ganz schön mit den Tränen zu kämpfen.

Ja, so fing alles an.

Der Aufenthalt auf La Palma ging zu Ende und Hanna war echt traurig darüber, die Insel verlassen zu müssen. Aber sie wollte wiederkommen, das stand fest, als sie wieder daheim war. Schon nach kurzer Zeit überkam sie eine starke Sehnsucht und sie konnte nicht eindeutig sagen, ob nach Karl oder nach La Palma. Es war wohl beides oder von jedem ein wenig. Sie beschloss, bereits im Januar wieder zu fliegen und buchte schon am nächsten Tag einen Flug. Freude überfiel sie, wenn sie daran dachte, dann Karl vielleicht wiedersehen zu können. Sie hatten nichts dergleichen besprochen, aber warum nicht? Ihre Gedanken wanderten ohnehin sehr oft zu ihm und da sie sich auf ihrem Telefon whats app eingerichtet hatte, entwickelte sich schnell eine rege Korrespondenz. Karl und Hanna schickten sich Videos, Bilder und smilys und sie merkte, wie der Blick auf das Handy zum Suchtfaktor wurde. Sie war erstaunt und glücklich zugleich, welches Interesse er ihr entgegen brachte, denn sie telefonierten darüber hinaus häufig, manchmal mehrmals täglich.

Dieser Aufenthalt auf der „LA ISLA BONITA" hatte einiges in Hannas Leben durcheinander gebracht. Sie flog nach Hause mit der Erkenntnis, dass die Begegnung mit Karl etwas ganz Besonderes war, sie spürte eine tiefe Verbundenheit, ein Band, das sie beide verband und zueinander hinzog. Alles war sehr aufregend und was sie sonst vorher nie gemacht hatte, wurde zum täglichen Bedürfnis, whatsapp-Nachrichten checken in jeder freien Minute. Sie spürte, dass Karl ihr wichtig war und freute sich über jedes Wort. Sie war wie beflügelt und in ihren Augen muss so ein Strahlen und Leuchten gewesen sein, dass selbst ihre Kolleginnen sie darauf ansprachen. Ja, Hanna hatte da

etwas gepackt, das sie noch nicht benennen konnte, es waren nicht die zu erwarten gewesenen Schmetterlinge im Bauch, es war das Gefühl, einem ganz besonderen Menschen begegnet zu sein und das diese Begegnung etwas sehr Wichtiges für sie war.
Es motivierte sie, wenn sie von Karl hörte und irgendwie schien ihr Leben von Leichtigkeit bestimmt zu sein.

An einem Nachmittag, sie war gerade noch dabei, in ihrem Therapieraum Ordnung zu schaffen, kam ein Anruf von Karl. „Ich sitze gerade an meinem Computer, habe die Condor- Seite geöffnet und mal nach Flügen geschaut. Sag mal, könntest Du Dir vorstellen, noch mal in diesem Jahr nach La Palma zu kommen?" Hanna war überrascht, damit hatte sie nicht gerechnet, aber der Gedanke war sehr verlockend. Nur... ihre Urlaubskasse war leer, Weihnachten mit seinen Extraausgaben stand vor der Tür und länger als 1 Woche könnte sie sich nicht frei nehmen... Für Karl ganz offensichtlich keine wirklichen Probleme, er buchte kurzerhand einen Flug für sie und freute sich, wenn sie wenigstens für eine Wochen kommen würde. Hanna meldete Bedenken an, dass sie so kurzfristig keine Unterkunft finden würde, aber selbst dafür hatte er gleich eine Lösung, sie könne ja mit in seinem Bett schlafen. Das verschlug ihr dann aber doch die Sprache und sie fand diesen Vorschlag nicht so passend, sogar etwas anzüglich. Gleich ins Bett eines Mannes zu springen, den sie überhaupt nicht kannte, war nicht ihr Ding, und das sagte sie ihm dann auch. Er bot ihr darauf sein Gästezimmer an und das war in Ordnung für sie. Sie wusste ja gar nicht, wie er zu ihr stand. Irgendwie war es für sie unverständlich, dass er ihr gleich einen Platz in seinem Bett angeboten hatte und sie ging innerlich auf Distanz.

Setze nie ein Fragezeichen hinter Dinge,
hinter die das Schicksal schon lange einen Punkt gemacht hat!

Dezember

Schon beim Landeanflug auf La Palma war Hanna so aufgeregt wie bei ihrem 1. Rendezvous, die Gefühle waren in Aufruhr und sie fragte sich, wie Karl sie begrüßen wird und wie sie sich verhalten sollte. Und dann war alles ganz einfach, sie ging auf ihn zu, sie umarmten sich und... er gab ihr einfach einen Kuss auf den Mund. Sie war so überrascht, dass sie gar nichts sagen konnte und war froh, dass er sich dann gleich ihren

Koffer schnappte und dem Ausgang entgegen strebte.

Sie fuhren nach Cancajos, um ein verspätetes Mittagessen am Strand zu genießen. Ganz selbstverständlich nahm Karl sie bei der Hand und wieder war Hanna verblüfft, dieser Mann wusste, was er wollte und das zeigte er ihr unmissverständlich. In einem Restaurant, es hieß „El Pulpo" (Der Tintenfisch), mit direktem Blick auf das Meer, aßen sie ein Brötchen und tranken Kaffee. Langsam löste sich Hannas Anspannung und als sie dann in Karls Haus kamen, fühlte es sich für einen Moment so an, wie „Nach- Hause- Kommen".

Karl war sehr besorgt, dass es ihr gut ging, er hatte kleine Geschenke vorbereitet, unter anderem ein Buch, das er seinem Sohn gewidmet hatte. Hanna freute sich sehr, weil es etwas sehr persönliches war und sie durch dieses Buch viel über ihn erfahren durfte. Der Umgang mit ihm fühlte sich vom ersten Augenblick sehr vertraut an, als würden sie sich schon eine Ewigkeit kennen und hätten sich nur für einige Zeit nicht gesehen. Dieses Gefühl der Vertrautheit gab ihr Sicherheit und so konnte sie ihr Herz immer mehr öffnen und seine Zärtlichkeiten erwidern. Lange hatte sie nicht mehr gespürt, was es heißt, von einem Mann begehrt zu werden. Er vermittelte ihr den Eindruck, das Wichtigste in seinem Leben zu sein und ließ keinen Zweifel daran, dass sie die Frau sein sollte, die mit ihm leben sollte. Sie fragte sich jedoch nicht nur ein Mal, wie er so schnell herausgefunden hatte, dass sie dafür die Richtige sein würde...

Sie waren viel unterwegs und Karl war bemüht, Hanna eine angenehme Zeit zu bescheren.

Es war Vorweihnachtszeit, aber Hanna konnte sich bei Temperaturen zwischen 15 und 20° und Sonne nicht in eine weihnachtliche Stimmung versetzen. Das änderte sich jedoch, als Karl an einem Abend vorschlug, nach Santa Cruz, der Hauptstadt, zu fahren.

Glücklicherweise bekamen sie gleich in der Nähe der Fußgängerzone einen Parkplatz. Freie Parkplätze sind ein Problem geworden in Santa Cruz seit an der Maritima, der Hauptstraße am Meer entlang, viele Parkplätze dem Bau eines Stadtstrandes und einer großzügigen Uferpromenade zum Opfer gefallen sind. Leider wird der Strand weder von den Einheimischen, noch von den Touristen angenommen, denn er liegt direkt voll im Wind, der oft aus nordöstlicher Richtung weht und die Besucher dann förmlich „sandstrahlt", was natürlich keinesfalls angenehm ist.

Am Beginn der Fußgängerzone steht ein Modell der Santa Maria, jenes Schiffes, von dem die Legende erzählt, dass Kolumbus vor seinem

Aufbruch in Richtung Amerika in Santa Cruz noch einen Stopp eingelegt haben soll, um Wasser und Proviant aufzunehmen.

Vorbei an einer kleinen Kirche gelangt man in den Bereich schöner alter kanarischer Häuser, die bunt gestrichen sind und mit ihren hübschen kleinen Lädchen zu einem weihnachtlichen Bummel einluden. Alles war hell erleuchtet, zwischen den Häusern waren bunte Lichterketten gespannt, überdimensional große beleuchtete Geschenke standen auf kleinen Plätzen und die Auslagen der Läden waren farbenfroh und ansprechend. Karl machte Hanna auf einen Laden aufmerksam, aus dem ihr schon ein wohlbekannter Duft entgegenkam, der Duft von Räucherwerk. Schon beim Betreten des Ladens wusste sie, dass es hier vieles gibt, was ihr Herz erfreut, angefangen von wunderschönen Buddhafiguren unterschiedlicher Größen über Schmuck, Tarotkarten bis hin zu Skulpturen der gesamten hinduistischen und buddhistischen Götterwelt und natürlich Räucherwerk. Sehr liebevoll gestaltete Figuren von kleinen Mönchen lenkten ihre Aufmerksamkeit auf sich. Karl hatte es sofort bemerkt und machte sie ihr zum vorfristigen Weihnachtsgeschenk. Damit hatte er natürlich genau Hannas Nerv getroffen. Sie hatte aber ein etwas schlechtes Gewissen, weil er ihr schon einige Tage zuvor bei einem Besuch in der Kirche „Las Nieves" eine wunderschöne Kette mit einem „Lebensbaum"- Anhänger geschenkt hatte. Als er ihr jedoch versicherte, dass er ihr gern eine weitere Freude machen möchte, freute sie sich doppelt.

Zurück in Deutschland bekamen die kleinen Mönche einen Platz auf ihrem Tisch neben dem Lesesessel, von wo aus sie sie immer sehen kann.

Sie kamen an vielen weihnachtlich dekorierten Läden vorbei, in denen man hauptsächlich Kleidung kaufen konnte. Hanna fiel auf, dass die spanischen Frauen offensichtlich eine Schwäche für Glitzerwerk haben, denn viele der Angebote waren mit Strasssteinchen und Glitzerdruck versehen, nun, nicht gerade nach ihrem Geschmack.

Ihr gefiel dieser Spaziergang durch das abendliche Santa Cruz Hand in Hand mit Karl, war es doch eine Ewigkeit her, dass sie so entspannt herumgebummelt war. Hier wollte sie auf jeden Fall noch einmal am Tag herkommen, um die alte Stadt mit ihrem Zauber zu erleben.

Karl erzählte ihr, dass Santa Cruz ein Mal im Jahr zu einem Schauplatz eines ganz besonderen Ereignisses wird, dem „Dia des Kanarios", dem Karneval auf La Palma. Am Rosenmontag steppt hier der Bär. Hunderte von Menschen strömen dann ganz in Weiß gekleidet in die Stadt. Sie kommen nicht nur von der Insel, auch viele Touristen und Einwohner der

anderen Kanareninseln und sogar vom Festland lassen sich das Schauspiel nicht entgehen. Einer alten Tradition zur Folge gedenkt man der Heimkehrer, die zu Beginn des vorigen Jahrhunderts nach Mittel- und Lateinamerika ausgewandert waren und als betuchte Leute irgendwann zurückkamen. Sie waren weiß gekleidet, was ihren Wohlstand unterstrich. Heute kleidet man sich nicht nur weiß, man bewirft sich auch noch mit Talkpuder. Die ganze Stadt ist dann in eine weiße Talkumwolke gehüllt, das Puder befindet sich überall, auf den Menschen, den Straßen und Plätzen. Es gibt mittlerweile kritische Stimmen, die darauf hinweisen, dass das Talkum irreparable Gesundheitsschäden hervorruft, wie Bindehautreizungen der Augen oder auch Atemnot bis zu Asthmaanfällen. Karl hatte sich eingehend mit dieser Problematik beschäftigt und darauf in einer deutschsprachigen Zeitung hingewiesen, dass Talkum ein kanzerogenes Potential aufweist. Hanna teilte diese Bedenken und fragte sich, ob es nicht denkbar wäre, das Talkum einfach durch Mehl zu ersetzen.
Sie verließen dann bald, auch ein wenig pflastermüde, das vorweihnachtliche Santa Cruz und noch auf der Fahrt zurück klangen die Eindrücke dieser Stadt in Hanna nach.

Bei einem Besuch am Strand von Tazacorte in der Bar am Meer, Hanna war gerade mal drei Tage da, brachte Karl das Thema Sexualität auf den Tisch. Und da hatte sie das erste Mal das Gefühl, dass ihm dieses Thema sehr wichtig zu sein schien. Sie unterhielten sich ungezwungen über ihre Vorstellungen und Wünsche. Hanna hatte noch nie mit einem Mann derart konkret über das Miteinander im Bett gesprochen, aber sie fand es sehr hilfreich, sich darüber auszutauschen. Sie erzählte ihm von einem Buch, das sie kürzlich gelesen hatte, in dem es um Tantra ging und dass sie diese Form gern einmal ausprobieren möchte. Befremdlich für sie war jedoch, dass Karl ihr klar zu verstehen gab, dass sie sich dafür einen anderen suchen sollte. Er schien verärgert zu sein und sie hatte keine Ahnung warum, es gab auch keine Erklärung seinerseits. Gut, dachte sie, damit wäre das Thema ja geklärt. Um so erstaunter war sie, als er ihr noch am gleichen Tag unmissverständlich deutlich machte, dass er mit ihr schlafen möchte. Und noch erstaunlicher war für sie dann die Tatsache, dass er sehr behutsam und mitfühlend vorging, eigentlich so, wie es im Tantra üblich und gewünscht ist. Was sollte also die Bemerkung, dass er dafür nicht der Richtige wäre?

Hanna und Karl hatten eine wundervolle Woche miteinander und der Abschied fiel ihr schwer. Sie hatte einen sehr liebevollen, besorgten, verständnisvollen und großzügigen Karl kennengelernt. Das sie verbindende Band war sehr stark und fest, auch er hatte es bemerkt und sie flog mit dem Gefühl nach Hause, die Frau zu sein, die er sich als seine Partnerin gewünscht hatte. Es war ein schönes Gefühl, auch der Aussicht wegen, auf dieser traumhaften Insel zu leben. Aber eine beklemmende Unsicherheit blieb, sie hatten nicht ein einziges Mal über sich und ihre Beziehung gesprochen.

Schon in den ersten Tagen nach ihrer Rückkehr spürte Hanna eine Sehnsucht nach Karl, die sie sich nur schwer eingestehen wollte. Der Kontakt war wieder sehr liebevoll und sie entwickelte sich immer mehr zum whatsapp- Yankee, denn sobald das Telefon einen Pieps von sich gab, stürzte sie hin und fast immer war es eine Nachricht von Karl.

Eines Tages schickte Karl ihr ein niedliches smily, ein smily gab einem anderen einen Kuss, einfach süß! Hanna hatte so einen smily noch nie vorher gesehen oder bekommen und wollte wissen, woher Karl ihn hatte. Sie konnte nicht ahnen, was sie mit dieser harmlosen Frage auslöste, denn Karl war total verstimmt, weil er sie so verstanden hatte, dass Hanna wissen wollte, von welcher Frau er diesen smily geschickt bekommen hatte. Aber daran hatte sie überhaupt nicht gedacht, sie hatte wissen wollen, wo man im Netz solche smilys laden kann. Und da bekam Hanna das erste Mal einen Geschmack davon, wie Karl auch sein konnte, ohne ersichtlichen Grund beleidigt und schmollend, denn er meldete sich drei Tage überhaupt nicht! Hanna war entsetzt, ihr kamen ständig die Tränen, wenn sie nur an den Vorfall dachte. Eine Entschuldigung, dass sie sich offensichtlich nicht deutlich genug ausgedrückt hatte, wurde von ihm ignoriert. Und als er sich dann wieder meldete, tat er so, als wäre nichts passiert. Sie war verstört, wie sollte sie damit umgehen? Wäre es nicht besser gewesen, ihn noch einmal auf die Sache hin anzusprechen? Sie ließ es und war einfach nur froh, dass der Kontakt wieder hergestellt war. Dennoch, irgendwie waren die Alarmglocken angegangen. Mit seiner Reaktion hatte er ihr Eifersucht unterstellt. Aber Eifersucht war nicht ihr Ding, ihrer Meinung nach gehört Vertrauen unbedingt in eine Beziehung und das hatte sie ihm gegenüber. Erst einige Zeit später wurde ihr klar, warum Karl so reagiert hatte, eine seiner früheren Partnerinnen war entsetzlich eifersüchtig gewesen und wenn er Hanna das damals erklärt hätte, hätte sie seine Reaktion ganz sicher verstanden.

Weihnachten kam und es waren ereignisreiche und schöne Stunden, die Hanna mit ihrer Familie verbrachte. Sogar der Besuch ihres Ex-Mannes, dem Vater ihrer Kinder, war entspannter verlaufen, als sie es sich vorgestellt hatte. Es war beinah so wie früher, als sie noch eine Familie gewesen waren, eine schöne Erinnerung...

Nur eines machte Hanna wirklich sehr traurig, Karl saß an Weihnachten allein in seinem großen Haus und das stellte sie sich überhaupt nicht schön vor. Auch seine Versicherung, dass er es doch so gewohnt sei und daher gar nicht schlimm findet, war kein Trost für sie. Aber vielleicht würden sie im nächsten Jahr das Weihnachtsfest alle gemeinsam verbringen?

La Palma

Wenn die ersten Sonnenstrahlen
Flecken auf die Erde malen
schält sich aus der Wolken Dunst
eine Insel voller Kunst.

Aus Mutter Erdes heißem Schoß
ein Lavastrom sich einst ergoss,
aus schroffen Felsen, schwarzem Sand
entstand ein von Schönheit geprägtes Land.

Die Menschen, die hier ihr Leben gestalten,
wollen diese Schönheit erhalten.
Die Zeit scheint hier langsamer zu vergehen,
und manchmal, so scheint es, bleibt sie stehen.

Dann gleitet über das Meer weit der Blick,
und meine Gedanken finden den Weg kaum zurück,
denn Hier und Jetzt verschmelzen mit mir,
und mein Herz öffnet ganz weit seine Tür.

Die Wellen rauschen und murmeln ein Lied
und überall grünt es und blüht.
Ich wandre mit dir durch Wald und Gestein,
die Luft ist hier ganz besonders rein.

Dein Haus auf der Klippe, wo Winde oft wehen,
wo Mandel- und Apfelsinenbaum stehen,
wo Kakteen und Feigen wachsen heran
hatte es mir sofort angetan.

Doch all das ist es nicht allein,
denn da bist du, nur dein Sein
hat meine Seele zum Klingen gebracht
und in meinem Herz ist Liebe erwacht.

Am 2. Weihnachtsfeiertag fuhr Hanna zur Arbeit. Das war nun schon seit zwei Jahren so, dass sie die Kur zwischen den Jahren zusammen mit Jana betreute. Sie waren ein eingespieltes Team und waren sich auch privat sehr nah.

Jana gestaltete diese besondere Zeit immer mit dem ihr eigenen Charme und einer fast mütterlichen Wärme, alle waren sehr gerührt und es flossen auch ein paar Tränen. Am Abschlussabend ließ sie jeden Teilnehmer und die Therapeuten eine kleine Engelkarte ziehen und Hanna war nicht überrascht, dass ihr Engel ihr die Botschaft „Abwarten" schickte. Schlagartig wurde ihr bewusst, dass es genau der Hinweis auf ihr Verhältnis zu Karl war: Nichts überstürzen, auch wenn er gern ein schnelleres Tempo hätte.

An die wenigen Menschen in meinem Leben,
die mich nie verurteilt haben,
nie hinter meinem Rücken geredet haben,
mir ehrlich zuhören und mit mir reden,
an all diejenigen, die mich bedingungslos lieben
so wie ich bin.
Danke!

2020

Januar

Das neue Jahr begann mit sehr milden Temperaturen, fast frühlingshaft. In Hannas Herz war schon Frühling, sie spürte, wie es jedes Mal, wenn sie an Karl und La Palma dachte, einen freudigen Sprung machte, es geriet ganz aus dem Häuschen. Die noch verbleibenden sechs Tage bis zu ihrer Reise zogen sich gefühlt endlos in die Länge.

Die Monate Dezember, Januar und Februar sind auch auf La Palma die Wintermonate. Als Hanna ihre Reise für Anfang Januar plante, hatte Karl bemerkt, dass sie ja dann genau zur Regenzeit kommen würde und sie hatte sich vorgestellt, einen trüben verregneten Himmel vorzufinden, aus dem es beständig goss. Na toll, dachte sie, eigentlich wollte sie gerade diesem tristen Grau und Niederschlägen entfliehen und nun diese Aussicht!
Aber der Klimawandel macht auch vor der Küste La Palmas nicht halt. Bis in den März hinein war von Winter nichts zu spüren, das Thermometer zeigte am Tag nicht selten 20° und es war ausgesprochen mild und sonnig. Teilweise kletterte die Quecksilbersäule bis auf 24° und die gefühlte Temperatur lag sogar noch darüber. Heftig hingegen pustete der Wind, er nahm oft schon regelrecht Orkanstärke an. Da kam es schon mal vor, dass die Stühle auf der Terrasse durch die Luft flogen, Blumentöpfe umgeweht und die Palmen heftig geschüttelt wurden. Im Großen und Ganzen entstand aber wenig Schaden, die Pflanzen waren diese Stürme gewohnt, nur die Bananenstauden sahen ziemlich zerrupft aus. Im Wald sollte man sich jedoch dann besser nicht aufhalten, denn es konnte schon mal passieren, dass eine Pinie mit ihren flachen Wurzeln einfach aus dem Boden herausgerissen wird und umstürzt.

Freudig machte Hanna sich Anfang Januar auf den Weg zu Karl nach La Palma. Sie freute sich auf drei Wochen Sonne, Meer, Wärme und auf eine unbeschwerte und erholsame Zeit mit ihm.
Landeanflug auf La Palma, sie sah die steile Ostküste, die Bananenplantagen, die an die Berge „geklebten" Häuser, das viele Grün (nach dem Grau in Deutschland eine Augenweide) und spürte eine Freude, die wie ein lustvoller Schauer ihren Rücken herunter lief. Sie war da, war wieder angekommen, denn sie hatte immer mehr das Gefühl, hierher zu gehören auf eine Weise, die sie noch erkunden musste.
Karl begrüßte sie am Flughafen gemeinsam mit Sibylle, was Hanna nicht glücklich fand, denn Sibylle wusste noch nichts von ihrer Verbindung. Sie wusste nicht so recht, wie sie sich in der Situation

verhalten sollte, deshalb umarmte sie Karl nur und hauchte ihm einen verhaltenen Kuss auf die Wange. Bei ihm zu Hause angekommen, fielen sie sich in die Arme und hielten sich umschlungen wie Ertrinkende. Sie hatten drei Wochen vor sich, die nur ihnen gehören sollten!

Es war noch dunkel im Zimmer als Hanna durch ein herzhaftes „Miau" geweckt wurde. Der Kater wollte raus. Auch Karl hatte es gehört und mit einem „Ich komm ja schon" verließ er das warme Bett, um den Kater nach draußen zu lassen. Gleich darauf kam er zurück. Sie erwartete ihn schon. Ihre Körper fanden zueinander, eng umschlungen spürten sie die Wärme des anderen und Hanna hätte weinen können vor Glück, dass es Karl gibt. So vieles wollte sie ihm sagen, schwieg aber, um den Moment nicht zu zerstören. Es war so unglaublich schön, seine Nähe zu spüren. Die Begegnung mit ihm hatte ihr Leben auf den Kopf gestellt, es passierte so viel Erstaunliches und alles war noch so neu. Doch sie wusste es längst, dass es so und nicht anders kommen sollte. Seine gleichmäßigen Atemzüge verrieten ihr, dass er wieder eingeschlafen war. Sie lag ganz still und lauschte den Geräuschen des Morgens: ein Hahn krähte mit seiner ganzen Leidenschaft, Hunde in der Nachbarschaft unterhielten sich lautstark bellend, der Wind strich mit einer leichten Brise über die Blätter der Pflanzen, die Küchenuhr tickte... Diese Zeit des Morgens, bevor der Tag begann, genoss sie ganz besonders, sie ist so kostbar. Sie waren sich so nah und vertraut und Hanna dankte den göttlichen Planern, die sie zusammengeführt hatten. Das waren die kleinen Glücksmomente, die ihr ein Lächeln der Glückseligkeit ins Gesicht zauberten.

Karl hatte Hanna viel von seiner Arbeit mit seiner Selbsterfahrungsgruppe erzählt und sie hatte sich nichts darunter vorstellen können. Aber neugierig hatte er sie schon gemacht und als er sie bat, an dem Gruppennachmittag teilzunehmen, willigte sie ein. Es war ja nie verkehrt, etwas Neues zu lernen, sie machte es aber zur Bedingung, sich einfach nur dazusetzen und das Ganze auf sich wirken zu lassen. Alle Mitglieder der Gruppe kannten sich, teilweise schon über viele Jahre. Sibylle hatte Hanna schon kennengelernt und das nahm ihr dann ein wenig die Beklemmungen.
Alle in der Gruppe sprachen über sich, wie es ihnen ging, was sie fühlten, welche Sorgen sie im gegenwärtigen Zeitpunkt zu bewältigen hatten. Hanna hörte sehr aufmerksam zu und war etwas verwundert, dass sowohl Sibylle wie auch Uta sehr ausführlich über sich und ihre Befindlichkeiten Auskunft gaben. Sie waren es auch, die in der Gruppe

den Ton angaben, für Hannas Geschmack aber ziemlich dominant. Und dann richtete Karl plötzlich das Wort an sie, er setzte sich einfach über ihren Wunsch hinweg, nur stiller Zuhörer zu sein, und forderte sie auf, sich zu beteiligen. Hanna fühlte sich in ihrer Person missachtet und vorgeführt und während die anderen recht unbefangen über ihre Befindlichkeiten und Gefühle sprachen, konnte sie dazu nichts sagen und wäre am liebsten aufgestanden und gegangen. Im Anschluss sprach sie Karl darauf an und er wies jeden Einwand von sich mit der Begründung, dass man sich nicht einfach nur in eine Selbsterfahrungsgruppe hineinsetzen kann, ohne am Geschehen beteiligt zu sein. Hanna fühlte sich übergangen, ein Gefühl, das ihr nicht gefiel.

Etwas seltsam war es Hanna vorgekommen, dass Karl sie in der Gruppe als eine Bekannte vorgestellt hatte, die bei ihm zu Besuch war. Sie hatte ihn auch danach gefragt, warum er nicht gesagt hatte, dass sie beide in einer Beziehung sind, denn das waren sie doch, oder nicht? Karl meinte, dass das niemanden etwas angehen würde, das wäre allein seine Sache. Hanna wusste nun nicht, wie sie sich da verhalten sollte, sie war kein Freund von Geheimniskrämereien und außerdem, da war sie sich sicher, konnten die Frauen ja eins und eins zusammen zählen. Also, was sollte das?

Jeden Morgen setzten Hanna und Karl sich zum Morgenkaffee in die beiden Sessel mit dem wundervollen Meerblick und beobachteten den Sonnenaufgang, ein Schauspiel, das insbesondere Hanna jedes Mal erneut in seinen Bann zog. Kein Sonnenaufgang gleicht dem anderen und das Farbenspiel fand sie immer wieder faszinierend. Karl, der eher den Sonnenuntergang mag, bedauerte es sehr, nicht mehr auf der Westseite der Insel, in Puntagorda, zu wohnen.

Sie sprachen über psychologische Probleme, der Psychoanalytiker Karl hatte viele Fragen zu Hannas Kindheit und überhaupt zu ihrem bisherigen Leben. Sie sprachen aber oft auch über seine Arbeit an seinem Buch mit dem Thema „Alkohol", das Hanna zwar nicht fremd war, sie aber bisher nur tangiert hatte. Mehr interessierten sie dagegen Gespräche „über Gott und die Welt", oder auch Themen, die sie bisher nur aus der yogischen und ayurvedischen Sicht betrachtet hatte. In einem dieser Gespräche wurde ihr klar, dass Karl ein sehr gläubiger Mensch war, der aber mit dem Dogma der katholischen Kirche nicht viel am Hut hat. Hanna hingegen fühlte sich zum Buddhismus hingezogen, was auch seinen Ursprung in der Beschäftigung mit Yoga und Ayurveda hatte. Aber sie war offen für andere Gedanken und wollte sich gern auf

Karls Glaubenssätze einlassen.

Karl ging jeden Morgen, sobald die Sonne aufgegangen war, zu seinen Hühnern. Über Nacht waren sie in einem Stall eingeschlossen und ein fröhliches Gegacker empfing ihn. Sie drängelten und schubsten, als Karl die Stalltüren öffnete und sie in den Garten flatterten. Dort stand ein großes Wassergefäß bereit und Karl streute weitläufig den Mais aus, der ihr Frühstück war. Auch da gab es Rangeleien und zwischendrin stolzierte der Gockel hin und her und sorgte in seinem Harem für Ordnung.

Hanna wusste schon, dass Karl dann meistens Orangen mitbrachte, die gleich in der Nähe des Hühnergeheges wuchsen. Daraus stellten sie einen überaus leckeren Orangensaft (Zumo de naranjas) her. Es war schon etwas ganz anderes, die Orangen so frisch zu verarbeiten, sie schmeckten einfach viel besser so.

Manchmal, wenn Hanna Karl zu seinen Hühnern begleitet hatte, streifte sie durch den terrassenartig angelegten Garten und fand neben den Orangenbäumen noch Bäume, die Zitronen, Mandarinen und andere Früchte trugen, die sie nicht kannte, die aber alle essbar waren, wie Karl ihr versicherte. Die Grillen zirpten und die Vögel trällerten ihr Morgenlied und Hanna kam sich wirklich wie im Paradies vor. Das Meer lag meistens ruhig unter ihr und sie konnte Teneriffa in der Morgensonne sehen.

Eines Morgens hatten sie über das angespannte Verhältnis von Hanna zu ihrer Mutter gesprochen, das sie auch noch sieben Jahre nach ihrem Tod, belastete, weil sie ihr einfach nicht verzeihen konnte. Karl saß mit seinem Pendel da, pendelte etwas aus. Dann schaute er Hanna an und sagte, dass er von seinem geistigen Führer die Erlaubnis bekommen hätte zu einer Einweihung, sie wäre jetzt dazu bereit. Er fragte sie, ob sie das auch sei und es möchte. Hanna hatte keine Vorstellung, worum es ging, war aber sehr neugierig und so ließ sie sich darauf ein. Karl versetzte sie in Hypnose und sie begegnete Maria, ihrer spirituellen Mutter, eine Mutter, die sie immer gern gehabt hätte: voller Güte, Liebe und Mitgefühl. Sie sah Hannas Großmutter, aber auch ihrer Kollegin Mara, sehr ähnlich. Maria hatte Gabriel, ihren Schutzengel, der rechts hinter Hanna stand, „mitgebracht". Er war sehr groß, überragte sie und schaute sie seitlich von oben mit einem verschmitzten, gütigen und wohlwollenden Lächeln an: „Hallo, schön, dass wir uns kennenlernen". Er trug ein langes naturfarbenes Gewand und seine Flügel schienen riesig zu sein. Kurze lockige Haare umrahmten sein Offenheit und

Freude ausstrahlendes Gesicht, Hanna fand ihn sofort sympathisch. Und da kam dann auch noch ein zweiter Engel angerannt, Michael, entschuldigte sich für seine Verspätung und kam einige Schritte atemlos vor ihr zum Stehen. Hanna fand es lustig, dass er wie ihr Bruder aussah, sein Kopf war ebenso kahl geschoren und er lächelte sie belustigt an. Auch er war in ein Gewand gekleidet, das aber im Gegensatz zu Gabriels mit einer Kordel geschnürt war und nur knapp über seine Knie reichte, so dass sie sehen konnte, dass er Sandalen trug, wie die Bauernburschen im Mittelalter. Er sah eher wie ein Mönch aus. Seine Flügel müssen auch kleiner gewesen sein, Hanna konnte sich gar nicht erinnern, sie gesehen zu haben.

Maria sprach zu ihr. Sie versicherte Hanna, dass sie, Gabriel und Michael nun immer für sie da sein werden, dass sie jederzeit mit ihnen Kontakt aufnehmen kann und keine Scheu haben sollte, sie um Hilfe zu bitten, wann immer sie sie benötigen würde.

Zwei Tage später, Karl und Hanna waren unterwegs auf einer Wanderung zum Rabennest, einem Rastplatz im Wald schon ziemlich hoch auf dem Berg gelegen, fragte er sie, wie es ihr mit diesem Wissen geht, das sie durch die Einweihung erfahren hatte. Die ganze Zeit über hatte sich Hanna gefragt, was sie nun damit anfangen sollte, sie war überhaupt noch nicht fähig, die Tragweite dessen zu erfassen. Aber es beruhigte sie sehr, dass da ganz offensichtlich jemand war, der seine schützenden Hände über sie hielt. Das, was sie sich immer von ihrer Mutter gewünscht hatte, Liebe, Zuwendung und Verständnis, würde sie nun bei Maria und ihren Begleitern finden.

In diesem Zusammenhang hörte sie auch das erste Mal von einem Lebensplan, der für jeden Menschen existiert und den die geistige Welt kennt. Das fand sie sehr spannend. Dieser Lebensplan war sozusagen der Fahr- oder Lehrplan für die Seele, denn sie hatte sich inkarniert, um zu lernen. Nun wurde ihr klar, warum Dinge in ihrem Leben geschehen waren, die nicht immer für Glücksgefühle gesorgt hatten, das waren ganz offensichtlich Lernaufgaben gewesen, die sie mit mehr oder weniger Erfolg gemeistert hatte. In diesem Augenblick wurde ihr bewusst, dass sie nicht mit diesen negativen Erfahrungen hadern sollte, sondern sich bedanken, dass sie ihr die Möglichkeit zum Wachstum geboten hatten. Und sie fühlte wirklich eine tiefe Dankbarkeit und Freude, Hanna hätte jetzt gern jemanden gehabt, mit dem sie dieses Gefühl teilen konnte. Aber Karl schritt nachdenklich neben ihr her und Hanna hatte den Eindruck, dass er etwas missgestimmt war, weil sie nach seinem Empfinden vielleicht doch noch nicht reif genug für dieses Wissen war. Sie hätte ihn gern einfach umarmt und sich bedankt, aber seine kühle Gelassenheit stellte eine Barriere für sie dar, die sie nicht umgehen konnte. Wieder einmal fragte sie sich, ob er sie als Frau und Freundin oder als Patientin wahrnahm...

Nach einer fast zweistündigen Wanderung beständig bergauf kamen sie beim „Rabennest" an. Nachdem sie ihre durchgeschwitzten Sachen gewechselt hatten, packten sie ihr Picknick aus. So in der frischen Waldluft schmeckte es besonders gut. Im „Rabennest" befanden sich zahlreiche Grillplätze, große Tische mit Bänken und ein Spielplatz für Kinder. Aber es waren außer ihnen und einem Pärchen, das etwas abseits saß und sich die Sonne ins Gesicht scheinen ließ, niemand da. Schade, dachte Hanna, ein so einladender Ort und keiner nutzt ihn. Nach dem ausgiebigen Mahl machten sie sich an den Abstieg, Hanna genoss es, gemächlichen Tempos unterwegs zu sein und sich ganz der Natur um sie herum hinzugeben.

Hanna hatte immer noch die schöne Erinnerung an ihren Besuch in Santa Cruz zu Weihnachten im Kopf und bat Karl, doch einmal zum Kaffeetrinken dorthin zu fahren. Karl freute sich über diesen Wunsch, denn dann konnte er ihr einen seiner Lieblingsplätze zeigen. Sibylle hatte sich ihnen angeschlossen, sie liebt Santa Cruz, gestand sie Hanna. Sie stellten das Auto am Stadtrand ab und liefen durch die Fußgängerzone, die sich durch die Stadt zieht. Ein Geschäft reiht sich hier an das andere und Hanna wäre am liebsten an jedem stehen geblieben, um sich die Auslagen anzusehen. Sibylle schlug ihr vor, doch in den nächsten Tagen gemeinsam eine Shoppingtour zu machen, nur sie beide allein. Das fand Hanna sehr verlockend und als Karl sie dazu ermunterte, sagte sie zu. Die Straße schien endlos zu sein und Hanna fragte sich, wie viel Zeit es wohl in Anspruch nehmen wird, hier zu bummeln und einzukaufen. Plötzlich endete die Häuserzeile, die folgenden Häuser waren etwas zurückgesetzt, so dass ein Platz entstanden war, auf dem Tische und Sonnenschirme aufgestellt waren. Karl steuerte zielstrebig auf einen Tisch zu, der gerade frei wurde. Sie nahmen Platz und Karl sagte, dass diese Bar, sie nannte sich „La Plazeta", seine und Sibylles Lieblingsbar sei, wenn sie in Santa Cruz zum Kaffeetrinken sind. Es war wirklich ein lauschiges Plätzchen, offensichtlich schienen das auch andere so zu empfinden, denn die Bar war bis auf den letzten Platz gut besucht. Sibylle erklärte Hanna auch, dass es oft schwierig ist, hier einen Platz zu bekommen. Sie gaben ihre Bestellung auf und während sie warteten, schaute Hanna sich die Gäste an. Die meisten schienen Touristen zu sein, die wie sie den Winter in Deutschland mit La Palmas Sonne eingetauscht hatten. Von ihrem Platz aus konnte sie die Menschen beobachten, die die Einkaufsmeile entlang flanierten. Immer wieder fiel ihr auf, dass sie Frauen mit ihren Kindern sah, aber keine Männer dazu. Sibylle klärte Hanna darüber auf, dass sich der Mann in den spanischen Familien nicht mit der Betreuung der Kinder beschäftigte. Aber zunehmend würde sich auch das in den jungen Familien verändern.

Auf ihrem Rückweg zum Auto schlug Sibylle vor, auf der Hauptstraße entlang zu gehen, sie wollte Hanna noch etwas ganz besonderes zeigen. Sie machte Hanna auf eine Häuserzeile aufmerksam, deren typisch kanarischen Balkone wunderschön bepflanzt waren. Hanna staunte, hier war ein wahrer Künstler am Werk gewesen! Sibylle erzählte, dass sie den Gärtner kennt, er heißt Heino und ist auf der ganzen Insel bekannt für seine tollen Blumenarrangements. Hanna erinnerte sich, von ihm in der Reportage über La Palma, die sie sich vor einem Jahr angeschaut hatte, gehört und ihn auch gesehen zu haben. Bei einem ihrer späteren Aufenthalte hatte sie Heino kennengelernt, einen Naturburschen und Lebenskünstler. Er machte nicht viele Worte um sein Können, freute sich aber über Hannas Lob. Er hatte einfach viel Spaß und Freude bei seiner Arbeit.

Drei Tage nach diesem Besuch machte Hanna sich mit Sibylle erneut auf den Weg nach Santa Cruz, aber heute zum Einkaufen. Sibylle war auf der Suche nach einem leichten Sommerkleid und auch Hanna wollte mit einem Kleid ihre Garderobe auffrischen. Nachdem sie in mehreren Läden erfolglos gesucht hatten, gelangten sie in die Nähe der Plazeta-Bar und fanden dort ein Geschäft, dessen Auslagen Hanna verrieten, dass sie hier fündig werden würde. Sie war sofort angetan von dem Angebot und mit der jungen Frau konnte sie sich auf Englisch verständigen. Sibylle hatte schon etwas Passendes gefunden und verschwand in der Umkleidekabine. Nachdem Hanna die Reihe der Kleider durchsucht hatte, machte sie die junge Frau auf ein Kleid aufmerksam, das etwas abseits hing. Genau das war es, was Hanna gesucht hatte. Sie probierte es an, es passte und sie fühlte sich sofort wohl darin. Auch Sibylle war mit ihrem Kleid sehr zufrieden und hatte sich zum Kauf entschlossen. Hannas Kleid war momentan im Sonderangebot und würde dadurch nur etwas mehr als die Hälfte kosten, kurzentschlossen nahm sie noch ein zweites in einer anderen Farbe mit. Zwei schöne Kleider für fast den Preis von einem war ein guter Kauf, wie Hanna übereinstimmend mit Sibylle feststellte.

Sie waren hungrig geworden, inzwischen zeigte die Uhr schon den frühen Nachmittag an und Sibylle schlug vor, in ein in Santa Cruz sehr beliebtes Cafe zu gehen und dort bei einem leckeren Stück Kuchen und Kaffee die müden Beine auszuruhen. Das „Cafe Miguel" befindet sich in einem Innenhof eines stattlichen Kaufmannshauses und sie mussten eine Weile warten, bis ein Tisch frei wurde. Der Eingangsbereich war mit kunstvollen Schnitzereien gestaltet und üppig mit Blumen ausgestattet. Alles war sehr einladend und Hanna konnte verstehen, warum es so viele, vor allem Einheimische, hier her zog. Der Kuchen war hausgemacht und köstlich und auch der Kaffee war von auserlesener Qualität, was wohl das Ergebnis einer eigenen Kaffeerösterei war. Man konnte ihn in speziellen Genussgeschäften kaufen und natürlich in den Bars und Cafes auf der Insel.

Hanna fühlte sich pudelwohl in der Umgebung und wollte irgendwann einmal mit Karl hier her gehen.

Der Tag war kühl gewesen, ein heftiger frischer Wind hatte dafür gesorgt, dass es am Abend im Haus nicht wirklich warm war. Gut, laut Kalender war Winter, aber es fühlte sich oft eher wie Frühling für Hanna an. Karl hatte die tolle Idee, den offenen Kamin anzuheizen, Holz war genug da und so ein Feuer ist ja immer recht romantisch. Hanna freute sich auf einen gemütlichen Abend. Aber das Gespräch, das Karl dann eröffnete, hatte nichts gemütliches und hatte sie eher befremdet. Karl hatte Hanna mit deutlichen Worten klargemacht, dass er sich wünschte, dass sie mit in seinem Bett schlafe und nicht wie bisher im Gästezimmer. Hanna spürte, dass er sehr gereizt war, sich ziemlich taktlos verhielt und scharfe Worte wählte. Er machte ihr zum Vorwurf, sich zurück zu ziehen bei jeder sich bietenden Gelegenheit und er sich deshalb fragte, ob sie denn überhaupt eine Beziehung zu ihm haben möchte. Im gleichen Kontext kritisierte er ihr fehlendes Engagement in der Gruppe und ihre leise Sprechweise. Hanna hatte plötzlich das Gefühl, dass Karl zwei Gesichter hat. So hatte sie ihn noch nie erlebt, kalt und auf noch größerem Abstand als ohnehin schon in den letzten Tagen. Sie versuchte ihm klar zu machen, dass sie ihn doch erst mal kennenlernen möchte, bevor sie sich für oder gegen eine Beziehung entscheiden kann. Und ihr wurde plötzlich bewusst, dass Karl sie wissentlich verletzen wollte. Was hatte sie ihm getan? Da gab es für sie nur eine Antwort, sie wollte und vor allem konnte nicht mit in seinem Bett schlafen, und in den letzten Tagen war sie auch nur zu ihm gekommen, um sich an ihn zu schmiegen, seine Nähe zu spüren und nachdem er eingeschlafen war, in das Gästezimmer zu gehen. Wahrscheinlich hatte er andere Bedürfnisse, die sie nicht erfüllt hatte weil es ihr manchmal einfach nur reichte, neben ihm zu liegen, seine Wärme und Nähe zu spüren. Er hatte ihr ans Herz gelegt, dass sie die Initiative übernehmen sollte und ihm signalisieren sollte, wenn sie mit ihm schlafen möchte. Ganz offensichtlich war ihm ihr Bedürfnis danach zu wenig und nun war er enttäuscht und zunehmend frustriert. Aber anstatt mit ihr darüber zu reden, schoss er nun aus allen Rohren auf sie. Hanna fand es einfach ungerecht, ihr dann den schwarzen Peter zuzuschieben.

So hatte der Abend eine unangenehme Wende genommen und Hanna lag noch lange wach. Sie fragte sich, was in Karl vorging und warum er nicht über seine Gefühle sprach. Wieder so eine Situation, die ihr zu denken gab und sie spürte immer öfter, dass ihr Verlangen nach körperlicher Nähe sich nicht auf das Miteinander- Schlafen beschränkte, ihm das aber offensichtlich ausreichte. Eine Umarmung ließ er zu, aber die ließ er auch mit allen anderen Frauen der Gruppe zu. Wenn sie ihn mal am Arm, an der Hand oder im Gesicht berührte, kam da keine Reaktion, nur der Hinweis, dass er Berührungen im Gesicht nicht mag. Keine weitere Erklärung dazu. Langsam machte Karls Verhalten Hanna noch unsicherer, als sie es bereits war und sie fragte sich immer häufiger, was sie ihm eigentlich bedeutet, welcher Art seine Gefühle für sie sind. Er kaufte ihr Geschenke, über die sie sich sehr freute, aber sie wurde das Gefühl nicht los, dass das alles nicht das Geringste mit Liebe zu tun hatte.

Am nächsten Morgen fühlte sich Hanna überhaupt nicht gut, es lag immer noch eine unangenehme Spannung in der Luft. Karl wollte mit ihr zum Kaffeetrinken nach Tazacorte fahren, aber ihr war nicht danach zumute, am liebsten hätte sie sich in das Gästezimmer zurückgezogen und ihrer Traurigkeit freien Lauf gelassen, denn traurig war sie, dass sich alles so entwickelt hatte. Sie verstand auch nicht, dass es für Karl ein so großes Problem darstellte, dass sie im Gästezimmer allein schlafen wollte. Dort konnte sie ruhig schlafen und wenn sie in der Nacht wach wurde und nicht wieder einschlafen konnte, brauchte sie sich nicht zu sorgen, dass sie Karl stört.

Sie war sehr unruhig, ihr Herz klopfte wild, sie fühlte sich einfach nur schrecklich. Karl fragte sie, was mit ihr sei, aber eine plausible Erklärung hatte Hanna nicht zur Hand. Er bemerkte, dass sie auffallend blass aussah und bat sie, sich hinzulegen, damit er ihren Blutdruck messen konnte. Und da war auch schon die Erklärung für Hannas Unwohlsein, er war viel zu hoch. Jetzt war Karl sichtbar besorgt, er gab ihr Kreislauf stabilisierende Tropfen und dann ging er zu seinem Computer, um eine Musik anzustellen, ein tibetisches Heilmantra. Hanna wusste um die Wirkung von Mantras und lauschte den wundervollen Klängen. Langsam wurde es in ihr ruhiger, Tropfen und Mantra schienen ihre Wirkung zu entfalten. Als Karl eine halbe Stunde später wieder ihren Blutdruck maß, waren die Werte schon etwas gefallen. Hanna lag auf der Couch und ihr wurde klar, dass diese Reaktion ihres Körpers etwas mit dem Vorfall des letzten Abends zu tun hatte. Sie war sehr in Sorge, dass es hätte auch ganz anders ausgehen können, dass Karl sie hätte ins Krankenhaus bringen müssen. Diese Vorstellung machte ihr ernsthaft Angst und sie nahm sich vor, ein klärendes Gespräch mit Karl zu führen, sie wollte endlich wissen, warum er sich so seltsam und widersprüchlich verhielt.

Nachdem es Hanna besser gegangen war, fuhren sie doch noch zum Kaffeetrinken. Als sie am Nachmittag zurück gekommen waren und sie es sich mit einer Tasse Getreidekaffee auf den Sesseln mit Blick zum Meer bequem gemacht hatten, schnitt Hanna das Thema, das ihr wie ein Stein auf der Brust lastete, an. Sie fragte Karl gerade heraus, welcher Art seine Gefühle für sie sind. Seine Antwort war knapp: „Ich mag Dich wirklich sehr". Hanna hatte schon die ganze Zeit den Verdacht gehabt, dass von seiner Seite keine Liebe im Spiel war und fühlte sich bestätigt. Aber nun wusste sie wenigstens, woran sie war. Sie kämpfte mit den Tränen und schaffte es, sich ihre Enttäuschung nicht anmerken zu lassen, besonders deshalb, weil sie für Karl durchaus Liebe empfand und ihm das auch schon gesagt hatte. Sie konnte sich doch nicht nur eingebildet haben, dass da zwischen ihnen ein energetisches Band vorhanden war, sie konnte es spüren, wenn sie in seiner Nähe war. So etwas hatte sie bisher noch nie erlebt und sie war sich sicher, dass diese Verbindung schon viel länger besteht. Aber..., Karl empfand keine Liebe für sie.
Hanna fing immer mehr an zu grübeln und sich ernsthaft zu fragen, ob es so gut war, zu bleiben. Es kostete sie ungeheure Anstrengung, so zu tun, als wäre für sie alles in Ordnung, denn das war es ganz bestimmt nicht.

Sonntag, schon am Morgen bemerkte Hanna, dass wieder mal, etwas „nicht in Ordnung" mit ihr war. Sie konnte es nicht erklären was, fühlte einfach nur ein Unbehagen. Jede Bemerkung von Karl, der damit begonnen hatte, ihr Tun genau zu beobachten, um dann Vorschläge zu unterbreiten, wie sie das oder jenes doch viel besser machen könne, wenn sie es so wie er macht, nahm sie sich sehr zu Herzen. Und wieder gingen ihr Gedanken durch den Kopf, ihren Besuch vorzeitig abzubrechen. Wie aus heiterem Himmel überkam sie eine unerklärliche Sehnsucht nach geistigem Austausch mit ihren Kolleginnen. Die Gespräche mit Karl hatten immer mehr den Charakter einer Therapie angenommen und sie hatte wieder einmal mehr den Eindruck, eher als Patientin als als Karls Partnerin zu fungieren. Sie fühlte sich allein, wie auf ein Abstellgleis geschoben und es verstärkte sich das Gefühl, dass Karl sie eher als eine Last empfand. Wenn sie gemeinsam mit Sibylle zum Kaffeetrinken fuhren, spielte er den heiteren Unterhalter, aber wenn sie mit ihm allein war, zeigte er sein mürrisches und kritisches Wesen. Sie verstand nicht, wie es kam, dass sie sich plötzlich wünschte, arbeiten zu können, die Gewissheit zu haben, etwas sinnreiches zu tun und dafür auch Anerkennung zu erhalten. Letzteres war für sie immer ein Motivationsschub gewesen. Karl nörgelte nur noch an ihr herum, war anscheinend unzufrieden mit sich und seinem Dasein. Aber was sollte Hanna dazu beitragen? Wenn sie ihn darauf ansprach, war seine Antwort immer die gleiche, er wollte sie in seinem Bett neben sich haben.

So langsam beschlich Hanna eine böse Vorahnung, sollte dieses „Schlaf- Problem" zum Leitmotiv von Karls beständiger Launenhaftigkeit werden? Sie hatte keine Lust mehr, sich zu verteidigen und Erklärungen zu liefern, er wollte sie doch gar nicht hören, und gleich gar nicht verstehen und akzeptieren. Hanna war ratlos. Sie hatte gehofft, dass er sich daran gewöhnen würde, dass sie immer noch damit haderte, die Nacht in seinem Bett und bei ihm schlafend zu verbringen, es war ihr nicht möglich, irgendetwas tief in ihr hinderte sie daran, diesen Schritt zu gehen.

Karl hatte das Anliegen, seine bisher erschienenen Bücher einer Überarbeitung zu unterziehen und saß nun öfter an seinem Computer. Hanna wollte sich nützlich machen und hatte damit begonnen, in Karls Garten dem Unkraut zu Leibe zu rücken und mit ihm gemeinsam die Blumenampeln neu bepflanzt. Sie war begeistert von der Farben- und Blühfreude der zahlreichen Geranien und hatte richtig Spaß, in der Erde zu arbeiten und zu sehen wie alles wuchs und gedieh.

La Palma kennt keine Jahreszeiten wie sie in Deutschland zu beobachten sind. Dort grünt und blüht es das ganze Jahr über. Aber auch hier war Karl ständig mit Vorschlägen und Kritik zur Hand, so dass sie bald die Lust und Freude verlor und zunehmend frustrierter wurde. Für alles und jedes hatte er eine andere Herangehensweise. Wenn Hanna sah, dass seine Vorschläge gut waren, war sie gern bereit, ihnen zu folgen. Aber leider hatte sie oft eher den Eindruck, dass es ihm darauf ankam, ihr Unfähigkeit oder Nichtwissen nachzuweisen, was ihn offensichtlich bestärkte in seiner Auffassung, perfekt und vor allem besser zu sein. Das hatte er doch gar nicht nötig! Hanna verstand ihn nicht. Toleranz anderen gegenüber gehörte nicht zu Karls Stärken besonders dann nicht, wenn er sich überlegen fühlte. Immer öfter dachte sie daran, dass er ihr von seiner Kindheit erzählt hatte und da hatten Missachtung, Verurteilung und wenig Selbstwert eine Rolle gespielt. Lag hier der Grund für sein Verhalten?

Sie war sehr dankbar, als Sibylle eines Tages den Vorschlag unterbreitete, dass sie beide eine Wanderung durch den Wald nach Fuencaliente unternehmen könnten. Karl würde sie dann dort abholen. Auf dieser Tour erzählte Sibylle, wo sie oft mit ihrer Mutter gewandert war, als diese noch gelebt hatte. Sie waren auch in unwirtlichem Gelände unterwegs gewesen und Sibylle kannte sich sehr gut auf der Insel aus. Es war eine angenehme Tour, der Weg führte fast ohne Gefälle durch die Pinienwälder und an vielen Stellen hatten sie einen grandiosen Blick auf das Meer. Es war sonnig und warm und sie hatten sich auf ein gemäßigtes Tempo geeinigt. Sibylle konnte ohnehin nicht so flott ausschreiten wegen ihres Asthmas. In Fuencaliente angekommen setzten sie sich in das Cafe „Zulay", in dem sie sich im November kennengelernt hatten. Hanna beschloss, Sibylle reinen Wein einzuschenken was ihr Verhältnis zu Karl betraf. Sibylle meinte, dass sie sich schon so etwas gedacht hätte und nicht überrascht sei. Aber auch sie fand es komisch, dass Karl ein Geheimnis daraus machte. Irgendwie verletzte Karl damit Hannas Gefühle, denn es kam ihr so vor, als würde er sich nicht zu ihr bekennen und sie verstand nicht warum.

An einem schönen Morgen, die Sonne war klar über dem Teide aufgegangen und stand nun strahlend am Himmel, schlug Karl eine Wanderung vor. Er wollte mit Hanna vom San Antonio in Fuencaliente durch die Lavafelder zur Saline hinunter in Richtung Meer laufen. Hanna war begeistert. Sie hatten kürzlich in weiser Voraussicht ein Paar Wanderschuhe für Hanna gekauft, so dass sie gut gerüstet war. Zunächst ging es treppenartig bergab bis sie auf einen gut ausgebauten Weg kamen. Karl war sehr besorgt, der Weg war recht uneben und Hanna musste wirklich sehr aufpassen, nicht irgendwo hängen zu bleiben und zu fallen. Karl hingegen hatte Erfahrung, er war früher oft zum Bergwandern unterwegs gewesen. Sie schaffte den Abstieg ohne nennenswerte Schwierigkeiten, war aber sichtlich erleichtert, als der Weg nun geradeaus führte. Bald bogen sie in einen Abzweig ein, der direkt zum Teneguia- Vulkan führte. Ein schmaler Pfad schlängelte sich hinauf zum Kraterrand. Karl schlug Hanna vor, den Pfad hinauf zu gehen, er würde auf sie warten. Hanna wollte wissen, warum er sie nicht begleiten möchte, aber er gab eine ausweichende Antwort wie er wäre schon oft da oben gewesen und es sei deshalb nichts Neues für ihn. Die Wahrheit erfuhr Hanna zufällig später einmal durch Sibylle. Sie erzählte ihr von einem Ausflug, den sie einmal mit Karl unternommen hatte und bei dem der Weg auf einem schmalen Grad entlang geführt hatte. Karl hatte sich geweigert, diesen Weg zu gehen und verwies auf einen Absturz, den er vor vielen Jahren auf einer seiner Bergwanderungen erleben musste. Hanna verstand nicht, warum er ihr das nicht gesagt sondern so dubiose Ausreden benutzt hatte. Wollte er nicht als Schwächling vor ihr dastehen?

Der Weg führte nun weiter durch die Lavafelder, schwarzes sprödes Gestein, so weit das Auge sehen konnte. Ab und zu huschte eine Eidechse, von denen es unzählige gab, vor ihr von einer Seite zur anderen. Die Sonne war schon hoch gestiegen und Hanna hatte sich ihr Sweatshirt ausgezogen und um die Hüfte gebunden. Beständig ging es nun bergab auf einer leichten Steigung. Seit dem kurzen Aufenthalt am Teneguia hatte Karl kein Wort mehr gesprochen, er ging voran, Hanna hinterher. Sie musste sich auf den Weg konzentrieren, blieb manchmal stehen, um die karge Landschaft zu betrachten. Obwohl die schwarzen Gesteine wild durcheinander lagen und eher ein chaotisches Bild boten, fand Hanna, hatte alles eine schlichte Schönheit. An manchen Stellen konnte sie kleine Blumen sehen, die fast schon vorwitzig aus dem Geröll hervorschauten. Bald schon bemerkte sie, dass der Abstand zu Karl beständig größer wurde und an einer der Wegbiegungen verschwand er gänzlich aus ihrem Blickfeld. Er hatte sich auch nicht umgeschaut, was ihr merkwürdig vorkam, war er doch sonst eher besorgt um sie. Sicher, er kannte die Tücken des Geländes, war hier schon oft gelaufen. Aber Hanna verstand nicht, warum er so ein straffes Tempo anschlug.

Die Sonne stand im Zenit, als sie an dem Restaurant an der Saline ankam. Karl hatte bereits seine durchgeschwitzten Sachen gewechselt und erwartete sie. Auch Hanna zog sich schnell um. Sie mussten sich noch etwas gedulden, das Restaurant öffnete erst in einer halben Stunde. Auf der dem Restaurant vorgelagerten Terrasse bot sich ihnen ein grandioser Blick auf das Meer. Es war ziemlich unruhig, denn es war Wind aufgekommen. Die Wellen peitschten an die Felsen und die Gischt spritzte bis zu ihnen herauf. Urgewalten, dachte Hanna und versuchte, mit einem Video diese Stimmung einzufangen.

Hanna war aufgefallen, dass dieses wunderschön gelegene Restaurant nicht nur seiner Lage wegen etwas besonderes war. Alle Tische waren mit weißen Tischdecken eingedeckt. Geschirr und Besteck lagen in militärischer Ordnung darauf, komplettiert durch verschiedene Gläser und hübsche Blumendekorationen. Alles deutete darauf hin, dass es sich um ein Restaurant mit gehobenem Anspruch und Niveau handelte.

Hanna war angenehm überrascht, dieses Lokal unterschied sich grundlegend von den Bars, in denen sie sonst verkehrten. Sie fragte Karl, ob es einen besonderen Anlass für diesen Besuch gäbe und er verwies darauf, dass sie ja nur noch wenige Tage da sein würde, bevor sie wieder nach Deutschland fliegen muss. Aha, nun wurde ihr auch klar, warum er so still gewesen war und den Weg in diesem zügigen Tempo zurückgelegt hatte. Es war ihr schon bei ihrem letzten Aufenthalt aufgefallen, dass Karl einige Tage, bevor sie zurückflog, sehr in sich gekehrt und teilweise sogar traurig gewesen war. Zumindest war es ihr so vorgekommen. Die Angst, dann wieder allein zu sein, von ihr verlassen zu werden, ergriff Besitz von seinem Denken.

Das Essen war spitzenmäßig, es war überaus reichlich und der gehobene Preis schien Hanna durchaus gerechtfertigt. Sie dankte Karl für seine Einladung und er lächelte sie verschmitzt an. Auf dem Weg zur Bushaltestelle war er dann sehr aufgeräumt, fragte nach ihren Eindrücken auf der Wanderung und schien glücklich zu sein, dass es ihr gefallen hatte. Wieder war sie erstaunt, wie schnell Karls Stimmung umschlagen konnte.
Hanna merkte, dass sie es nicht gewohnt war, so eine Strecke zu wandern, immerhin waren sie fast drei Stunden unterwegs gewesen. Auf der Fahrt mit dem Bus wieder zum San Antonio zurück hatte sie Mühe, nicht einzuschlafen. Einzig der Wunsch, ja nichts zu verpassen, denn der Bus fuhr durch eine ihr bisher unbekannte Region, ließ sie wach bleiben.

Hanna beschloss, die nächste Zeit zu nutzen, herauszufinden, was ihr die Arbeit noch bedeutete und ob sie es sich überhaupt vorstellen konnte, ihr Leben neu zu ordnen.
Sie freute sich, als sie schon einige Tage nach ihrer Rückkehr von La Palma wieder in ihre Kureinrichtung fahren konnte, denn eine anstrengende Kur konnte für eine kurze Zeit für Ablenkung sorgen und sie konnte den Kopf frei bekommen, um herauszufinden, wie es ihr ergeht, wenn sie Abstand von Karl und den damit verbundenen Problemen bekommt. Ihr war es nach ihrem letzten Aufenthalt nicht gut gegangen, sie war in ein tiefes Loch gefallen und ihre Emotionen hatten verrückt gespielt. Aber das war doch normal, sie wusste, es gehörte zu dem Prozess, in den sie sich begeben hatte. Ihr war jedoch auch klar, dass es wichtig und notwendig war, eine Zeit getrennt von Karl zu sein, damit sie sich beide Klarheit verschaffen konnten, in sich hinein zu horchen und heraus zu finden, was ihnen die Beziehung zueinander bedeutet. Es kam darauf an, die Bereitschaft für Kompromisse und

Toleranz zu entwickeln, denn beides gehörte für Hanna zu einer funktionierenden Beziehung dazu, egal ob sie auf Liebe oder Freundschaft basiert.

Trotzdem kreisten ihre Gedanken ständig um die Frage, was sie nun machen sollte. Karl wollte von ihr wissen, ob sie mit ihm leben möchte, aber er liebt sie doch gar nicht, wie sollte das denn gehen? Hanna war nicht bereit, für ein „Ich mag Dich wirklich sehr" ihr ganzes Leben auf den Kopf zu stellen. Das musste doch auch ihm klar sein.

Während der Kur telefonierten sie an jedem Abend miteinander, die Verbindung war teilweise sehr schlecht, aber Hanna freute sich, dass sie wenigstens miteinander sprachen. Karl wollte wissen, wie ihr Tag war, erzählte aber nichts von sich und wenn sie ihn danach fragte, war seine Antwort, dass jeder Tag wie der andere ist. Mehr wollte er dazu nicht sagen, auch wenn sie nachfragte. Am Anfang waren diese Gespräche noch herzlich, dann aber immer öfter von ihm auf eine ihr unverständlich knappe und unhöfliche Weise beendet worden. Hanna war dann jedes Mal wie vor den Kopf gestoßen, was hatte sie ihm getan? Erst viel später wurde ihr klar, dass Karl immer mit ihrer Abwesenheit nicht gut klar gekommen war und sie hätte sich gewünscht, dass er mit ihr darüber geredet hätte.

Ich bin hier, um zu leben, zu wachsen und zu lieben.
Nicht, um es jedem recht zu machen,
allen zu gefallen und mich dabei zu vergessen.

Bahar Yilmaz

Februar

Die Anspannung in ihrer Beziehung zu Karl und die Belastung auch während der Kur führten dazu, dass sie völlig erledigt nach Hause kam und sich so elend fühlte, dass sie ihre Ärztin aufsuchte. Die Diagnose war eindeutig, Erschöpfungssyndrom und ein viel zu hoher Blutdruck. Die Ärztin schrieb sie für die nächsten drei Wochen krank, wofür Hanna sehr dankbar war. Sie hatte also genügend Zeit, sich zu erholen und darüber nachzudenken, wie sie sich Karl gegenüber positionieren sollte. Mittlerweile war sie sich sicher, dass es so mit ihnen nicht weitergehen konnte.

Zunächst hatte sie Karl nichts von ihrer Krankheit erzählt, als sie es dann aber doch getan hatte, bat er sie, zu ihm zu kommen, da würde es ihr sicher schnell besser gehen. Obwohl Hanna da ihre Zweifel und sie lange überlegt hatte, ob ihr das wirklich gut tun würde, wollte sie aber nicht davonlaufen, sondern sich den Schwierigkeiten stellen. Mittlerweile fühlte sie sich auch besser und nahm sich vor, ihm noch einmal zu erklären, warum sie nicht bei ihm schlafen kann, denn dieses Problem stand ständig zwischen ihnen und sie fühlte sich zunehmend unter Druck gesetzt. Aber seine Forderung „Ich will 100% Hanna oder gar nicht" machte alles nur noch schlimmer und der Druck wurde statt weniger immer mehr. Aber sie liebte ihn und wollte ihn auch nicht verlieren, trotz allem, was bisher nicht funktioniert hatte. Sie wollte ihn bitten, ihr einfach etwas Zeit zu lassen, nichts zu überstürzen und darauf zu vertrauen, dass sie im Lauf der Zeit lernen würde, diese Nähe, die sie sich noch nicht vorstellen konnte, zuzulassen. Außerdem war da immer noch die Tatsache, dass er für sie nicht das gleiche empfand wie sie für ihn. Würde er im Lauf der Zeit andere Gefühle für sie entwickeln können?

Am Wochenende vor ihrem Flug war ein heftiger Sturm aufgekommen, der sich noch zu einem Orkan entwickelte. Condor hatte Hanna benachrichtigt, dass ihr Flug auf einen unbestimmten Termin verschoben werden muss. Auch der Fernverkehr der Deutschen Bahn war lahmgelegt. Das bedeutete, dass sie nun vorerst nicht wusste, wann sie ihre Reise antreten konnte. Ihre Vorfreude, in die Sonne fliegen zu können, wurde gedämpft und sie war voller Ungeduld, schaute ständig im Internet nach den Wetterprognosen, aber bis zum Montagabend war keine durchgreifende Änderung zu erwarten. Endlich, am Dienstagmittag erhielt sie die Information, dass seit dem Morgen sowohl die Züge wieder fuhren als auch der Flugbetrieb wieder aufgenommen wurden war und sie am Mittwoch auf ihre Reise gehen konnte.

Als Hanna im November 2019 nach La Palma gekommen war und das vielschichtige Grün auf der Ostseite sah, konnte sie gar nicht glauben, dass es bereits seit einiger Zeit keinen Regen gegeben hatte. Alles sah so üppig und saftig aus. Doch schon bei der Fahrt durch den Westteil der Insel wurde klar, dass es wirklich außergewöhnlich trocken war. Besonders hier waren viele Pflanzen, vor allem Weinstöcke, zu sehen, die unter der andauernden Trockenheit litten. Gegen Abend sah sie oft die Palmeros in ihren Gärten, die mit dicken Schläuchen den Durst ihrer Pflanzen zu stillen versuchten. Ab und an gab es einen kurzen Schauer, aber diese Menge reichte nicht einmal, den Boden zu befeuchten, das Nass verdampfte förmlich auf der heißen Erde. Auch wenn die Wolken

aus dem Osten über die Berge gedrückt wurden und als „Wasserfälle"
herabfielen, war lediglich ein feiner Sprühregen spürbar. Sie verstand
die zunehmende Verzweiflung der Menschen hier, denn die nächtliche
Feuchtigkeit reichte keinesfalls aus, der Wind und die Sonne hatten
alles schnell wieder weggeweht oder getrocknet.

Karl hatte einmal scherzhafterweise gesagt, dass, wenn es möglich
wäre mit Regentänzen oder Trommeln, den Regengott zu beschwören,
wie es bei den Indianern üblich ist, die Palmeros es bestimmt versuchen
würden.

Er erzählte auch von einer Aktion, die einige Leute gestartet hatten und
die dazu aufrief, mit Ritualen, Meditationen und Gebeten für Regen zu
bitten. Statt Regen kam jedoch ein heftiger Calima, also noch mehr
Trockenheit statt erfrischendes Nass...

Viel Wasser, das aus den Bergen kommt, wird zur Bewässerung riesiger
Bananenplantagen verwendet. Obwohl Hanna ein großer Fan der
gelben Früchte war, fand sie es dennoch schrecklich, diese Monokultur
über Jahrzehnte mit ihren Auswirkungen auf den Wasser- und
Bodenhaushalt hier zu sehen, denn La Palma, als die grünste aller
Kanareninseln braucht das Wasser zum Leben von Menschen, Tieren
und Pflanzen. Aber so lange, wie es noch umfangreiche Subventionen
für die Bananenproduktion gibt, wird sich hier nichts ändern.

Der so sehnlichst herbeigesehnte Regen schien auch in diesem Jahr
auszubleiben. Dafür waren häufiger Calimas zu beobachten. Die Luft
über dem Meer hat dann eine milchige Farbe, der Horizont ist nicht
auszumachen, er hat keine Konturen und die Nachbarinseln sind nicht
zu sehen. Je weiter man nach oben in die Berge kommt steigt die
Temperatur, wo sie sonst um 1° je 100 Meter abnimmt. Die Luft ist
drückend schwül wie vor einem Gewitter.

Seit dem Morgen war klar, heute würde ein Calima das Wetter
beherrschen. Als Hanna zum Fenster hinaussah, war keine 10 Meter
vom Haus entfernt nur eine rötlich- gelbe wabernde Suppe zu sehen,
die gesamte Landschaft ringsherum war verschwunden. Normalerweise
ist diese Invasionswetterlage nach spätestens drei Tagen vorüber, aber
dieser Calima hielt sich hartnäckig und wurde von einem heftigen,
schon heißen Wind begleitet, der die sandhaltige Luft quer über die
Insel wehte. Obwohl Hanna und Karl peinlichst darauf achteten, die
Türen und Fenster geschlossen zu halten, war alles im Haus von einer
feinen rötlichen Staubschicht bedeckt. Karl spritzte jeden Morgen die
Terrasse und sein Auto ab, aber es schien unmöglich, dem Staub Herr
zu werden. Alle atmeten erleichtert auf, als sich das Wetter

normalisierte.

Eines Nachts wachte Hanna von einem ungewohnten Geräusch auf, es regnete! Welch ein Segen für die Natur! Nun wurde auch der letzte Calimastaub weggespült. Auch am Vormittag hielt der Regen noch an und es schien Hanna irgendwie seltsam, statt dem ständig strahlend blauen nun einen regenschweren Himmel zu sehen, an dem dicke Regenwolken vorüberzogen. Aber gegen Mittag hörte es schlagartig auf und sofort war auch die Sonne wieder da, die den Boden abtrocknete und schon nach wenigen Minuten hätte man meinen können, dass der Regen nur ein Spuk gewesen war. Die Erde jedoch hatte dankbar das Nass aufgenommen, auch wenn es „nur ein Tropfen auf den heißen Stein" gewesen war, denn es blieb bei dieser einmaligen Regeneinlage, von Regenzeit konnte man nicht sprechen.

Wie es Karl prophezeit hatte, erholte sich Hanna schnell von ihrem Erschöpfungssyndrom und genoss die Sonnentage sehr. Als eines Tages ihre Chefin anrief und ihr mitteilte, dass sie zu der nächsten Kur, zu der sie eingeteilt war, noch nicht arbeiten musste, weil man ihr noch etwas Ruhe gönnen wollte, war sie glücklich, ihren Aufenthalt um zwei Wochen verlängern zu können. Als sie das Karl erzählte, hatte sie gehofft, er würde sich genauso wie sie freuen, aber seine Freude war eher verhalten. Hanna beschlich wieder das ungute Gefühl, das sie schon im Januar gehabt hatte, dass sie ihm vielleicht zur Last fiel und er lieber allein sein wollte. Sie sprach ihn darauf an und da schien er sogar empört, wie sie so etwas denken könne. Ja, das war Karl, in dem einen Moment so und im nächsten ganz anders, Hanna hatte immer noch Mühe, das zu verstehen.

Hanna und Sibylle verstanden sich gut. Sibylle war eine sehr aktive Frau, sie war ständig unterwegs und steckte mit ihrer Freude, die Insel zu erkunden, Hanna an. Mehrmals im Jahr stattete Sibylle dem höchsten Berg der Insel, dem Roque de Los Muchachos (Berg der Junggesellen) einen Besuch ab und am nächsten Ausflug zu ihm wollte sie Hanna teilhaben lassen.
Schon die Fahrt hinauf zum Berg hatte Hanna ins Staunen versetzt. Eine üppige vielschichtige Pflanzenwelt bot sich ihr dar und die Fotogalerie auf ihrem Handy füllte sich zusehends. Hanna war immer wieder erstaunt, dass sogar auf den kargen Felsen Pflanzen wuchsen, meistens Kakteen und Gräser. Die Landschaft wechselte von dichtem Laubwald und Pinien über weite Flächen mit zahllosen Büschen und in allen erdenklichen Farben blühenden Pflanzen bis zu Felsen und

Ebenen ganz ohne Vegetation. Überall spürte sie die Ursprünglichkeit und Weite der Natur.

Oben angekommen wurden die beiden riesigen Teleskope des Sternenobservatoriums sichtbar, die mit ihren 25 m Durchmesser sehr beeindruckend waren. Sie fuhren noch weiter zum Parkplatz, vorbei am Observatorium selbst und einem Hubschrauberlandeplatz für Wasserlösch- und Polizeihubschrauber. Von dort aus nahmen sie den Weg in Richtung Aussichtspunkt. Von hier hatte Hanna einen weiten Blick in alle Richtungen und es war schon ein komisches Gefühl, überall am Horizont Wasser zu sehen und sich bewusst zu machen, dass sie sich auf einer Insel mitten im Atlantik befand.

Der Blick in den Krater der Caldera war leider etwas wolkenverhangen, so dass sie nicht weit nach unten blicken konnte. Aber es reichte schon, um einen Eindruck über die Größe dieses Kraters zu erlangen.

Ein anderes Mal hatte Hanna mit Marina, einer Frau aus der Gruppe, einen ganzen Tag am Strand in Cancajos verbracht. Marina, die mit einem Spanier verheiratet ist, erzählte ihr viel über das Leben der Spanier, ihre Sitten und Bräuche und über die Besonderheiten, die ein Leben auf La Palma mit sich bringt. Hanna konnte heraushören, dass es Marina auch nicht leicht hatte, sich in der spanischen Familie ihres Mannes einzuleben. Sie war noch sehr jung gewesen als sie Diego, ihren Mann, kennengelernt hatte. Mehr als zwei Jahre war sie ständig zwischen La Palma und Deutschland hin– und hergependelt bevor sie sich entschlossen hatte, ganz zu ihrem Mann zu ziehen. Marina hatte Sozialpädagogik studiert und hoffte, in ihrem Beruf auf der Insel arbeiten zu können. Aber das gestaltete sich als sehr schwierig und obwohl sie mittlerweile sehr gut Spanisch sprach, bekam sie nur Angebote, die weit unter ihrer Qualifikation lagen. Marina hatte auch als Deutsche keinen leichten Stand, spanische Familien halten sehr eng zusammen und es tat ihr oft weh, wenn Diego eher zu seiner Familie hielt als zu ihr. Aber sie hatte sich durchgekämpft und viele Freunde gefunden, die sie unterstützten. Und letztendlich war es die Liebe zu ihrem Mann, die sie immer wieder daran erinnerte, das Schöne in ihrem Leben zu sehen.

Hanna hatte ihr auch von ihrem schwierigen Verhältnis zu Karl erzählt und Marina war erstaunt zu hören, dass Karl auch andere Seiten hatte als die, die er in der Gruppe als ihr „Chef" zeigte. Da Hanna aber nicht wollte, dass Marinas Meinung über Karl einen Riss bekam, hielt sie sich mit ihren Äußerungen sehr zurück.

Karl hatte mit Hanna vereinbart, dass sie ihn anrufen sollte, damit er sie am späten Nachmittag in Cancajos abholen kam. Sie hatte noch etwas

Zeit und setzte sich unweit von dem verabredeten Treffpunkt auf einen kleinen Felsen am Meer. Unterhalb ihres Sitzplatzes konnte sie in eine kleine Lagune blicken, die mit so klarem Wasser gefüllt war, dass sie auf den Grund schauen konnte. Ihr Blick wanderte weiter hinüber nach Teneriffa, das durch die Abendsonne in goldenes Licht getaucht schien. Das Meer war etwas bewegt, kleine Wellen kräuselten sich und der Wind hatte etwas aufgefrischt. Hanna genoss die Ruhe des Augenblicks und fragte sich wieder einmal, ob sie sich hier wohlfühlen und leben könnte. Diese Gleichung hatte viele Unbekannte und eine Lösung war nicht in Sicht.

Als Karl kam, war die Sonne bereits hinter den Vulkanbergen verschwunden. Er wollte wissen, ob sie einen angenehmen Tag mit Marina verbracht hatte. Das konnte Hanna ihm bestätigen und er erzählte ihr, dass er die Zeit genutzt hatte, seine Mäharbeiten auf dem Grundstück abzuschließen.

Marina hatte Hanna von einer Finca erzählt, auf der jeden Freitagnachmittag ein Markt stattfand. Karl hatte schon davon gehört, hatte aber bisher den Weg gescheut, denn das Anwesen lag auf dem Gelände des alten Flugplatzes von La Palma, etwas oberhalb von San Pedro und das war mit einer mehr als halbstündigen Fahrt mit dem Auto verbunden.

Als sie gegen 16 Uhr ankamen, war schon reges Markttreiben. Gleich in der Nähe des Eingangs erspähte Karl einen alten Bekannten, Pedro mit seiner Frau Maria, die dort einen Obst- und Gemüsestand betrieben. Der Empfang war überaus herzlich und Karl stellte Hanna den beiden vor. Pedro versuchte mit ihr spanisch zu sprechen, aber Hanna gab ihm zu verstehen, dass sie da noch Nachholbedarf hatte. Sie kauften alles ein, was sie in der nächsten Zeit brauchen würden und bekamen von Maria noch einen Kohlrabi extra geschenkt. Hanna war erstaunt, zwei gefüllte Stoffbeutel und die Rechnung war nur etwas über 20€! In Deutschland hätte sie da sicher das Doppelte bezahlt. Und dann auch noch frisch und ausgesucht, kaum zu glauben. Hanna war so begeistert, dass sie Karl vorschlug, von nun an ihren Wocheneinkauf auf diesem Markt zu erledigen.

Aber auf der Finca, deren Besitzer ein kleines Cafe betrieben, in dem sie sich Kaffee und Kuchen kaufen konnten, gab es noch weit mehr zu entdecken. Hanna konnte Stände mit Schmuck, Edelsteinen, Schuhen und Kleidung erkennen und überall standen Leute, die sich mit den Standinhabern unterhielten, sie schienen sich alle irgendwie zu kennen. Sie setzten sich an einen der Tische, um ihren Kaffee zu trinken und ihren Kuchen zu essen. Am Nachbartisch waren ein älteres Ehepaar und eine Frau mit pumukelrotem Haar, die Karl freundlich zulächelte als sie Platz genommen hatten, in ein Gespräch vertieft. Karl erklärte Hanna, die Frau heißt Ursel und er kennt sie, weil sie auch schon mal bei ihm in der Selbsterfahrungsgruppe gewesen war. Als das ältere Paar ging, kam Ursel an unseren Tisch. Sie war Hanna sofort sympathisch mit ihrem schwäbischen Dialekt und ihrer ungewöhnlich bunten Kleidung. Karl lud sie ein, doch wieder an den Nachmittagen in der Gruppe teilzunehmen. Das wollte sie gern tun und Hanna freute sich schon, sie dort zu sehen.

Karl hatte früher sehr viele Vorträge zu unterschiedlichsten psychologischen und naturheilkundlichen Themen gehalten. Eine Bekannte lud ihn ein, einen solchen in Los Llanos zu halten und machte ihn und Hanna mit einer Frau bekannt, die einen dafür geeigneten Raum zur Verfügung stellen konnte. Sanai, so hieß die Frau, war auch Autorin eines Buches, das Hanna bei Karl liegen gesehen hatte. Sie kam darüber mit Karl ins Gespräch. Karl interessierte sich für den Verlag, in dem das Buch erschienen war, weil er einen für die Veröffentlichung seiner Bücher suchte, die er in der nächsten Zeit überarbeiten wollte.

Der Vortrag war mäßig gut besucht, obwohl die Bekannte auf einem Portal Werbung geschaltet und Karl in einer deutschsprachigen Zeitung, die auf La Palma herausgegeben wurde, eine Anzeige aufgegeben hatte.
Hanna fand das verhaltene Interesse sehr schade, denn der Vortrag war sehr informativ und inspirierend. Sanai, die ebenfalls an der Veranstaltung teilgenommen hatte, kam im Anschluss noch zu ihnen und bedankte sich. Dabei stellte Karl Hanna als seine Partnerin vor und Hanna kam es so vor, als würde da ein klein wenig Stolz in seiner Stimme mitschwingen. Sie war überrascht, aber auch glücklich. Durfte sie jetzt wirklich von einer partnerschaftlichen Beziehung sprechen? Irgendwie stimmte sie das freudig und nachdem auch die nächsten Tage sehr harmonisch verlaufen waren, fiel es ihr schwer ihren Heimflug für den 16. März zu buchen, eine Woche später würde sie wieder arbeiten müssen.
Doch es kam alles ganz anders...

Zu erwarten, dass dein Partner
sich deinen Vorstellungen anpasst, ist illusorisch.
Du hast nur die Kontrolle über dein eigenes Verhalten.

März

Schon am Jahresanfang waren in Deutschland die ersten Coronaerkrankten registriert worden, aber erst im März spitzte sich die Situation bedenklich zu und es gab Anzeichen dafür, dass es sich um ein globales Ereignis handelte, denn auch auf La Palma wurde am 10. März der sogenannte „Lockdown" verhängt. Hanna hatte nicht damit gerechnet, dass sie nicht wieder zurückfliegen kann, aber genau das war dann der Fall. Ihr Flug wurde gestrichen und Condor konnte keine Aussage machen, wann wieder Flüge von La Palma aus gehen würden. Es gab zwar eine sogenannte „Rückholaktion" für Urlauber, die mit einer Reisegesellschaft unterwegs waren, aber sie war als Privatperson in einem privaten Haushalt und hatte keine andere Option, als zu hoffen, dass sich die Lage schnell wieder normalisiert. Nun wäre das alles kein Problem gewesen, sie hätte es sogar ganz toll gefunden, weiterhin auf La Palma zu bleiben, aber sie wusste nicht, wie es mit ihrer Arbeit aussah. Ende März musste dann auch die Kureinrichtung für unbegrenzte Zeit schließen und Hanna sah ihren unfreiwillig verlängerten Aufenthalt bei Karl als eine Chance an, zu sehen, wie sie beide den Alltag unter so ungewöhnlichen Bedingungen meistern würden. Natürlich hatte sie im Hinterkopf den Wunsch, bei der nächsten Gelegenheit, nach Hause zu fliegen und sie schaute auch in Abständen bei Condor auf der Internetseite nach, ob und wann Flüge gehen sollten.

Auch wenn Karl nicht in Freudenschreie ausgebrochen war, als sie ihm von ihrem verlängerten Aufenthalt berichtet hatte, nahm sie sich vor, die Zeit zu nutzen und sie als eine Probezeit für das Für und Wider eines Lebens auf der Insel mit Karl anzusehen.

Karl erzählte ihr von seinem Plan, Gemüse anzubauen und machte sich umgehend daran, ein Beet dafür vorzubereiten. Dort waren wunderschöne Blühstauden gewachsen, die er in ein anderes Beet umsetzte, das neu entstanden war an der großen Mauer, die die Rasenfläche begrenzte.
In der Folge des Lockdowns durfte nur noch eine Person mit dem Auto unterwegs sein, er fuhr deshalb allein in das Gartenzentrum und kaufte Tomaten- und Salatpflanzen. Er hatte die geniale Idee, die Pflanzen in Kunststoffblumentöpfe zu setzen, damit das Gießwasser nicht breit laufen konnte und damit besser verfügbar war und die Wurzeln länger feucht gehalten wurden. Das System bewährte sich, denn auch wenn die Pflanzen abgeerntet waren, brauchte man nur die Töpfe aus der

Erde zu nehmen und konnte sie neu bepflanzen.

Bei einem ihrer früheren Einkäufe im Gartenzentrum hatten sie auch Samen mitgenommen, die Hanna nun aussäte. Sie war überglücklich, weil alle Samen aufgingen, sogar die Okra- Schoten. Schon bald konnten sie den ersten frischen selbst gezogenen Salat ernten. Hanna kochte gern und es machte ihr richtig Spaß, die Zutaten frisch aus dem Garten zu holen. Sie entwickelte neue Kreationen und probierte vieles aus, was sie vorher noch nie gemacht hatte. Da Karl sie dabei anspornte und ihr freie Hand ließ, was ja nicht unbedingt so zu erwarten gewesen wäre, hatte Hanna zunehmend Spaß am Experimentieren. Es kam äußerst selten vor, dass Karl etwas nicht schmeckte, es sei denn Hanna hatte nicht an ausreichend Soße gedacht. Karl aß alles, was sie ihm vorsetzte, auch wenn er manchmal Skepsis äußerte, aber letztendlich schmeckte es ihm und er sparte auch nicht mit Lob. Das war natürlich Musik in Hannas Ohren, bekam sie ja sonst eher Karls Kritik zu spüren.

Von einem seiner Besuche im Gartenzentrum hatte Karl Saatkartoffeln mitgebracht, die er auf einer großen Fläche anbauen wollte. Aber dort war noch eine Unkrautwüste. Hanna machte es sich zur Aufgabe, dieser zu Leibe zu rücken und in einer mehrtägigen Aktion hatte sie es dann geschafft. Da das Gelände etwas abschüssig war, hatte Karl die Idee, die Furchen so anzulegen, dass das Gießwasser gut verteilt werden konnte. Das Beet sollte in zwei Teile geteilt werden und die Furchen sollten auch die gleiche Länge haben. Er bat Hanna, ihm dabei zu assistieren, als er begann, mit dem Harkenstiel in den Boden eine Begrenzungslinie zu ziehen. Sie sollte ihm sagen, ob die Linie gerade war. Der Boden war sehr trocken und auch steinig, so dass es sehr schwierig war, eine wirklich gerade Linie zu ziehen und Hanna war in ihrer Betrachtung etwas großzügig. Als Karl dann sah, dass die Linie einen leichten Bogen machte, wurde er richtig ungehalten und schimpfte, dass Hanna nicht mal in der Lage wäre, ihm zu sagen, dass da ein Bogen entstanden war. Hanna musste darüber lachen, weil es doch nur ein Kartoffelacker war. Das brachte Karl noch mehr auf. Hanna war so schockiert über diesen Gefühlsausbruch, den sie sich nicht erklären konnte, dass ihr die Tränen in die Augen stiegen und sie am liebsten weggegangen wäre. Aber sie biss die Zähne zusammen und arbeitete schweigend mit. Auch Karl sagte lange nichts. Dieser Vorfall hatte sie wieder sehr verunsichert, so eine unbedeutende Kleinigkeit hatte bei Karl einen so großen Zorn ausgelöst, unvorstellbar für sie. Er verlor kein Wort mehr darüber und auch Hanna erwähnte es nicht mehr. Auch in den nächsten Tagen bekam sie oft Karls Unmut zu spüren, fühlte bei allem, was sie im Garten tat, seine Argusaugen in ihrem Rücken und musste sich anhören, dass sie entweder die Töpfe nicht an die richtigen Stellen gesetzt hatte, zu viel oder zu wenig gegossen hatte oder irgendetwas anderes nicht nach Karls Vorstellungen von ihr erledigt worden war. Irgendwann war ihr der Kragen geplatzt und sie hatte Karl gefragt, warum er ständig an ihr herumzukritisieren hatte. Das würde er doch gar nicht tun, war seine Antwort, er würde ihr doch nur helfen wollen. Ja, Hilfe würde sie auch gern annehmen, aber sie würde darum bitten, falls sie welche braucht. Hanna hatte schon oft bemerkt, dass Karl gern ungefragt seine Meinung zu irgendetwas kundtat. Sie fand es zunehmend schwierig, ruhig zu bleiben, wenn er ihr seine sicher gutgemeinten Ratschläge gab.

In einer der folgenden Nächte hatte sie einen Traum und als sie am Morgen erwachte, erschien er ihr so klar und wirklich, dass sie glaubte, alles so erlebt zu haben:

Sie befand sich in einem riesigen Saal in einem Krankenhaus. Unzählige medizinische Geräte und Apparate standen da und große OP- Tische, zwischen denen Ärzte in OP- Kleidung herumliefen. Sie beobachtete die Szenerie, offensichtlich war sie hier beschäftigt, hatte aber momentan nichts zu tun. Plötzlich hörte sie, dass ein Notfalltransport unterwegs war. Daraufhin entstand hektische Betriebsamkeit, die Ärzte zogen Spritzen auf und Schwestern liefen aufgeregt hin und her. Hanna war verwundert, aber gleichzeitig fiel ihr ein, dass sie schon Feierabend hatte und sie beschloss, die Klinik zu verlassen.
Draußen auf der Straße hörte sie schon das Martinshorn des näher kommenden Krankenwagens. Er kam geradewegs auf sie zu und hielt an. Der Beifahrer stieg aus und begrüßte sie. Offenbar kannten sie sich, er zündete sich eine Zigarette an und lehnte sich bequem gegen den Wagen, er schien keine Eile zu haben, was Hanna sehr verwunderte. Sie fragte ihn nach der Patientin, die angekündigt worden war und einen Herzinfarkt erlitten hatte. Er zeigte nach hinten in das Auto und Hannas Blick fiel auf eine junge Frau, die ganz entspannt da saß und sich mit einem 8- 10 jährigen Jungen unterhielt. Der Fahrer des Wagens machte keine Anstalten, weiter zu fahren, er schaute auf sein Handy und beantwortete offensichtlich eine erhaltene Nachricht. Irgendwie war Hanna irritiert, sie verstand die ganze Situation nicht und war verunsichert, was sie machen sollte.

Beim Morgenkaffee hatte sie Karl ihren Traum erzählt und nach der

Bedeutung befragt hatte er ihr gesagt, dass nach der Traumdeutung von C.G. Jung, dem Vater der Psychoanalytik, jede handelnde Person die/ der Träumende ist. Das bedeutete, dass Hanna in zwei Zeitepochen „vorhanden" war, im Jetzt (arbeitend in einem Heilberuf) und als junge Frau (die Patientin mit dem Herzinfarkt).

Sie war also auf ihrer Arbeitsstelle, aber gehörte nicht (mehr) dazu, sie befand sich in der Rolle eines Beobachters. Das war möglicherweise ein Hinweis darauf, dass sie sich schon Gedanken hinsichtlich ihrer Pensionierung gemacht hatte. Alle sind sehr beschäftigt, nur sie hat nichts zu tun (Feierabend). Dann die Situation draußen: Die junge Frau, der es eigentlich schlecht gehen müsste (Herzinfarkt), scheint ihren Gesundheitszustand recht gelassen zu sehen. Das erinnerte Hanna an die Zeit, als ihre Kinder noch klein gewesen waren und sie oft bis an ihre Grenzen gegangen war und nur noch funktioniert hatte. Aber irgendwie hatte sie alles hinbekommen. Ihr jüngerer Persönlichkeitsanteil scheint zu sagen: langsam, nichts überstürzen. Das könnte ein Hinweis dafür sein, die anstehende Entscheidung, vorzeitige Rente ja oder nein, nicht zu überstürzen (Abwarten, wie es die Engelkarte sagte). Hanna bemerkte, dass da plötzlich mehrere Dinge in ihr Blickfeld rückten:

Vorzeitige Rente, wenn ja ab wann, welche finanziellen Nachteile entstehen ihr dadurch und könnte sie diese akzeptieren?

Weiter arbeiten, wenn ja, in welchem Umfang und zu welchen Konditionen?

Leben auf La Palma mit Karl, wie soll das aussehen? Hanna wollte auch ihre Wünsche und Vorstellungen einbringen können, würde das möglich sein?

Hier schien ihr „abwarten" ebenfalls die momentan beste Lösung zu sein. Auch wenn ihre liebenden Gefühle für Karl nach wie vor sehr groß waren und sie sich durchaus ein Leben mit ihm vorstellen konnte, waren da immer noch die eindeutigen Anzeichen, dass er den Ton und die Richtung angeben will und vor allem, dass es für ihn keine Kompromisse geben konnte. Und das war für Hanna keine Option. Sie wollte auf jeden Fall ihre Wohnung behalten und auch regelmäßig ihre Kinder und Freunde besuchen, sich aber nicht von Karl vorschreiben lassen, wie oft und zu welchen Zeiten.

Trotz all der Bedenken, die sich immer wieder in Hannas Gedanken breit machten, wollte sie sich der Frage ihrer Pensionierung stellen und dann würden sich dominosteinähnlich alle anderen Fragen klären lassen. Dieser Schlüsseltraum, wie Karl ihn nannte, zeigte Hanna ihre anstehende Aufgabe und sie war bereit, sich ihr zu stellen.

*Reife bedeutet zu erkennen, wie viele Dinge
nicht deinen Kommentar benötigen.*

Rachel Wolchin

April

Hanna war jetzt zwei Monate bei Karl. Sie konnte nicht mit zum
Einkaufen fahren und war nur froh, dass sie sich im Garten aufhalten
konnte. Schon zum zweiten Mal war ein von ihr anvisierter Flug
gestrichen worden und sie hatte bemerkt, dass ihr das zu schaffen
machte. Dieser lange Aufenthalt war ja nicht so geplant. Hatte sie sich
anfänglich darüber gefreut, so viel Zeit mit Karl auf ihrer Trauminsel
verbringen zu können, plagten sie jetzt oft Zweifel, und das meist nach
„Zurechtweisungen" durch ihn, die zunehmend häufiger vorkamen, ob
ihre Anwesenheit so gut für sie beide war, wie sie es sich wünschen
würde. Es lag ganz sicher nicht daran, dass ihre Gefühle für Karl
geringer geworden wären, eher daran, dass sie bemerkte, dass auch
ihre Beziehung in eine Art Alltag überging mit all seinen Höhen und
Tiefen.
Besonders nachdenklich machte es sie, dass Karl seit einigen Tagen
abends in sein Schlafzimmer verschwand, ohne „Gute Nacht" zu sagen
oder mit dem Ausspruch „Lass uns schlafen" und Hanna nicht wusste,
was der Grund dafür war. Damit wollte er ihr möglicherweise zeigen,
dass sie gar nicht erst zu ihm kommen brauchte, da sie ja ohnehin dann
wieder in ihrer „Eisgrotte", wie er das Gästezimmer nannte,
verschwinden würde. Sie war traurig, weil sie es immer sehr schön fand,
eng an ihn gekuschelt zu liegen bis er eingeschlafen war. Sie hatte sich
oft gefragt, warum es ihr nicht möglich war, bei ihm zu bleiben, sondern
in das andere Zimmer zum Schlafen zu gehen. Da waren solche
einfachen Dinge wie offenes Fenster und Dunkelheit ihre Argumente,
aber auch, dass sie wenn sie in der Nacht nicht schlafen konnte, was
häufig vorkam, Karl dann nicht stören wollte, weil sie das Bedürfnis
hatte, zu lesen und dazu natürlich Licht brauchte. Er hatte ihr zwar oft
bestätigt, dass ihn das nicht stören würde, aber Hanna war sich da nicht
mehr sicher, es gab so vieles, was ihn störte. Sie war es auch gar nicht
mehr gewohnt, mit einem anderen Menschen in einem Raum zu
schlafen, selbst mit ihrem Enkel ging das nicht. Eine oder auch zwei
schlaflose Nächte konnte sie noch verschmerzen, aber wenn es dann
mehr wurden, ging es ihr nicht gut, sie war müde und es kostete sie viel
Kraft, den Tag zu meistern.
Karl brauchte aufgrund seiner Rheumaerkrankung viel Wärme, er fror

schnell und hatte deshalb eine Heizdecke in seinem Bett, die er auch im Sommer immer angeschaltet hatte. Nur kleine Oberlichter, die man auch nur ankippen konnte, ließen nur wenig Frischluft in sein Schlafzimmer. Hanna hingegen schlief auch im strengsten Winter mit geöffnetem Fenster und hatte sich schon vor vielen Jahren von einem dicken Federbett getrennt. Ihr war es seit den Wechseljahren eher zu warm und da bekam sie regelmäßig Hitzewallungen, wenn sie in Karls Bett lag.

Hanna grübelte zunehmend darüber nach, warum Karl sie so abwies mit seinem Verhalten, was wollte er ihr damit sagen?

Vielleicht:

...wenn du eh schon in einem anderen Zimmer und nicht bei mir schlafen willst, kannst du ja auch gleich dahin gehen...

oder

...wenn du mit mir schlafen willst, brauchst du es ja nur zu sagen...

oder auch

...ich möchte meine Ruhe haben...

Möglicherweise war es aber gar nichts dergleichen und Hanna machte sich einfach nur zu viele Gedanken. Zunehmend stellte sie sich jedoch die Frage, was oder wie viel war Karl ihre Beziehung wert? Und sie stellte auch sich diese Frage und wusste, dass sie jetzt und hier darauf die Antwort finden musste.

Sie dachte aber auch oft daran, dass Karl ihr offensichtlich vom Universum „geschickt" worden war, sie hatte sich einen Partner gewünscht und er entsprach in vielem diesem Wunsch. Sie war auch überzeugt, dass dieses energetische Band, dessen Vorhandensein sie immer noch spürte, ein Beweis dafür war, dass sie auf eine ihr ungewohnte Weise miteinander verbunden sind. Sie waren von Beginn an sehr vertraut und Hanna stellte fest, dass sich ihr Leben anders anfühlte, als es vor der Begegnung mit Karl der Fall war. Sie konnte mit ihm über alles reden, was sie bewegte und anfangs war es Hanna gar nicht aufgefallen, dass sie nur über sie sprachen. Karl konfrontierte Hanna schon damals mit ihren für ihn sichtbaren Unzulänglichkeiten wie leises Sprechen, Unaufmerksamkeit bei der Wortwahl und im Ausdruck, mangelnde Achtsamkeit, wie sie etwas sagte und ihre Gefühle dabei. Sie war in gewisser Weise dankbar für die Hinweise, aber oft hatte sie sich auch verletzt und sogar gedemütigt gefühlt, denn Karl ging nicht zimperlich mit ihr um. Aber da war auch immer dieses Gefühl von Liebe gewesen, einer ganz neuen Form von Liebe, die sie empfand: ein Gefühl ganz tief in ihrem Herzen, keine oberflächliche „Verliebtheit", keine Schmetterlinge im Bauch und keine rosaroten Nebel. Eine ungebremste Sehnsucht nach Nähe, Aufmerksamkeit, Zuwendung und bedingungslose Liebe rührte sich da und sie suchte nach Anzeichen, ob sie damit bei Karl in Resonanz ging. Aber außer „Ich mag Dich wirklich sehr" fand sie nichts, Karl sprach nicht über seine Gefühle und Hanna fehlten Sicherheit und Beständigkeit. Er konnte warmherzig, fürsorglich und zuvorkommend sein und ihr seine ungeteilte Aufmerksamkeit entgegenbringen, aber dann wieder völlig abweisend und verletzend sein. Dieses Wechselbad der Gefühle sorgte bei Hanna für noch mehr Unsicherheit, sie ging ihm lieber aus dem Weg statt sich ständiger Kritik auszusetzen. Er empfand das als „Rückzugsverhalten", was es ja auch war, fragte sich aber anscheinend nie, was das mit ihm zu tun hatte.

Die Arbeit im Garten war für Hanna eine willkommene Abwechselung und sie lernte mit der Zeit, sich nicht mehr so oft durch Karls Kritik aus ihrer Mitte werfen zu lassen. Das war mitunter anstrengend und verlangte ihr einiges ab. Zunehmend hatte sie seit einigen Tagen Rückenschmerzen, die sie auch in der Nacht oft nicht schlafen ließen. Karl bemerkte es, weil sie häufig, wenn sie längere Zeit gesessen hatte, die ersten Schritte wie eine alte Frau lief. Er bot ihr an, ihr ein Schmerzmittel zu spritzen, was sie auch dankend annahm. Außerdem erhielt sie von ihm einen Mix verschiedener Aufbaumittel, danach fühlte sie sich einige Tage immer sehr wohl und vor Energie strotzend. Er bat sie, doch mal eine Pause einzulegen im Garten, was sie dann auch tat. Aber schon als es ihr besser ging, die Schmerzen fast weg waren, drängte es sie, weiter zu arbeiten. Sie musste jedoch immer wieder Pausen einlegen, weil sich erneut der Rücken bemerkbar machte. Karl hatte ihr auch eine sehr wirksame Hanf- Tinktur gegeben, die Hanna nun jeden Abend auf dem schmerzenden Rücken verteilte und die ihr eine relativ gute Nachtruhe verschaffte.

Karl hatte die Arbeit an seinem Buch beendet und bat Hanna, es zu lesen und ihm ihre Meinung mitzuteilen. Da sie schon eines seiner Bücher gelesen hatte, ein zweites gerade las, war sie natürlich gespannt, was sie erwarten würde. Das Thema „Alkohol", das er in diesem Buch verarbeitete, war nicht ihr Favorit, aber es ging auch um Liebe und Beziehung, Themen, die sie durchaus ansprechend fand. Hanna merkte sehr schnell, dass Karl hier eine seiner früheren Beziehungen schilderte, obwohl er dies verneinte und nur auf Ähnlichkeiten verwies. Aber, und da war sie sich sehr sicher, der Akteur vertrat wesentliche Verhaltensmerkmale und Ansichten von Karl. Hanna war wieder sehr beeindruckt von Karls lebhaftem Schreibstil, er war ein guter Erzähler und verstand es, den Leser neugierig zu machen. Trotzdem fiel es Hanna schwer, sich dem Thema zu nähern, sie konnte sich nicht mit dem Verhalten des Akteurs, der eine alkoholkranke Frau liebt bis zur Selbsterniedrigung, identifizieren, wahrscheinlich auch deshalb nicht, weil sie den Gedanken nicht aus ihrem Kopf bekam, dass dieser Mann Karl gewesen ist und dass sie sein Verhalten nicht nachvollziehen konnte. Als sie Karl gegenüber ihre Gedanken dazu äußerte, reagierte er heftig. Er sagte ihr, dass sie ja überhaupt keine Ahnung hätte von so einer Beziehung und sich deshalb auch eine Verurteilung verkneifen sollte. Ja, er hatte recht, Hanna konnte bei diesem Thema nicht mitreden. Sie verzichtete also auf jegliche Bemerkungen und gab ihm dann nur Hinweise auf Rechtschreibfehler oder Ausdruck. Gemeinsam verbrachten sie unzählige Stunden mit dem Lektorat dieses Buches. Letztendlich hatte es Hanna auch Spaß gemacht, das Buch war gut geschrieben, die Handlung ereignisreich, interessant und lesenswert. Es wurde ein Vorabexemplar gedruckt und Karl wurde um Druckfreigabe gebeten. Beate aus der Gruppe erbot sich, es zu lesen und darauf zu achten, ob es noch Fehler gab, die jetzt noch berichtigt werden konnten.

Als sie einige Tage später erschien, um das Buch zurück zu geben, war sie völlig entsetzt über die vielen Fehler. Hanna war fassungslos, hatten sie doch so viel Zeit damit zugebracht, es zu korrigieren. Sie sah sich einige Seiten an und musste feststellen, dass die Korrekturen überhaupt nicht ausgeführt worden waren und sie fragte sich, wie das passiert sein konnte. Offensichtlich handelte es sich um ein Problem bei der Speicherung, denn auch bei späteren Korrekturen bei einem anderen Buch trat es erneut auf. Beate wurde nun zu einer kritischen Lektorin, ihr entging kein falsch gesetztes Komma, keine unpassende Redewendung oder auch inhaltliche Patzer. Hanna war froh, dass sie nun von Karl nicht mehr gefragt wurde, da ja Beate zur Erstleserin geworden war. Aber es tat ihr schon weh, dass Karl an einem Gruppennachmittag des Lobes in überschwänglicher Weise voll war, was Beates Engagement betraf und Hannas Zutun nicht mit einem Wort erwähnte.

Wieder die Nachricht, dass ihr Flug auf einen späteren Zeitpunkt umgebucht worden war. Hanna wurde zunehmend verzweifelter, sie hatte nur noch einen Wunsch, nach Hause fliegen zu können. Obwohl Karl anderen gegenüber immer davon sprach, wie froh er sei, dass er in dieser Lockdown- Zeit nicht allein sein musste, war das Zusammenleben für Hanna mittlerweile zu einer echten Herausforderung geworden. Es war nicht zu übersehen, dass sie sich beide immer weiter voneinander entfernten, es gab keine Berührungen, nicht einmal eine Umarmung, mehr. Hanna war meist im Garten anzutreffen und Karl saß vor seinem Computer und hatte sich das nächste Buch zur Überarbeitung hergenommen. Sie aßen gemeinsam, sprachen über organisatorische Dinge und die Einkäufe, aber ansonsten gab es nichts zu reden. Sie telefonierte fast täglich mit Sibylle, die sie immer wieder aufmunterte und mit ihren Geschichten von ihrer kleinen „Katzengang" von Hannas Traurigkeit wenigstens für eine kurze Zeit ablenkte. Aber auch die anderen Frauen aus der Gruppe nahmen Kontakt zu ihr auf und unterbreiteten ihr Vorschläge, auf welchen Wegen sie möglicherweise die Heimreise antreten könnte. Die einzige Flugverbindung nach Deutschland war entweder von Gran Canaria oder Teneriffa aus möglich und da gab es kein Hinkommen im Moment.

Immer öfter lag Hanna nachts wach und weinte. Sie fühlte sich ungeliebt und nur geduldet und die Aussicht, nicht weg zu können, lastete schwer auf ihrem ohnehin instabilen Gemütszustand.

Nach einer Nacht, in der sie kaum geschlafen hatte, sprach sie Karl auf die ihr unerträglich scheinende Situation an. Mit versteinerter Miene hörte er sich an, was sie zu sagen hatte und schwieg dann. Hanna hatte ihm auch gesagt, dass sie dieses energetische Band seit einiger Zeit nicht mehr spürte. Sie war darüber unglücklich und traurig. Karl schwieg immer noch. Hanna konnte ihre Tränen nicht mehr zurückhalten, Karl schwieg und schien völlig unbeeindruckt zu sein. Hanna wusste nicht, was sie jetzt tun sollte, einfach weggehen wollte sie nicht, das hätte Karl als Flucht ausgelegt. Da blieb ihr nur, zu bleiben und abzuwarten, ob und was Karl sagen würde. Nach einer gefühlten Ewigkeit bemerkte er nur, dass es ihm leid tut, er Hanna aber da nicht helfen kann. Hanna war fassungslos, ein Paartherapeut, der in dieser Situation, die ihn selbst und seine Beziehung betraf, kapitulierte! Für sie brach in diesem Augenblick eine Welt zusammen, wie war es möglich, dass Karl mit all seinem Wissen, seinen Fähigkeiten nicht in der Lage war, sie zu verstehen, geschweige denn ihr, und damit auch ihnen beiden, zu helfen? Von diesem Moment an war es Hanna klar, dass Karl völlig überfordert war mit ihr und ihren Problemen und dass sie nicht darauf hoffen durfte, verstanden oder unterstützt zu werden.

Die nächsten Tage erlebte sie wie in einem Trancezustand, sie nahm zwar alles um sich herum wahr, fühlte sich aber ausgeschlossen und unbeteiligt. So muss es sich anfühlen, wenn man neben sich steht, dachte sie. Fast schon verzweifelt suchte sie nach einer Möglichkeit, die Insel verlassen zu können.

Enttäuschungen sind Haltestellen in unserem Leben.
Sie geben uns Gelegenheit zum Umsteigen,
wenn wir in die falsche Richtung fahren.

Mai

Zwei Wochen nach dem für sie so enttäuschend verlaufenen Gespräch mit Karl und einer Zeit, in der ihr alles so sinnlos schien, erfuhr sie, dass der Fährbetrieb zwischen den Inseln wieder aufgenommen worden war. Das war die Gelegenheit! Hanna buchte für den 25. Mai eine Überfahrt nach Teneriffa Süd, von wo aus sie dann den Flieger nach Frankfurt nehmen wollte. Als sie Karl von ihren Plänen berichtete, reagierte er gleichgültig, bot dann aber seine Hilfe an.
Hanna spürte, wie sie sich jetzt mit jedem Tag besser fühlte, die Aussicht, bald schon daheim sein zu können, beflügelte sie und erstaunlicherweise machte ihr Karls schwankende Gemütslage nun nicht mehr so viel aus. Es sind ja nur noch ein paar Tage, sagte sie sich dann.

Nach einer längeren coronabedingten Pause fanden nun wieder aller zwei Wochen die Gruppennachmittage statt. Hanna freute sich darauf, denn die Themen interessierten sie sehr, es ging um die psychologischen Charakterstrukturen, über die Karl auch ein Buch geschrieben hatte. Sie verstand jetzt auch, warum manche Menschen so sind, wie sie sind und gar nicht anders sein können. Und was die tollste Erkenntnis für sie war, sie konnte nun auch sich selbst viel besser verstehen und ihr Verhalten erklären. Das fand sie sehr hilfreich auch im Bezug auf Karl und ihre nicht einfache Beziehung. Sie war deshalb sehr gespannt auf das Buch zu diesem Thema. Karl hatte es sich als nächstes zu überarbeitendes Werk vorgenommen.

Uta aus der Gruppe hatte eine kleine Abschiedsparty für Hanna organisiert, alle waren gekommen. Jeder hatte etwas Leckeres zu Essen mitgebracht und so wurde geschlemmt und geredet und Hanna bekam viele liebe Wünsche mit auf den Weg. Karl saß am anderen Ende des Tisches und wenn sich ihre Blicke trafen, schaute er weg. Er schien irgendwie traurig zu sein, was Hanna hinsichtlich seines Verhaltens in der letzten Zeit unverständlich war. Sie hatte sogar das Gefühl, ihre Freude über ihre baldige Reise nicht zum Ausdruck bringen zu dürfen, sie hatte richtig ein schlechtes Gewissen, dass sie sich so auf zu Hause freute.

Am nächsten Morgen sah Hanna auf Karls Schreibtisch eine Schiffspassage liegen und Karl bestätigte ihr, dass er sie nach Teneriffa begleiten und noch bis zum Flughafen bringen wird. Darüber war sie natürlich sehr froh, denn sie hatte schon ein wenig Angst davor gehabt, sich vom Hafen aus ein Taxi nehmen zu müssen und dann allein auf dem ihr unbekannten Flughafen auf ihren Abflug warten zu müssen. Vielleicht war es ihm doch nicht so egal, dass sie wieder nach Deutschland flog und es auch überhaupt nicht klar war, ob und wie es nun mit ihnen weitergehen würde.

In den Tagen vor ihrem Flug hatte sie ständig Angst, dass Condor den Flug wieder streichen könnte und sie weiter fest hing. Karl war sehr ruhig, er kritisierte sie nicht und sprach mit ihr über ihre Pläne, wenn sie wieder zu Hause sein wird.
Zunächst wollte Hanna den Frühling genießen, sie hatte sich schon überlegt, wie sie ihren Balkon gestalten könnte und was sie dazu noch besorgen musste. Eine fast schon kindliche Freude erfasste sie, wenn sie daran dachte, zwischen grünenden und blühenden Pflanzen zu sitzen und ein Buch zu lesen oder einfach nur die Sonne zu genießen.

Am Vorabend ihrer Abreise saßen sie auf der kleinen Plattform und schauten auf das Meer. Sie waren jeder in Gedanken versunken und sprachen nicht über das, was sie fühlten. Obwohl Hanna glücklich darüber war, wieder in ihre Heimat zurückkehren zu können, erfasste sie eine nicht zu erklärende Wehmut, ja fast schon Traurigkeit, diesen wunderschönen Ort zu verlassen. Aber sie wollte nicht für immer gehen, auch wenn sie im Moment keine Ahnung hatte, wie sie mit all dem Erlebten umgehen sollte. Da waren so viele Ungereimtheiten und Widersprüche, so viele nicht gestellte Fragen und fehlende Antworten in ihrem Kopf. Sie hoffte sehr, dass sie in den nächsten Wochen da mehr Transparenz bekommen wird, um so zu einer klaren Haltung zu finden.

Hanna war am Nachmittag durch den terrassenförmig angelegten Garten gelaufen und hatte sich gedanklich von den Pflanzen verabschiedet. Sie war zum Hühnerstall gegangen, aber alle waren ausgeflogen. Ein letztes Mal hatte sie allen Pflanzen im Vorderbereich des Hauses ordentlich Wasser gegeben. Sie würde alles zurück lassen, was ihr in den letzten Monaten wichtig gewesen war.

Karl weckte sie am nächsten Morgen bereits um fünf Uhr. Sie tranken noch einen Getreidekaffee, Hanna machte sich ein paar Brote für die Reise, füllte eine Wasserflasche und packte ihre Wasch- und

Kosmetiktaschen ein. Draußen war es noch stockdunkel, als sie losfuhren.

Am Hafen mussten sie sich in eine Autoschlange einreihen, ein Polizist kam, um ihnen an der Stirn Fieber zu messen. Corona war ja immer noch in aller Munde und die Vorschriften entsprechend streng. Hanna musste ihre Papiere und Tickets zeigen und nachdem das Auto auf der Fähre verladen war, mussten sie noch ein Formular ausfüllen, dessen Sinn sich ihr nicht erschloss. Sie war froh, dass Karl bei ihr war und die Sache in die Hand nahm.

Es waren nicht viele Passagiere auf dem Schiff. Auf den Sitzreihen war jeder zweite Sitz mit einem Klebeband abgesperrt, alle Bistros hatten geschlossen und es herrschte eine fast schon gespenstige Ruhe, nur das Brummen der Schiffsmotoren war zu hören. Da, wo sonst Filme zur Unterhaltung gezeigt wurden, gab es in Dauerschleife Informationen über das Verhalten im Zusammenhang mit Corona.

Hanna sah die Sonne aufgehen, es würde ein schöner warmer Tag werden.
Sie hatte noch versucht, ein wenig zu schlafen, die vergangene Nacht war kurz gewesen, zu vieles war ihr noch durch den Kopf gegangen.

Der Flughafen war wie leer gefegt, es gab nur ihren Flug, der an diesem Tag Teneriffa verlassen würde. Sie hatten vorgehabt, noch einen Kaffee zu trinken und eine Kleinigkeit zu essen, doch alle Bistros waren geschlossen. Hanna war froh, dass sie sich noch etwas Obst und Wasser eingepackt hatte.
Karl hatte es da wesentlich härter getroffen, er hatte gehofft, irgendwo etwas zu trinken und zu essen zu bekommen während er auf die Fähre am Abend warten musste. Aber sogar die Supermärkte in Hafennähe hatten nicht geöffnet und auch sonst schien Teneriffa wie ausgestorben. Hanna erinnerte sich an ihren Besuch 2008, da war sie mit Steffen, ihrem 2. Ehemann, auf der Insel gewesen und hatte das bunte touristische Treiben in der südlichen Region erlebt. Davon war nichts zu spüren, die Straßen und Strände waren leer wo sonst ein reges Leben herrscht. Es tat ihr sehr leid, dass Karl durstig und hungrig zu Hause wieder ankam. Er hatte auch noch Ärger bei seiner Ankunft im Hafen auf La Palma, die Polizei wollte wissen, was er auf Teneriffa gemacht hatte und er hatte Mühe, ihnen glaubhaft zu machen, dass er Hanna zum Flughafen gebracht hatte. Dummerweise hatten sie nicht daran gedacht, eine Kopie ihrer Ticketbuchung anzufertigen, die er hätte vorzeigen können. Die Behörden waren angewiesen, „unnötige" Reisen

zwischen den Inseln zu unterbinden, deshalb diese Kontrolle.

Hanna hatte Karl und die Insel mit einem Gefühl der Erleichterung, aber auch Ratlosigkeit, was sie in der nächsten Zeit erwartet, verlassen. Diese knapp vier Monate hatten ihr einen Eindruck verschafft, wie ihr zukünftiges Dasein aussehen würde, wenn sie sich dazu entschloss, mit Karl da zu leben. Es gab so vieles, was dagegen sprach, der ständige Druck, weil sie im Gästezimmer schlief, der Eindruck, nicht dem zu entsprechen, was Karl ganz offensichtlich unter einer Partnerschaft mit ihr verstand, sein zugeknöpftes Verhalten und seine ständig wechselnde und unberechenbare Gefühlslage. Andererseits waren da auch seine Bemühungen, ihr mit seinen Geschenken Freude zu bereiten, seine Selbstlosigkeit und Großzügigkeit und sein Wunsch, mit ihr trotz aller Unterschiede leben zu wollen. Sie war in einer Zwickmühle, alles schien ihr widersprüchlich und sie wollte einfach nur noch Ruhe haben, allein sein, um den ganzen Stress hinter sich lassen zu können.

Sie hatte sich von Karl verabschiedet, er schien traurig zu sein wie er dastand und ihr hinterher schaute, als sie sich in die Warteschlange einreihte, die sich am Eingang des Sicherheitsbereiches gebildet hatte. Als sie dann auf einem der Sessel saß, überkam sie plötzlich das Gefühl, sich nicht „richtig" von Karl verabschiedet zu haben, sie hatte ihm nur einen flüchtigen Kuss gegeben und war dann schnell durch die Kontrolle gegangen. Das tat ihr aufrichtig leid, aber sie konnte es nicht mehr ändern. Das Bestreben, weg zu wollen und die Angst, dass noch irgendetwas sie zurückhalten könnte, waren größer gewesen als der Wunsch nach einer herzlichen Verabschiedung. Die Tränen liefen ungebremst über ihr Gesicht und es fiel ihr sehr schwer, nicht laut zu schluchzen unter ihrer Maske, die zu tragen sie verpflichtet war. Andere Mitreisende sahen sie an, aber es störte sie nicht, dass sie sie weinen sahen, in diesen Augenblicken war Hanna nicht sicher, ob sie Karl und die Insel je wieder sehen würde. In der nächsten Zeit musste sie sich damit auseinandersetzen, ob sie das wollte. Eins war ihr klar geworden, wie sie Karl in dieser Lockdown- Situation kennengelernt hatte, wollte sie nicht den Rest ihrer Tage verbringen, eingesperrt in einem Korsett aus Demütigungen und Lieblosigkeiten und der ständigen Angst, etwas falsch zu machen und seinen Anforderungen nicht genügen zu können. Aber da war auch noch ihre Liebe, das Gefühl, zu ihm und nach La Palma zu gehören, was sich lautstark meldete. Hanna spürte zwar das energetische Band nicht mehr, aber sie war sich sicher, dass es noch immer da war. Wie sollte es nun weitergehen, sie wusste es nicht...

Eine halbe Stunde nach Mitternacht kam sie bei sich zu Hause an. Sie stand in ihrem Wohnzimmer und alle Last schien von ihr abzufallen. Tränen der Erleichterung und der Freude, wieder da zu sein, wo zwar niemand auf sie gewartet hatte, sie aber daheim war, liefen ihr die Wangen hinab. Sie stand einfach nur da und konnte es noch gar nicht fassen, wieder angekommen zu sein. Alles, was ihr das Herz in der letzten Zeit so schwer gemacht hatte, war plötzlich nebensächlich, sie war zurück! Sie schickte Karl noch eine Nachricht, gut angekommen zu sein, denn sie wusste, er würde nicht eher schlafen gehen, bevor sie das getan hatte.

Erschöpft nach 18 Stunden Reise, auf der sie keine Minute ohne die Maske über Nase und Mund sein durfte, fiel sie in ihr Bett und als sie am nächsten Morgen aufwachte, musste sie sich erst einmal orientieren, wo sie war.

Zum Zuhören braucht man zwei Ohren, zum Verstehen ein Herz

Juni

Einige Tage nach ihrer Rückkehr wollte Hanna sich der Gestaltung ihres Balkons zuwenden und fuhr deshalb in ein Gartenzentrum, um Pflanzen zu kaufen. Sie machte sich daran, ihre beiden Blumenkästen zu bepflanzen, in zwei Blumentöpfen Basilikum und Petersilie auszusäen und den Pflanzkübel, in dem sich ihre Clematis befand, von Laub und den ersten Unkrautpflänzchen zu befreien. Bei allem hatte sie so viel Freude und dachte oft daran zurück, wie sie in Karls Garten gearbeitet hatte. Sie spürte, dass da so ein wenig Wehmut in ihr aufsteigen wollte, aber bevor das passieren konnte, wollte sie sich daran erfreuen, was sie schon geschaffen hatte, um den Balkon entsprechend zu gestalten. Und sie war glücklich, als sich die Sonne sehen ließ und sie sich zu den Mahlzeiten im Schutz des Sonnenschirmes, den sie sich neu gekauft hatte, zwischen ihr kleines Blumenparadies zu setzen.

In den nächsten Tagen kamen wieder viele Nachrichten von Karl, in denen er ihr schrieb, dass sie ihm fehlt und er nun allein in seinem großen Haus ist und die Leere ihm sehr zu schaffen macht. Hanna war sehr erstaunt, dass er plötzlich so offen über seine Empfindungen sprach. Einerseits konnte sie das sehr gut verstehen, es war sicher nicht leicht, nun wieder allein zu sein, aber andererseits fragte sie sich, warum Karl ihr das Leben so schwer gemacht hatte, als sie noch bei

ihm war. Auch sie hatte schon nach wenigen Tagen Sehnsucht, das hatte sie nicht erwartet. Sie wollte jedoch nicht auf Karls widersprüchliche Gefühlslage eingehen, sie war noch viel zu sehr mit sich selbst beschäftigt und fiel aus allen Wolken, als Karl sie nur wenige Tage später vor die Entscheidung stellte, ob sie wieder zurückkommen und dann mit ihm auf La Palma leben möchte. Aber so, wie sie in der Lockdown- Zeit miteinander gelebt hatten, wollte auch er es nicht. Wenn sie weiter daran festhalten würde, nicht mit bei ihm zu schlafen, würde er sich eine andere Frau suchen. Und dann hatte er ihr noch gesagt, dass er sie, wenn kein Lockdown gekommen wäre, schon nach drei Wochen „nach Hause geschickt hätte". Das waren mehrere Ohrfeigen, die er ihr da verpasst hatte. Eine Drohung, dass er sich nach einer anderen Frau umsehen wird, wenn sie sich nicht so verhält, wie er es sich vorstellt, war wohl nicht dazu angetan, dass Hanna mit fliegenden Fahnen zu ihm zurückkehren wollte. Und wie ein kleines Mädchen behandelt zu werden, das er nach Hause schicken muss, weil es sich eines ungezogenen Verhaltens schuldig gemacht hatte, war auch nicht der Weg, mit einer erwachsenen Frau umzugehen, die einfach nicht alles mit sich machen lassen wollte. Hanna war entsetzt und wütend zugleich, was erlaubte er sich da mit ihr! Wieder einmal wurde ihr klar, dass es für Karl darum ging, nicht allein sein zu müssen und ihr seine Vorstellungen von einem Zusammenleben überzustülpen. Karl hatte ihr auch gesagt, dass sie sich erst wieder bei ihm zu melden braucht, wenn sie eine Entscheidung getroffen hat. Das ging so gar nicht und Hanna verbrachte die folgenden Tage mit Grübeleien und dem Für und Wider dieser Entscheidung. Sie war verzweifelt, wie war es möglich, dass Karl sie so behandelte, war ihm eigentlich klar, was er da tat?
Hanna spürte, dass es an der Zeit war, Karl deutlich zu machen, wie es ihr ging, was sie fühlte und warum diese Gefühle da waren. Sie schrieb ihm einen Brief, den sie ihm als e- mail schickte:

Lieber Karl,

das Ende unseres Gesprächs gestern morgen hat mich bis ins Mark getroffen.
Ich hatte wirklich keine Ahnung, dass Du mich so zurückweisen würdest wie Du es getan hast. Ich verstehe warum, aber auch wieder nicht, und einiges, was ich jetzt schreibe, wird Dir in irgendeiner Form bekannt vorkommen, weil wir darüber schon gesprochen haben. Dass es jetzt zu dieser Situation gekommen ist, macht mich traurig und bestürzt zugleich.
Bevor ich im Februar zu Dir gekommen bin, hatten wir insgesamt drei

Wochen miteinander verbracht, Zeit, in der wir schöne Momente genießen durften und ich immer gehofft hatte, dass wir einen Weg finden, miteinander glücklich zu werden. Du hattest von Anfang sehr konkrete Vorstellungen über unser Zusammensein, vor allem darüber, dass ich, obwohl Du mich überhaupt nicht kanntest, mit Dir sofort in einem Bett schlafen sollte und Du warst enttäuscht, dass ich das nicht wollte. Es schien mir zu früh. Im Dezember konntest Du das noch so akzeptieren. Aber jetzt gibst Du mir zu verstehen, dass es für Dich nicht nachvollziehbar ist, dass ich immer noch im Gästezimmer schlafen wollte. Da wir uns anfänglich sonst wirklich prima verstanden und Du auch das Thema mit flapsigen Bemerkungen wie: „Gehst Du wieder in Deine Eishöhle" abgetan hast, machte ich mir keine Sorgen. Das hätte ich jedoch tun sollen, denn im Februar erklärtest Du mir dann, dass es Dich sehr verletzt, wenn ich abends Dein Bett verlasse, Du dann allein da liegst weil ich ins Gästezimmer zum Schlafen gegangen bin. Du wünschst Dir, dass Du mich spüren kannst, meine Energie und meine Nähe. Als Du dann angeführt hast, dass C.G. Jung gesagt hat, dass derjenige, der das gemeinsame Schlafzimmer verlässt, keine Beziehung haben möchte, habe ich lange darüber nachgedacht wie ich zu der Frage Beziehung ja oder nein stehe.

Und so nahmen die Dinge ihren Lauf, wir haben uns immer mehr voneinander entfernt und irgendwann habe ich bemerkt, dass unsere Beziehung abgekühlt war und ich wusste nicht, wie ich mich verhalten sollte. Ich war in einem emotionalen Chaos, voller Widersprüche und Ängste, mit dem Rücken an der Wand und total hilflos. Ich habe einige Versuche gemacht, mit Dir darüber zu sprechen, aber ich habe Dich nicht erreichen können. Du hast von Beispielen aus Deiner Praxis gesprochen, aber nicht mehr von uns.

Es macht mich traurig, dass Du alles so schnell wolltest, eine annähernd perfekte Beziehung, ich bin da nicht hinterher gekommen, ich war überfordert. Ich brauche Zeit, mein Leben war durch die wunderbare Begegnung mit Dir aus den Fugen geraten und ich war gerade dabei, es für mich wieder zu ordnen. Ich habe an uns geglaubt, auch daran, dass eine Beziehung reifen muss, dass sie bestimmte Entwicklungsschritte durchlaufen muss, dass wir ausreichend Zeit brauchen, um uns auf das Neue einzustellen. Ich bedaure es, dass Du mir/ uns diese Zeit nicht geben konntest. Eine Beziehung ist wie ein junges Pflänzchen, klein und zart, zerbrechlich, ein Wesen, das mit äußerster Behutsamkeit behandelt werden möchte. Es braucht Zeit, zu wachsen, zu reifen und wird dabei immer schöner. Es muss gepflegt, genährt und gehegt werden, um zu einer großen, stabilen Pflanze zu *werden... Es hilft dem Pflänzchen wenig oder gar schadet ihm, wenn wir daran herumziehen, damit es schneller wächst. Jede Sache braucht Zeit und so etwas Wertvolles wie eine Beziehung, eine Liebe, kann nur mit großer Achtsamkeit zu dem werden, was wir uns wünschen, nämlich von Vertrauen, Verständnis und tiefen Gefühlen geprägt und getragen.*

Der Lockdown hat mir sehr viel abverlangt, ich bin durch Täler gegangen, von denen ich gar nicht wusste, dass es sie gibt. Und habe mich schrecklich allein gefühlt und jedes Mal, wenn wieder ein Flug nicht stattfand, wurde das Tal, in das ich fiel, tiefer und dunkler. Von all dem hast Du nichts bemerkt (wirklich ?), denn Du warst über Wochen mit Deinen Büchern beschäftigt, konntest Dich lediglich zum Essen losreißen und warst danach auch schnell wieder am Computer, um weiter zu arbeiten. Gespräche, wenn sie überhaupt zustande kamen, drehten sich dann auch fast nur um dieses Thema. Ich habe mich von Dir nicht mehr wahrgenommen gefühlt, ich war da, weil ich nicht weg konnte. Das ist kein schönes Gefühl... Gerade da, als ich Dich am meisten gebraucht hätte, warst Du nicht für mich da. Als ich dann nach 15 Wochen, das sind knapp vier Monate, die Aussicht hatte, nach Hause zu kommen, habe ich mich darüber gefreut, denn ich war mir sicher, dass ich Zeit und räumlichen Abstand brauche, um mich neu zu sortieren und mein zukünftiges Leben zu planen und vor allem, welche Rolle Du darin einnehmen solltest.

Hier, wieder zu Hause, bemerkte ich schon nach wenigen Tagen, dass Du mir sehr fehlst, dass ich Dich vermisse. Dir ging es auch so, zumindest hast Du mir es gesagt und auch geschrieben. Mir war mit einem Mal klar, dass ich ein Leben mit Dir möchte und dass ich dafür mein „altes" Leben aufgeben will. Manchmal braucht man räumlichen Abstand, um zu bemerken, dass etwas fehlt, was vorher da war, man es aber entweder nicht wahrgenommen hat oder es nicht zu würdigen wusste. Mein Herz hat sich gemeldet und mir zu verstehen gegeben, dass da ganz viele liebevolle Gefühle für Dich sind, die noch in der Zeit des Eingesperrtseins völlig unter den anderen sorgenvollen und schwermütigen Gefühlen versteckt waren und nun an die Oberfläche getreten sind. Es war plötzlich alles so klar und deutlich für mich, ich hatte wunderschöne Bilder im Kopf von dem Leben mit Dir auf La Palma. Ich habe mich gefragt, warum ich so viele Ängste hatte, mich auf die Beziehung mit Dir zu 100% einzulassen und warum diese Kindheitsmuster mich so in der Hand haben konnten, dass ich es nicht einmal versucht habe, bei Dir zu bleiben in der Nacht. Ich habe mir damit selbst die Chance genommen, es wenigstens zu versuchen, vielleicht wäre dann alles anders gekommen...

Ich habe es nicht gelernt, meine Gefühle wahrzunehmen, ihnen Ausdruck zu verleihen, sie zu zeigen. Ich hatte ständig Angst, zurückgewiesen zu werden. Und jetzt ist genau das passiert, wovor ich mich immer am meisten gefürchtet habe: Zurückweisung. Wenn Du Dich an Deine Kindheit erinnerst, weißt Du wie es mir jetzt geht, wie ich mich fühle.

Ich war gerade dabei zu lernen, meine Gefühle und Bedürfnisse auszudrücken, das gelingt mir noch nicht in jedem Fall, aber ich bin glücklich über jeden noch so kleinen Erfolg. Und jetzt...?

Ich will nicht alles auf Corona schieben, aber diese außergewöhnliche Lage, in die es mich gebracht hat, hat mich vor ein Problem gestellt, dass ich nicht zu lösen in der Lage war. Erst hier wieder in Deutschland sortierte sich alles. Ich habe bemerkt, dass Du sehr unter der jetzt wieder herrschenden Situation (allein, ich wieder in Deutschland) leidest und ich wollte Dir ein wenig Sicherheit geben, dass das Alleinsein nur von einer kurzen Dauer sein wird, weil ich wieder nach La Palma kommen wollte, sobald es wieder möglich ist, um dann bei Dir zu bleiben.

Ich wünsche mir, dass Du mir/ uns eine Chance gibst, überhaupt erst einmal miteinander zu leben. Gib uns einfach die Zeit, die es braucht. Ich weiß, Du denkst vielleicht, dass Du nicht weißt, wie viel Zeit Dir/ uns noch zur Verfügung steht und willst deshalb schnell alles haben. Leider funktioniert das nicht. Ich hoffe sehr, dass Du das auch so sehen kannst wie ich und nicht ein Pflänzchen wegwirfst, das nicht einmal die Möglichkeit hatte, erste Triebe auszubilden, ganz zu schweigen von einer wunderschönen Blüte. Das wäre echt eine ungenutzte Gelegenheit. Außerdem denke ich immer daran, dass wir uns nicht zufällig, und gleich gar nicht umsonst, begegnet sind. Irgendjemand wollte es so und er wollte ganz sicher auch, dass wir miteinander glücklich werden.

Ich habe immer noch die Hoffnung, dass aus dem „Ich mag Dich wirklich sehr" irgendwann ein „Ich liebe Dich" werden kann.

Hanna

Zunächst kam von Karl kein Zeichen, dass er die Nachricht gelesen hatte. Hanna war schon geneigt, es dabei zu belassen, aber dann rief er an und wollte mit ihr darüber sprechen. Zu ihrem Erstaunen gab er ihr in allem recht, er wollte sie als Partnerin, betonte aber immer wieder, dass

dann das leidliche „Auswärts- Schlafproblem" gelöst werden muss.
Hanna war klar geworden, dass sie Karls Gefühle verletzt hatte, wenn
sie sein Schlafzimmer immer wieder verlassen hatte und das tat ihr
aufrichtig leid. Sie wollte es gern versuchen, daran etwas zu ändern,
aber er musste aufhören, sie ständig damit unter Druck zu setzen. Das
führte zu nichts, erschöpfte sie nur und nahm ihr die Kraft, die sie für
ihren Veränderungsprozess brauchte.
Immer wieder spielten ihr ihre starken Gefühle für Karl, die zweifelsfrei
immer noch in ihrem Herzen waren, und ihre Sehnsucht nach La Palma
einen Streich. Dann herrschte wieder Zorn über Karls Druck, ihr eine
Entscheidung aufzuzwingen, die sie noch gar nicht für reif hielt,
überhaupt gefällt werden zu müssen. Diese Schärfe und der Nachdruck,
mit der er seine Forderung vorgebracht hatte, lösten in Hanna eher nur
mehr Gegendruck aus und stellten sie vor ein nicht lösbares Problem.

Die erste Kur nach der Wiedereröffnung. Hanna freute sich, ihre
Kolleginnen zu sehen und wieder arbeiten zu können. Sie hoffte sehr,
dass langsam etwas Normalität einkehren würde. Die hygienischen
Maßnahmen waren teilweise belastend, die Therapeuten mussten auch
bei ihrer Arbeit Masken tragen und das war gerade bei den Massagen,
die körperlich einiges abverlangten, unheimlich anstrengend.
Sie fand es auch nicht schön, dass sie nun nicht mehr mit den
Kurgästen in einem Raum ihre Mahlzeiten einnahmen und ständig auf
den Sicherheitsabstand achten mussten.

Einmal war sie von der Kurleiterin mit barschen Worten darauf
hingewiesen worden, dass sie, wenn sie den Esstisch verlässt, auch
ihre Maske wieder aufsetzen muss. Im Eifer des Gefechts hatte sie das
ganz vergessen und war auf dem Weg zur Küche, wo sie sich noch
einen Nachschlag holen wollte, von ihr abgefangen und zurückgeschickt
worden.
Das war nun die neue Normalität und Hanna fiel es schwer, sie zu
akzeptieren.

Sehnsucht

Ich geb meiner Sehnsucht zwei Flügel,
sie schwingt auf sich und gleitet dahin,
sie fliegt über Meere und Hügel,
erzählt dir, wie traurig ich bin.

Das Blau deiner Augen spricht Bände,
dein Blick mich zu durchdringen vermag.
Und deine zärtlichen Hände
vermisse ich Tag für Tag.

Wenn unsere Körper verschmelzen,
jeder Kuss uns atemlos macht,
fliegt mein Herz in die Welten
zu der Zeit zwischen Tag und Nacht.

Alles das weiß meine Sehnsucht,
sie kommt, um es dir zu erzählen,
die Reise hab ich schon gebucht,
ich muss nur den Zeitpunkt noch wählen.

Juli

Einige Tage später erzählte Karl Hanna von einem Traum, den er in der Nacht gehabt hatte. Eine Stimme hätte ihn sehr eindringlich gemahnt, dass er kein Recht hätte, sie so unter Druck zu setzen, ständig von ihr zu fordern, dass sie bei ihm schlafen sollte und nicht allein im Gästezimmer. Sie war erstaunt, sein Unterbewusstsein hatte ihm da eine deutliche Nachricht zukommen lassen. Und obwohl Karl es in der Regel sehr ernst nahm, wenn er derartige Botschaften eingespielt bekam und sogar einsichtig, konnte er diese Nachricht nicht akzeptieren. Warum nur hielt er trotz „Warnung" an seinem Ansinnen fest? Den ganzen Tag über beschäftigte Hanna dieser Traum und sie fühlte sich bestätigt, Druck erzeugt nur Gegendruck. Ernüchtert musste sie feststellen, dass sich an Karls Verhalten diesbezüglich nichts ändern wird. War es wirklich ihre Aufgabe, an dem Zustand des Getrennt-Schlafens etwas zu ändern? Etwas in ihr sagte ihr, dass sie es wenigstens versuchen sollte. Sie hatte sich für die Beziehung ausgesprochen, wollte sich selbst eine Chance geben, aber Karl war nicht überzeugt, dass sie es schaffen würde, das zeigte ihr sein Ausspruch „Schauen wir mal". Da war so viel Skepsis im Spiel, die natürlich bei Hanna nicht für Euphorie sorgte.
Sie konnte nicht schlafen, setzte sich mitten in der Nacht an ihren Laptop und schrieb eine e-mail an ihn:

Montag, 13. Juli 2020, kurz vor 2 Uhr in der Nacht

Lieber Karl,

Du hast mich vor wenigen Stunden gefragt, wie es mir geht mit dem Wissen um Deinen Traum...

Jetzt nach nur wenigen Stunden habe ich das Gefühl, wieder dort angekommen zu sein, wo ich mich schon einmal vor einem Monat befand, bittend um die Chance eines Neubeginns für uns beide. Während ich in den letzten Wochen zunehmend sicherer wurde, dass es sich „gelohnt" hatte, so dafür zu kämpfen, wie ich es getan hatte und ich mich wirklich darauf gefreut habe, Dir zu zeigen, wie und was ich für Dich empfinde, bin ich mir nicht mehr sicher, ob meine Kraft ausreicht, dem Damoklesschwert auszuweichen, das mit dem Satz von Dir: Wenn es Anzeichen geben wird, die auf den Zustand unserer Beziehung während der Lockdownzeit hindeuten, Du die Beziehung beenden und Dir eine andere Frau suchen würdest, über mir schwebt. Obwohl Dein

Traum Dir gesagt hatte, dass Du nicht das Recht hast, mich zu erpressen, fühle ich mich gerade wie an die Wand gedrängt und einem enormen Druck ausgesetzt. In mir stellt sich die Frage, ob ich die Kraft aufbringe, diesem Druck weiter standzuhalten. Ich habe ganz deutlich mehrfach zum Ausdruck gebracht, dass ich diese Chance möchte, um Dir zu zeigen, dass ich lernen möchte, meine alten Muster zu bearbeiten. Ich war zuversichtlich, dass ich das schaffen würde, aber dieser eine Satz hat mich zurück katapultiert. Ich bin unsicher, gehemmt und zunehmend im Zweifel und spüre, dass Du kein Vertrauen hast und das ist wirklich keine gute Ausgangsposition für mich. Und ich habe große Angst davor, gerade deshalb zu versagen, nicht das vermitteln zu können, was mir am Herzen liegt.

In diesem Satz steckt für mich auch die „Drohung": Wenn ich nicht Deinen Wünschen entspreche, beendest Du die Beziehung. Ich denke über diese Formulierung nach und mir fällt auf, dass darin nichts von „bedingungslos lieben" zu finden ist. In meiner Idealvorstellung von einer Liebesbeziehung ist die Bedingungslosigkeit jedoch essentiell, ein „Ich liebe Dich, **aber nur wenn** Du das machst, was ich für mich als richtig erkenne und was mir gut tut" hat aus meiner Sicht nichts mit Liebe zu tun, wie sie in einer Partnerschaft gelebt werden will. Beide Partner haben ein Recht darauf, sich die Beziehung als etwas „Gesundes" und „Glückbringendes" zu wünschen. Eine Drohung ist davon aber weit entfernt. Es muss immer Kompromisse geben...

Es erschreckt mich auch, wie leicht Du diesen Satz aussprichst, als würdest Du einfach nur ein altes gegen ein neues Paar Schuhe austauschen.

Ich bitte Dich, Dir einfach mal vorzustellen, dass ich zu Dir gesagt hätte:

„Du bist wie Du bist, daran kann ich nichts ändern. Das respektiere und akzeptiere ich, aber damit ich Dich lieben kann, solltest Du so, so und so sein. Und wenn Du so nicht sein kannst, suche ich mir eben einen anderen Mann". Wie würdest Du Dich fühlen?

Wenn wir einen Neuanfang wagen wollen, ich jedenfalls will es, ob Du es auch willst, ist für mich zur Zeit nicht klar ersichtlich, müssen wir die Vergangenheit als das stehen lassen was sie ist, vergangen. Nur im Nach- vorn- Schauen liegt die Chance. Aber... dazu gehört Vertrauen, unbedingt. Zunächst braucht es aber das Vertrauen an Dich selbst... Sicher ist es für Dich nicht leicht, mir zu vertrauen, weil Du immer wieder die Bilder der Vergangenheit heraufbeschwörst. Doch es ist unausweichlich, sich von diesen Bildern zu lösen, sie loszulassen, denn

erst dann kann etwas Neues kommen.
Gedanken werden zu Worten und nicht erst wenn sie ausgesprochen sind, werden sie zu Energie. Und wenn Du diese Gedanken oft genug hast oder aussprichst, werden sie sich manifestieren und es wird genau das eintreten, was Du denkst oder oft genug verbal wiederholst. Das ist die Macht der Gedanken.

Und im Moment hast Du auch nur mein Wort, dass ich mein Verhalten ändern will. Ein „Wir können das gemeinsam schaffen" wäre hilfreicher gewesen als ein „Schauen wir mal". Es wäre ganz toll für mich, wenn ich das Gefühl hätte, dass Du mir Deine Hand reichst und mich unterstützt in meinen Bemühungen, allein werde ich es nicht schaffen können.

Es kostet mich immer sehr viel Kraft nach so einem Gespräch wie am gestrigen Abend zuversichtlich zu sein, dass mein Ringen um uns nicht umsonst ist und mir mantramäßig in Gedanken zu rufen: Ich bin auf einem guten Weg und meine Liebe wird mir alles geben, was ich brauche für diese Veränderung.
Du kannst mir glauben, ich habe noch nie in meinem bisherigen Leben so hart an mir gearbeitet um die „alten Muster" loszuwerden. Ich möchte nicht davonlaufen, nur weil es schwierig ist.
Ich frage mich aber auch: Wie waren die Frauen in Deinem Leben, die offensichtlich mehr oder überhaupt „Frau" waren? Was vermisst Du bei mir? Und... wenn sie so waren, wie Du sie Dir vorgestellt oder zurecht gebogen hast, warum ist keine bei Dir geblieben?

Es ist jetzt 4 Uhr und ich will versuchen, noch etwas Schlaf zu bekommen.

Hanna

Auch über diese Nachricht hatten sie miteinander gesprochen. Neue Erkenntnisse oder die Bereitschaft Karls, auch sein Verhalten einmal zu hinterfragen, blieben aus und die Fragezeichen in Hannas Kopf waren nicht weniger geworden. Sie setzte nun alle Hoffnungen auf ihren nächsten Aufenthalt, sicher ließ sich im direkten Gegenüber ganz anders reden. Sie war erstaunt, woher sie diese Zuversicht nahm, aber wie sagt man: die Hoffnung stirbt zuletzt...

Einige Tage später wachte sie am Morgen auf und war sich sicher, dass sie jetzt alles in die Wege leiten wird, ab August in den Vorruhestand gehen zu können und damit der Weg frei wäre für ein Leben auf La Palma mit Karl. Sie rief ihn an, um ihm das mitzuteilen, aber Karls Reaktion sorgte bei ihr für erneute Unsicherheit und Unverständnis, denn er fragte sie, ob sie sich das auch gut überlegt hätte und es möglicherweise gar nicht ernst meint. Aber... er wäre bereit ihr zu glauben und wann sie zu ihm zurück kommen wird. Nun war er wieder der liebevolle und nette Kerl, den sie einmal kennengelernt hatte. Aber... schon morgen konnte sein Verhalten ins genaue Gegenteil umschlagen. Das war es auch, was Hanna in einer ständigen „Hab- acht- Position" hielt und ihr oft die Luft nahm.

Die Rentenantragstellung ging sehr unkompliziert über die Bühne, die Mitarbeiter der Rentenstelle arbeiteten im Homeoffice und Hanna hatte eine sehr kompetente und geduldige Frau am Telefon, die ihr alles genau erklärte.
Sie würde noch in zwei Kuren arbeiten und informierte auch gleich ihre Geschäftsleitung über ihr Vorhaben.

Es war ein sehr beruhigendes Gefühl für Hanna, ihr Leben nun besser planen zu können, denn das war durch ihre Arbeit immer ein Problem gewesen. Nun war es ihr möglich, ein Leben auf La Palma mit Karl zu planen. Sie stellte sich vor, ein Mal im Vierteljahr nach Deutschland zu fliegen, um ihre Kinder und ihren Enkel zu besuchen und dort für 2- 3 Wochen zu bleiben. Aber sie hatte auch Bedenken, dass das Untätigsein ihr vielleicht mit der Zeit langweilig werden könnte, sie fühlte sich noch nicht so alt, gänzlich aus dem Berufsleben auszuscheiden. Und wenn sie schon in bestimmten Abständen nach Deutschland fliegen würde, warum sollte sie dann nicht für eine Woche im Kurbetrieb noch arbeiten? Dem stand doch nichts entgegen.
Karl nahm Hannas Pläne mit geteilter Freude zur Kenntnis. Er fand es toll, dass sie sich nun für ein neues Leben mit ihm auf La Palma entschieden hatte, aber Hanna wurde das Gefühl nicht los, dass er immer noch kein Vertrauen in die Ernsthaftigkeit ihres Vorhabens entwickeln konnte.

Eine einwöchige Kur, geleitet von einer Kollegin, mit der sie auch privat eng befreundet war, sollte vorerst Hannas letzte in ihrem beruflichen Leben sein. Sie legte noch einmal alles Herzblut in ihre Arbeit, lernte drei ganz wunderbare Frauen kennen, mit denen sie interessante und inspirierende Gespräche führen durfte. Mit einer von ihnen war sie auch über die Kur hinaus im Kontakt. Sie genoss es, mit ihren Kolleginnen im Austausch sein zu können und nutzte jede Gelegenheit dazu.

Hanna hatte mit ihrer Geschäftsführerin über ihr Ansinnen gesprochen, noch mit einer geringen Anzahl an Stunden ein Arbeitsverhältnis zu bekommen und war auf offene Ohren gestoßen. Sie bekam einen Vertrag, der es ihr erlaubte, in einer einwöchigen Kur im Vierteljahr zu arbeiten. Das war genau das, was sie sich vorgestellt hatte und sie war sehr glücklich, dass man ihrem Wunsch entsprochen hatte.
Damit war alles geklärt, Hanna konnte ihrem Vorruhestand gelassen entgegen sehen.

Ihre Therapeutenchefin machte ihr sogar noch ein ganz besonderes Geschenk als sie ihr mitteilte, dass sie am letzten Kurtag nicht mehr gebraucht werden würde und deshalb schon einen Tag früher nach Hause fahren könnte. Das war echt toll, denn es war Hannas Geburtstag, den sie nun mit ihrer Familie feiern konnte.
Als sie an dem Geburtstagsmorgen auf ihr Telefon schaute, war da schon eine Audionachricht von Karl. Er hatte ihr „Happy birthday" in Englisch, Deutsch und Spanisch gesungen und sich auf seiner Gitarre dazu begleitet. Hanna war total gerührt, damit hatte sie nicht gerechnet. Sie bedauerte, dass er nicht bei ihr sein konnte an diesem Tag.

Der Sommer war sehr warm, Ende Juli stieg die Quecksilbersäule beständig über 30°. Die Hitze machte Hanna zu schaffen und sie konnte sich erst am Abend, wenn die Sonne langsam hinter dem Wald verschwand, auf ihren Balkon setzen.
Wieder zu Hause war sie oft mit ihrem Enkel zum Kiessee zum Schwimmen und Planschen gefahren, eine willkommene Abkühlung. Der Kleine war noch etwas unsicher und auch ängstlich bei seinen Schwimmübungen, aber er wurde von Mal zu Mal sicherer und mutiger. Er freute sich einfach, dass sie zusammen etwas unternahmen. Durch ihre Arbeit und die zahlreichen Besuche auf La Palma war in der Vergangenheit dazu immer nur wenig Zeit gewesen und so genoss er es, Hanna mal ganz für sich zu haben. Auch Hanna machten die Unternehmungen mit ihm viel Spaß.

Gemeinsam mit ihrem Sohn, ihrer Tochter und ihrem Enkel fuhr sie an einen Mecklenburger See, um sich mit einer Gruppe begeisterter Paddler zu treffen. Ihre Kinder hatten schon in den Jahren zuvor ihre Liebe zu diesem Sport entdeckt und auch Hanna machte es riesigen Spaß, auf Paddeltour zu gehen. Einige aus dieser Gruppe kannte sie aus ihrer Studienzeit, auch ihr erster Mann, der Vater ihrer Kinder, war mit dabei. Hanna hatte das Zusammensein mit der Gruppe besonders genossen, sie hatte zahlreiche Touren auf dem See, aber auch mit den

Fahrrädern unternommen. Oft griff einer der „Jungs" zur Gitarre und sie sangen, manchmal schon leicht angeheitert, Rocktitel aus ihrer Jugendzeit. Da kam sie sich beinah wie das junge Mädchen von damals vor. Sie kochten und aßen gemeinsam und führten Gespräche, die thematisch von der politischen Lage und Corona bestimmt wurden. Hanna hatte nicht das Gefühl, dass es zwischen ihnen größere Meinungsverschiedenheiten gab. Jeder respektierte die Ansichten des anderen und sie hatte sich gewünscht, dass das im Großen in der Politik auch so wäre.

Als sie nach einer Woche zurück gefahren war, fühlte sie sich gut erholt und aufgetankt. Sie hatte Karl viele Bilder von den Orten geschickt, die sie besucht hatte und er hatte ihr mit einem traurigen Unterton geantwortet, dass er da auch gern dabei gewesen wäre. Wieder einmal hatte das Hanna etwas verärgert, wenn er es wirklich gewollt hätte, hätte er auch einen Weg gefunden, nach Deutschland zu kommen, ihre Familie kennenzulernen und Schönes mit ihr gemeinsam zu erleben. Sie war sich nicht sicher, ob sie ihm unrecht tat, wenn sie ihm vorwarf, das ja eigentlich gar nicht zu wollen. Sein Argument, das Haus und seine Tiere nicht allein lassen zu können, fand sie nur vorgeschoben. Und das hatte sie oft traurig gemacht.
Aber sie wollte keinen Unfrieden stiften und ging deshalb nicht weiter auf das Thema ein.

Je näher der Zeitpunkt ihrer Reise rückte, sie hatte für den 5. August einen Flug gebucht, desto aufgeräumter und zugänglicher wurde Karl. Aber auch Hanna freute sich auf die Begegnung, sie hatten sich dann mehr als zwei Monate nicht gesehen und es gab die berechtigte Hoffnung, dass sie beide einem Neubeginn eine echte Chance geben wollten.

Solange du funktionierst und gebraucht wirst
bist du etwas ganz Besonderes.
Wenn du aber einmal nicht mehr funktionierst,
wie man es von dir erwartet,
bist du urplötzlich ein Nichts.

August

Schon auf der Fahrt zu Karls Haus fühlte Hanna die Freude darüber, wieder da zu sein. Sie sah die vertraute Gegend und genoss es, ihren Gedanken Flügel zu geben und sich auszumalen, was sie in den kommenden zwei Monaten unternehmen und erleben möchte.

Dort angekommen führte Karl sie zunächst durch den Garten und deutete an, dass er sich freue, dass sie nun wieder für Ordnung sorgen wird. Hanna war etwas entsetzt darüber, wie viel Unkraut auf den Gemüsebeeten gewachsen war, die Tomaten waren wild durcheinander gewuchert und an manchen Stellen konnte sie nur noch erahnen, was sie dort ausgesät hatte. Karl entschuldigte sich, dass er es einfach nicht alles schafft. Schon allein das tägliche Gießen der Pflanzen vor und hinter dem Haus dauert zwei Stunden. Hanna lag auf der Zunge zu sagen, dass er es schon schaffen würde, wenn er nicht jeden Tag zum Kaffeetrinken mit Sibylle unterwegs wäre, ließ es aber sein. Sie würde sich damit nur seinen Unmut zuziehen, denn dieses Ritual ist für ihn ein Ausdruck von Lebensqualität, wie er Hanna mal erklärt hatte, als sie ihn darauf angesprochen hatte. Sie würde also in den nächsten Tagen ordentlich zu tun haben, wieder „Grund" in den Garten zu bringen und hoffte inständig, dass Karl sie machen ließ und ihr nicht ständig mit seinen gutgemeinten Ratschlägen in den Ohren lag.

Dann führte er sie zu dem kleinen Pajero, der oben an der Straße steht und zeigte ihr stolz, dass sein Bauarbeiter Miguel damit begonnen hatte, dieses Gebäude wieder herzurichten. Hanna war hoch erfreut, das hatte sie nicht erwartet. Sie freute sich auch deshalb besonders, weil es ihre Idee gewesen war, dieses Häuschen zu nutzen und in dem wirklich schönen Raum einen Therapiebereich für sich und Karl einzurichten. In Karls Kopf war alles schon skizziert und fertig. Das war Karl, er wollte alles allein entscheiden. Sicher, es war sein Grund und Boden, sein Haus, aber sie hatte zumindest erwartet, dass er sie in die Planung mit einbeziehen würde. Dass er es nicht getan hatte, enttäuschte sie sehr, aber was sollte sie tun? Sie bemerkte jedoch auch, dass es Karl Spaß machte, zu planen und er hatte auch viele tolle Ideen und diese Freude wollte sie ihm nicht verwehren.

Bei ihrer Ankunft hatte Hanna ein verspätetes Geburtstagsgeschenk auf ihrem Bett vorgefunden, Karls Buch, das er während ihres letzten Aufenthaltes überarbeitet hatte. Sie freute sich sehr, das Thema „Charakterstrukturen" hatte sie mit großem Interesse schon in den Gruppennachmittagen verfolgt, nun hatte sie noch ein gesammeltes Werk, in dem sie immer nachschlagen konnte. Auf ihrem Bett hatte auch ein kleiner Blumentopf mit einer Kalchoe gestanden, ein ziemlich unscheinbares Blümchen, das Hanna nie so reizend fand, dass sie es gekauft hätte. Sie versuchte, nicht enttäuscht zu sein, als sie sich erinnerte, dass Karl seiner geschiedenen Frau an jedem ihrer Geburtstage einen wunderschönen Fleurop- Blumenstrauß zukommen ließ. Das nagte schon etwas an ihrem Selbstwertgefühl, aber dann dachte sie auch an die Kette, die er ihr auf dem Markt für viel Geld gekauft hatte, ohne das ein besonderer Anlass vorgelegen hatte, und das machte sie wieder versöhnlich. Sie wollte nicht undankbar sein.

Es folgten angenehme Tage ohne Kritik oder Zurechtweisungen obwohl Hanna nach wie vor im Gästezimmer schlief. Karl hatte dazu keinen Kommentar gegeben. Hanna war sich nicht sicher, ob in ihm ein Sinneswandel vorgegangen war oder ob er einfach auch der Meinung war, dass Unstimmigkeiten oder gar Streit das Leben miteinander nur schwer macht. Oder wollte er abwarten, wie ernst es ihr tatsächlich war, an diesem Thema zu arbeiten?

Hanna bereitete es weiterhin Unbehagen, dass sie in der Gruppe nicht zeigen durfte, was sie für Karl empfand, sondern eher so tun musste, als wäre sie zu Besuch zu einem Bekannten gekommen.

Sie hatte damit begonnen, mit Ursel, Regina, Ronald und Beate aus der Selbsterfahrungsgruppe eine kleine Yogagruppe aufzubauen. Sie trafen sich montags morgens und Hanna hatte viel Freude daran, wieder Yoga zu unterrichten. Das hatte ihr wirklich gefehlt in der letzten Zeit. Besonders erstaunte sie Ronalds Bemühungen, denn von einem 88-jährigen Mann hatte sie nicht erwartet, dass er sich überhaupt mit Yoga beschäftigen wollte.
Anfänglich war auch Karl mit dabei, aber durch die Baumaßnahmen war er oft eingespannt und musste Absprachen treffen, das Baugeschehen überwachen oder war zum Materialeinkauf unterwegs. Palmerisch Bauen geht etwas anders als deutsches Bauen. Bei den Palmeros gibt es keine Planung, sie arbeiten nach ihrem eigenen System, das für uns Deutsche schwer zu durchschauen ist. Sie fingen an mehreren Stellen an und Hanna hatte immer das Gefühl, dass es nicht in ihrem Interesse war, erst mal eine Sache zum Abschluss zu bringen. Ihr Wunsch, schon im nächsten Frühjahr den Yogaunterricht in den neu entstehenden Raum zu verlegen, war jedenfalls sehr unrealistisch, wie sie schon bald feststellen musste.

Sie waren wieder einmal in Santa Cruz unterwegs, Karl wollte in der Markthalle frischen Fisch kaufen. Inmitten einer Häuserzeile fanden sie das schöne alte Gebäude, in dem sich der Markt befand. Der

Verkaufsraum war nicht riesig, er lag in der Mitte des Gebäudes in einer Art Atrium. Zwischen den Ständen war nur so viel Platz, dass man hindurchgehen konnte, aber es war hell und freundlich und die Menschen warteten geduldig, bis sie an der Reihe waren. Hier wurden hauptsächlich regionale Produkte verkauft und alles war frisch und gut sortiert. Karl kaufte den Fisch und Gemüse für die nächsten Tage und sie beschlossen dann, noch etwas zu essen und einen Kaffee zu trinken. Sie kamen an einer Bar vorbei, die sie beide noch nie wahrgenommen hatten, sie befand sich gleich am Anfang der Fußgängerzone in einer Seitenstraße. Es waren noch Plätze frei und sie setzten sich mit Blick in Richtung Meer hin. Der junge Mann, der hier bediente, stand kurz darauf schon an ihrem Tisch und nahm die Bestellung auf. Es dauerte auch nicht lange und er war mit dem Essen und zwei Kaffee zurück. Während sie aßen, konnten sie beobachten, dass der junge Mann wie ein Wiesel hin- und her flitzte ohne dabei hektisch zu wirken, jeder Handgriff saß, als hätte er ihn schon tausend Mal ausgeführt. Das Essen und auch der Kaffee waren richtig gut und sie waren später mehrmals in dieser Bar, sie nannte sich „Bahia- Bar", zum Kaffeetrinken gewesen. Schon bei ihrem zweiten Besuch wusste der junge Mann noch, was sie bestellt hatten. Hanna war überrascht, er hatte sie ein Mal gesehen und nicht nur, dass er sie sofort erkannt hatte, nein, er wusste auch noch, was sie gegessen und getrunken hatten. Erstaunlich sein Gedächtnis, Hanna war des Lobes voll.

Es war wunderbares Sommer- und Badewetter. Leider war Karl nicht der ambitionierte Strandmensch, was Hanna sehr schade fand. Sie wollte eigentlich viel öfter zum Strand fahren, traute sich aber nicht, Karl darauf anzusprechen, da sie kein Auto hatte, er sie nicht mit seinem fahren ließ und sie so auf seine Chauffeurdienste angewiesen war. Aber sie hatte in Sibylle Unterstützung gefunden und so kam es, dass Karl sie beide zum Strand in Cancajos fuhr, er selbst auf einer Mauer sitzend von oben beobachtete, wie sie schwimmen gingen. Hanna verstand nicht, wie Karl auf einer Insel, umgeben vom Meer, wohnen konnte und überhaupt kein Interesse für das Schwimmen im Meer hatte. Aber seine Abneigung gegenüber kaltem Wasser hing wohl mit seiner Rheumaerkrankung zusammen und das verstand sie gut.
Das Wasser war angenehm, es war erfrischend, aber nicht kalt und Sibylle und sie hatten viel Spaß weil an diesem Tag auch eine bewegte See war und sie von den Wellen hin und her geworfen wurden. Anschließend ließen sie sich im „Pulpo" ein leckeres Bocadillo und natürlich einen Kaffee schmecken.

Hanna wusste, wenn sie sich hier ein neues Leben aufbaut, wird sie ganz oft ans Meer fahren, vielleicht auch nur, um den Wellen zuzuschauen oder ihrem Rauschen zuzuhören. Für sie hatte das Meer eine ungeheure Anziehungskraft. Sie erinnerte sich dann immer daran, wie sie als junges Mädchen das erste Mal an der Ostsee gewesen war. Den salzigen Geschmack auf der Zunge und den unendlich weiten Blick zum Horizont würde sie nie vergessen. Und nun hatte sie die Gelegenheit, dem Meer so nah zu sein und konnte doch nicht immer da sein. Manchmal erfasste sie eine nicht erklärbare Wehmut, sich nicht einfach ins Auto setzen zu können und hin zu fahren. Sie war in so vielem von Karl abhängig und das Gefühl gefiel ihr gar nicht. Sie war es gewohnt, eine Entscheidung zu treffen und das dann auch zu tun. Aber hier war sie eingeschränkt und wollte Karl nicht ständig mit „Sonderwünschen" belästigen. Er hatte zwar oft angeboten, dass sie es nur zu sagen brauchte, wenn sie ans Meer wollte, aber Hanna fand es dann schade, dass sie den Badespaß allein genießen musste.

Ein anderes Mal lud Sibylle sie ein, mit ihr auf den Roque de Los Muchachos zu fahren. Sie wollte schauen, ob die Raben noch da waren, die sie früher oft gefüttert hatte, und ein Picknick machen. Diese Einladung konnte und wollte Hanna nicht ausschlagen. Auf dem Weg nach oben mussten sie einige unfreiwillige Pausen einlegen, Sibylles Toyota hatte ein Kühlproblem und so mussten sie immer wieder warten, bis der Motor sich abgekühlt hatte. Aber Hanna fand es nicht schlimm, so hatte sie die Möglichkeit, wunderbare Bilder von der reichen Pflanzenwelt und der imposanten Landschaft zu machen.
Oben angekommen stellten sie fest, dass der weitere Weg zum Parkplatz der Aussichtsplattform gesperrt war, hier fanden Bauarbeiten statt. Sie fuhren also noch weiter und fanden einen im Schatten einer riesigen Pinie gelegenen Picknickplatz. Sie hatten noch gar nicht alle Leckereien ausgepackt, als schon ein vorwitziger Rabe angeflogen kam und sich in einiger Entfernung niederließ. Sehr interessiert beobachtete er das Geschehen und kam langsam näher gehüpft. Als Sibylle eine Avocado aufschnitt, saß er plötzlich auf ihrer Schulter. Sie kannte das schon und ließ ihn an der Frucht herum picken. Sein besonderes Interesse galt jedoch ihrem Joghurt, auf den er sich sofort stürzte. Er schnappte sich den Becher, hüpfte in sichere Entfernung und ließ es sich schmecken. Sibylle und Hanna nutzten die Zeit, in der der Rabe mit dem Joghurt beschäftigt war, um ihre Köstlichkeiten zu verzehren. Aber der Bursche war ziemlich dreist, offensichtlich an Menschen gewöhnt, er setzte sich wieder auf Sibylles Schulter und machte sich an ihrem Ei zu schaffen. Hanna war froh, dass er allein gekommen war, sie hätten sich

gegen eine Rabeninvasion nicht wehren können.

Auf der Rückfahrt hielten sie noch einmal an einem Aussichtspunkt und Hanna hatte einen spektakulären Blick in die Caldera de la Taburiente (Krater vulkanischen Ursprungs). Dieser Krater, hatte man erst viel später nach seiner Namensgebung herausgefunden, war jedoch nicht vulkanisch entstanden, sondern durch Erosion. Es ging tief hinab, die Sohle war nicht zu erkennen. Beeindruckend!

Du kannst nicht zurück gehen und den Anfang ändern,
aber du kannst jetzt neu anfangen und das Ende ändern.

September

Der September war gekommen und das Wetter war nach wie vor sonnig und sommerlich warm. Sibylle hatte den Vorschlag unterbreitet, zum „El Pilar", einem sehr schönen Rastplatz mitten auf dem Berg, zu fahren und vielleicht dort die Raben zu füttern. Karl und sie waren schon oft dort gewesen und auch Hanna hatte diesen Ort mit Betty im November besucht.

An einem kleinen Imbisswagen konnten sie sich ein paar Kekse und einen Kaffee kaufen. Nur wenige Besucher hatten den Weg hier herauf gefunden trotz herrlichem Wanderwetter.

Sie konnten zwar die Raben hören und einige wenige kreisten auch über ihren Köpfen, aber sie ließen sich nicht locken. Sibylle war traurig, sie hätte ihnen zu gern eine Mahlzeit zukommen lassen.

Der riesige Platz war wie ausgestorben, nur wenige Leute, vorrangig Touristen, waren unterwegs, denn vom „El Pilar" führten sehr viele Wanderwege in die Vulkanberge. Aber auch sie konnten nicht uneingeschränkt begangen werden. Die Grillplätze waren verwaist und überall gab es Absperrungen und Schilder, dass das Gelände nicht betreten werden darf.

Sie gönnten sich noch ein Sonnenbad, bevor sie dann in Richtung El Paso den Berg hinab fuhren. Unterwegs machten sie einen Stopp an einem Aussichtspunkt ungefähr auf halber Höhe, um noch einen Blick ins Tal nach El Paso und weiter noch in Richtung Los Llanos und Tazacorte zu werfen. Im Hintergrund spielte sich noch ein anderes Naturschauspiel ab, die Wolkenwasserfälle. Der Ostwind drückte dabei die Wolken über die Berge, so dass es aussieht wie ein Wasserfall, der den Berg hinab fließt, wirklich spektakulär! Hanna hatte es schon oft beobachtet und war immer wieder begeistert.

Dann kamen Tage, in denen sich so eine Art Alltag in Hannas und Karls Beziehung einschlich, es gab auch mal einen Zwist, aber sie hatten nie wirklich gestritten oder einer war dem anderen ernstlich böse. Zu Denken gab ihr jedoch, dass fast immer sie es war, die Unstimmigkeiten ansprach und ein klärendes Gespräch einforderte.

Hanna fasste in der Selbsterfahrungsgruppe langsam Fuß. Es gelang ihr immer besser, über sich, ihre Gefühle und Gedanken zu sprechen. Insbesondere das Thema „Charakterstrukturen", dem sie sich schon seit längerem widmeten, hatte ihr Interesse erregt und sie fand es außerordentlich spannend, diese rein schulmedizinische Einteilung mit ihren ayurvedischen Äquivalenten zu vergleichen. Wieder einmal bemerkte sie, dass Karl ganz in diesem Thema aufging, es war sein Steckenpferd. Nicht so lustig fand sie hingegen seine Einschätzung, dass er hier keine Gruppe vorfand, die uneingeschränkt bereit war, von seinem umfangreichen Wissen zu profitieren. Er kritisierte ihr gegenüber die Teilnehmerinnen, nur Sibylle kam dabei positiv weg. Sie war natürlich auch diejenige, die sehr belesen war und aus diesem Fundus schöpfen konnte. Das beeindruckte Karl und sie bereitete ihm die Bühne, die er brauchte. Ja, es war unverkennbar, dass er gern im Rampenlicht stand. Er genoss es, bewundert zu werden. Das war Hanna schon aufgefallen, als er ihr von seinen zahlreichen Vorträgen, seiner Lehrtätigkeit an der Volkshochschule und der Arbeit mit seinen Gruppen erzählte. Auch sie zollte ihm höchsten Respekt und konnte natürlich von seinem immensen Wissensschatz profitieren. Aber, und das gefiel ihr gar nicht, oft fühlte er sich anderen gegenüber überlegen und machte auch keinen Hehl daraus. Sogar ihr gegenüber musste sie dieses Verhalten oft beobachten.

Es kam jetzt häufig vor, dass sie zum Kaffeetrinken nach Santa Cruz fuhren, Hanna fühlte sich sehr wohl in der alten Stadt mit ihrem ruhigen aber trotzdem pulsierenden Leben. Als sie am Morgen losgefahren waren, schien die Sonne, aber sie waren kaum angekommen, zogen vom Meer her dunkle Wolken heran und es begann von jetzt auf gleich wie aus Eimern zu schütten. Glücklicherweise hatte Hanna immer einen kleinen Schirm dabei, der ihnen jetzt aber nur bedingt Schutz vor den von den Dächern stürzenden Bächen bot. Die palmerischen Häuser haben keine Dachrinnen, so dass das Regenwasser einfach herunterläuft und man als Fußgänger entweder in der Mitte der Straße oder unmittelbar an der Hauswand laufen sollte. Karl hatte ein kleines Cafe entdeckt, in das sie vor dem Regenguss flüchteten. Die Beleuchtung war etwas schummerig, aber Hanna und Karl hatten einen

Platz neben der Tür gefunden, die offen stand und Tageslicht herein ließ. Hier gab es nicht die sonst so bekannten Bocadillos, sondern kleine dunkle Brotscheiben, die entweder mit Käse, Wurst oder Gemüse belegt waren. Sie kauften für jeden ein Käsebrot und einen Kaffee und sahen zu, wie der Regen immer noch heftig und flutartig von den Dächern schoss. Eine ganze Stunde mussten sie noch ausharren, bis es aufhörte. Da es auf der Einkaufsstraße keine Fußwege gab und die damit verbundenen Abläufe für das Regenwasser fehlten, waren überall riesige Pfützen entstanden, die teilweise über die gesamte Straßenbreite reichten. Hanna zog kurzerhand ihre Schuhe aus und watete einfach hindurch.

Schon Mitte September wurde klar, dass die Ein- und Ausreise-Bedingungen wegen Corona noch einmal verschärft werden würden. Das bedeutete, dass Hanna sich für 10 Tage in Quarantäne begeben musste, nachdem sie in Deutschland eingereist war. Um diesen Zeitraum einhalten zu können, bevor sie wieder arbeiten sollte, musste sie ihre Abreise um eine Woche vorziehen. Sie war darüber selbst nicht glücklich, vor allem, weil sie eine von Harmonie und Verständnis getragene Zeit mit Karl verbracht hatte und nun befürchtete, dass es wieder einen abrupten Bruch in ihrem Verhältnis zueinander geben könnte.

Hanna erinnerte sich, dass von diesem Zeitpunkt an in Karl wieder diese Veränderung einsetzte, die sie schon kannte. Er zog sich zurück, vor allem auch emotional, das Verlangen nach körperlichen Kontakten zu ihr wurde geringer und am meisten geschockt war sie, als er sie bat, bevor sie das nächste Mal nach La Palma komme würde, für ½ oder 1 (!) Jahr in ein Kloster zu gehen. Sie hatten in einem kürzlich stattgefundenen Gespräch von ihrer beider Erfahrungen gesprochen, die sie während ihrer Aufenthalte dort hatten und Hanna hatte erzählt, dass sie nach der Trennung von ihrem 2. Mann überlegt hatte, eine Zeit der Besinnung dort zu verbringen. Da dieses Ansinnen von Karl aber völlig überraschend und aus dem Zusammenhang gelöst für sie kam, verstand sie es überhaupt nicht. Auf der einen Seite hatte sie den Eindruck, dass er alles in ihrer Beziehung sofort und gleich möchte, weil er ja schon älter ist und nicht weiß, wie viel gemeinsame Zeit ihnen noch bleibt. Andererseits „schickt" er sie weg für einen doch langen Zeitraum... Das war doch nicht logisch. Nachdem Hanna den ersten Schock überwunden hatte, nahm sie sich vor, Karls Bemerkung keine weitere Beachtung zu schenken, weil für sie das Thema „Kloster" erledigt war. Sie wäre schon lange dort gewesen, wenn sie es gewollt hätte. Also- abhaken.

Hanna spürte aber deutlich Karls Traurigkeit. Natürlich war sie auch traurig, aber sie konnte es nicht ändern, sie hatte sich dazu entschieden, noch zu arbeiten und Karl hatte keine Einwände dagegen gehabt. Sie würde einen Monat weg sein, was ist das im Vergleich zu der Zeit, die sie dann wieder gemeinsam verbringen konnten. So dachte Hanna, aber für Karl war es jedes Mal eine Katastrophe, wenn sie nach Deutschland flog und das belastete auch sie zunehmend.

Wer sich bewusst macht, dass
ein schönes Gespräch,
ein Kaffee unter freiem Himmel,
eine herzliche Umarmung
oder
der prasselnde Regen
genügen, um die Seele auszugleichen,
hat die Chance, jeden Tag glücklich zu leben.

Oktober

Als sie Anfang August nach La Palma gekommen war, waren Karl und sie froh und glücklich, wieder zusammen zu sein, jeder hatte den anderen doch sehr vermisst. Sie hatten eine schwierige Phase in ihrem Leben bewältigt und wollten nun einen Neuanfang wagen. Sie hatten wirklich sehr schöne harmonische Tage mit intensiven Gesprächen über sie und ihre Beziehung zueinander und entwickelten eine Intimität, die von so viel Verständnis füreinander geprägt war, wie sie sie beide noch nicht gespürt hatten. Karl war sehr darauf bedacht, Hanna glücklich zu sehen und dementsprechend verhielt er sich auch.
Sie hatten auch gespürt, dass sie auf einer Ebene miteinander verbunden waren, die von Herz zu Herz zu gehen schien, von Seele zu Seele... Manchmal war dieses energetische Band fast zum Greifen nah. Natürlich gab es auch Momente, in denen sie beide glaubten, es verloren zu haben. Aber sie waren sich sicher, dass es immer da war, ihre Seelen hatten sich gefunden und sie waren sich darüber einig, noch eine Aufgabe aus gemeinsamen karmischen Leben erfüllen zu müssen. Diese Überzeugung war und ist es auch, die Hanna immer wieder an ihre Beziehung zu Karl glauben ließ...

In der ersten Woche, in der sie wieder zu Hause war, schrieb er auf whatsapp noch, dass Hanna ihm fehle, seine Nachrichten enthielten

Küsschen und Smileys. Jeder nahm Anteil am Leben des anderen und Hanna war schon fast geneigt, eine positive Veränderung in ihrem Umgang miteinander zu spüren.

Dann fuhr sie zum Arbeiten und jetzt wurde es „bunt". Am Freitag, 9. Oktober, wunderte sie sich über sein Verhalten. Er ließ sich ausführlich von ihrem Arbeitstag erzählen. Nach seinem Tag gefragt, antwortete er nur, es sei ein Tag wie jeder andere gewesen und hatte dann auf seine ihm eigene charmante Art, nämlich ziemlich abrupt, das Gespräch beendet. Hanna wusste nicht, warum, war sich auch sicher, nichts gesagt zu haben, was ihn hätte kränken können und war ziemlich sauer...

Am nächsten Tag erfuhr sie von Sibylle, dass es Karl schon am Vortag zum Gruppennachmittag nicht gut gegangen war. Warum hatte er ihr das nicht gesagt? Darauf angesprochen hatte er dann zugegeben, dass er einen hartnäckigen Husten, Fieber und puddingweiche Knochen habe, also eine handfeste Erkältung! Das erklärte zwar den abrupten Gesprächsabbruch weil er müde war und ins Bett wollte, aber nicht seine Beweggründe für sein Verhalten. Hätte er ihr seinen Zustand nicht verschwiegen, wäre kein Missverständnis aufgekommen. Hanna konnte es nicht begreifen, dass Karl als Paar- Therapeut seinen Klienten immer geraten hatte, miteinander zu sprechen, aber in seiner eigenen Beziehung sorgte er immer wieder für Kommunikationsprobleme.

Am Samstagnachmittag schrieb Karl ihr die Nachricht, dass er bei den Hühnern gewesen war, um ihnen ihren Nachmittagssnack zu bringen und dass ihn diese Aktion enorm angestrengt hätte. Hanna war außer sich, warum musste er zu den Hühnern, wenn er Fieber hatte und eigentlich ins Bett gehörte? Sie war sehr ungehalten und sprach ihm unmissverständlich auf ein Audio, was sie davon hielt. Dabei konnte sie nicht verhindern, dass ihre Worte doch sehr emotional gewesen waren. Sie hatte ihm deutlich gemacht, dass sie sein Verhalten nicht gutheißen konnte und auch nicht verstand. Noch in der Nacht, in der sie natürlich nicht schlafen konnte, hatte sie versucht, das Audio zu löschen, konnte es aber offensichtlich nur in ihrem Chat, so dass Karl es angehört hatte. Seine Antwort war, wie sie erwartet hatte, heftig, er sagte ihr, dass er ihre Reaktion unangemessen und anmaßend fand. Natürlich tat Hanna ihr Gefühlsausbruch leid und sie entschuldigte sich umgehend. Kein Wort von ihm, dass er ihre Entschuldigung angenommen hatte und den ganzen Tag eisiges Schweigen...

Erst nach zwei Tagen kam eine Nachricht mit einem „Lagebericht", wie es ihm geht, aber immer noch kein Zeichen des Verzeihens. Aber sie konnte wenigstens beruhigt sein, dass es ihm etwas besser ging. Von nun an vermied sie es, ihn auf seinen Gesundheitszustand anzusprechen und versuchte, neutral zu bleiben in ihren Äußerungen dazu. Als nach einigen Tagen auch auf ihre Nachfragen nach seinem Befinden nur Lapidarsätze von ihm kamen, hatte sie das Gefühl, dass ihre Fragen ihm eher lästig seien. Und dann erreichte sie abends eine whatsapp, die sie wie ein Blitz aus heiterem Himmel traf, mit folgendem Inhalt:

Er stecke mitten in einem heftigen Gefühlschaos, das er schon kennt, weil es immer aufgetreten war, kurz bevor eine Beziehung zu Ende ging. Er spüre ihre Liebe, ihre Energie, ihre Nähe nicht mehr und stellte ihr die Frage, was los sei und was sie dazu denke. Sein Pendel zeige ihm keine Energie mehr in allen Säulen ihrer Beziehung, und das würde für ein Ende sprechen...

Hanna war entsetzt, was war denn los? Was hatte dazu geführt, dass ihm solche Gedanken durch den Kopf gingen? Hanna versuchte, sich die letzte Zeit noch einmal vor Augen zu führen und konnte beim besten Willen keinen Grund für seine Panik finden, denn für sie hatte sich ihr Abschied sehr normal angefühlt, kein Streit, keine Unstimmigkeiten oder ungeklärte Probleme, und dann das... In diesem Moment fühlte sie sich völlig hilflos und außerstande, zu begreifen, was da in Karl vorging. Es gab nur eine Erklärung, und das wurde ihr mit einem mal klar:

Angst vor dem Verlassenwerden, ein altes Muster aus seiner Kindheit, die von ihm Besitz ergriffen hatte.

Damit war ihr klar, es war sein Problem, nicht das ihre. Sie konnte gut mit der Situation der vorübergehenden Trennung umgehen, er nicht. Was also konnte sie tun, ihm zu helfen, sich dieser Angst zu stellen? Sie konnte nur eins tun, ihm die Sicherheit ihrer Liebe geben und die Gewissheit, dass sie Anfang November wieder zurück kommen wird. Aber, und das machte ihr dann noch mehr zu schaffen, auf diese whatsapp bekam sie keine Antwort und sie fragte sich erneut, was ist nur mit ihm los?

Ihre Fragen wurden weiterhin von ihm ignoriert und seine Nachrichten wurden immer spartanischer und förmlicher. Das konnte doch nicht wahr sein! Hanna versuchte immer wieder mit einer stoischen Regelmäßigkeit, ihm ihre Gefühle und liebevollen Gedanken mitzuteilen, er aber tat so, als hätte sie ihm nichts dergleichen überhaupt geschrieben. Die Telefonverbindung war oft eine Katastrophe, so dass es ihr auch nicht möglich war, mit ihm zu sprechen, denn ihr war klar, dass hier großer Rede- und Klärungsbedarf bestand. Diese angespannte Situation fühlte sich für sie einfach nur noch schrecklich an und es ging ihr nicht gut.

Nach einer Woche Kurarbeit war sie in ein fürchterliches Tief gerutscht, sie fühlte sich ausgelaugt und stellte sich die Frage, wie sie eine weitere Woche überstehen sollte. Sie hatte einfach keine Kraft mehr, die Arbeit unter Coronabedingungen verlangte ihr alles ab und dann kam noch das Zerwürfnis mit Karl dazu. Hanna hatte es fast immer erlebt, wenn sie zu einer zweiwöchigen Kur da war, dass so in der Mitte eine physische und auch psychische Flaute bei ihr auftrat, das legte sich meist dann schon am nächsten oder spätestens übernächsten Tag wieder. Aber dieses Mal war es anders. Sie spürte, dass sie nicht mehr hierher gehörte, Corona hatte auch hier alles verändert, die Energie stimmte nicht mehr.

In der Nacht war sie aufgewacht und ihre Gedanken spielten verrückt. Karl und ihre Probleme gewannen die Oberhand und sie wurde von heftigen Weinkrämpfen heimgesucht. Sie konnte sich nicht beruhigen, die Aussichtslosigkeit ihrer Bemühungen wurden ihr massiv bewusst und sie hatte keine Ahnung, wie sie aus diesem Tief herauskommen sollte. Völlig erschöpft war sie für ein paar Stunden eingeschlafen und genauso niedergeschlagen wieder aufgewacht. Es gab nur einen Weg, das Chaos in ihrem Kopf zu beenden, sie musste mit ihm reden.

Es war Sonntag, früh am Morgen und es war ihr vollkommen egal, ob Karl schon wach war oder ob sie ihn aus dem Bett holen würde. Aber er war Frühaufsteher und ging schon nach dem dritten Klingeln ans Telefon, offensichtlich saß er bereits wieder am Computer. Hanna erzählte ihm, was passiert war und dass es ihr schon seit seiner mysteriösen Nachricht nicht gut ging. Er hingegen tat so, als wäre diese Nachricht so eine Art Ausrutscher gewesen und er wäre doch längst darüber hinweg. Sie solle sich keine Gedanken machen, seine depressive Verstimmung würde wieder vergehen. Hanna war sprachlos, wie sollte sie das nun verstehen? Sie hatte sich den Kopf zermartert und nach Wegen gesucht, ihm zu helfen und er verstand ihre Aufregung nicht! Und plötzlich war es wieder da bei ihr, das Gefühl, vollkommen allein zu sein in dem ehrlichen Bemühen, ihre Beziehung auf feste Füße zu stellen. Das Gespräch hatte sie nicht weiter gebracht, es waren eher noch Wut und Trauer zu den Gefühlen der Hilflosigkeit und Verletztheit gekommen.

Die Erfahrungen während ihrer Arbeit unter den neuen coronabedingten Veränderungen hatten ihr klar gemacht, dass sie ihren Arbeitsvertrag auflösen sollte. Zwei Tage später hatte sie ein klärendes Gespräch mit ihrer Geschäftsführerin, in dem sie ihre Entscheidung bekannt gab. Ihre Hoffnung, dass Karl sich darüber freuen würde, erfüllte sich nicht, denn er nahm es ohne eine Emotion zu zeigen auf und Hanna bemerkte sein Misstrauen, was sie ebenso wenig verstehen konnte. Sie gab ihm doch nun wirklich keinen Anlass dazu, sie hatte ihn immer wieder ihrer Liebe versichert und war zu ihm zurück gekommen. Sie war einfach nur ratlos, was sie hätte noch tun können, um sein Vertrauen zu erlangen. Diese durch ihn initiierten Wechselbäder ihrer Gefühle kosteten sie viel Kraft und nach dem Zusammenbruch in der letzten Nacht war ihr auch klar geworden, dass sie die nicht mehr aufbringen konnte.

Seine Nachrichten waren nur noch schmucklos und neutral, dass ihr jedes Mal beim Lesen die Tränen in die Augen schossen und sie dachte, das ist nicht die Konversation zweier Menschen, die sich nah sind...

Hanna zog eine sehr wichtige Konsequenz, sie meldete sich nicht. Sie hatte einfach keine Lust mehr auf small talk oder das Abarbeiten einer Pflicht. Per whatsapp oder Telefon war nicht zu klären, was hier als Problem anstand.

Vor einigen Tagen war Hanna von ihrer Arbeit zurück gekehrt. Dort war nichts so gewesen, wie sie es kannte und gewohnt war. Sie hatte das Gefühl, dass momentan in ihrem Leben nichts geradlinig lief, sich immer mehr Berge vor sie schoben, die sie auch nicht umgehen konnte. Es taten sich auf einmal mehrere Baustellen gleichzeitig auf und sie schien keine Kraft zu haben, sie zu beseitigen.

Sie wusste nicht, was sie machen sollte. Das ständige Hoch und Runter in Karls Gefühlen zerrte an ihrem zur Zeit nicht sehr stabilen Nervenkostüm. Sie waren (wieder einmal) in einer Sackgasse angekommen. Warum musste immer alles so schwierig sein in ihren Beziehungen, fragte sich Hanna. Dabei war sie sich sicher, wie ein Pferd daran zu arbeiten, eine „normale" Beziehung zu leben, setzte sich mit ihren alten Mustern auseinander, hatte schon viel erreicht und das Gefühl, das es vorwärts geht... Aber dann wurde sie von Karl immer wieder vor Probleme gestellt, auf die sie gern verzichtet hätte und sie fragte sich: Warum? Was hatte sie noch nicht gelernt?

So langsam beschlich sie die Erkenntnis, dass nicht sie es war, die für Probleme sorgte, sondern Karl. Ihre zeitweilige Abwesenheit schlug ihm aufs Gemüt und brachte das Gefühl, verlassen zu werden, allein zu sein und sich ihrer Gefühle nicht sicher zu sein wieder auf die Tagesordnung. Aber Hanna wusste, dabei konnte sie ihm nicht helfen, da musste er selbst etwas tun, an sich arbeiten. Dieser Baustelle konnte sie sich nicht auch noch annehmen und sie sah es auch nicht als ihre Aufgabe an.

Wer sich verbiegen lässt zerbricht irgendwann daran.

November

Voller widersprüchlicher Gefühle flog Hanna am 3. November wieder zu Karl. Sie war fest entschlossen, alles zu Klärende auf den Tisch zu legen.

Es war nicht zu übersehen gewesen, dass Karl sich über ihr Kommen gefreut hatte. Überwältigt von seinen Bemühungen um Frieden war sie geneigt, ihm zu glauben, dass er ernsthaft mit ihr gemeinsam an ihrer Beziehung arbeiten wollte. Die beiderseitige Wiedersehensfreude verhinderte wieder, dass sie über die Ereignisse im Oktober sprachen. Es war schon merkwürdig, Hanna wusste, dass dieses Gespräch dringend notwendig gewesen wäre, wollte aber nicht riskieren, erneut in Problemdiskussionen zu gelangen, von denen sie das Ende kannte, weil sie es schon oft erlebt hatte. Als auch von Karl diesbezüglich kein Zeichen kam, beließ sie es dabei. Unterschwellig war jedoch das Unausgesprochene zu spüren und erfüllte sie mit Unbehagen. Die Klärung der in ihrem Kopf vorhandenen Fragen blieb aus.

An einem Sonntag fuhren sie hinauf in den Norden La Palmas, sie wollten an einem Gottesdienst in der Kirche von Las Andres gemeinsam mit Sibylle teilnehmen. Die Kirche war reich geschmückt und es hatten schon einige Leute auf den Bänken Platz genommen, als sie das imposante Gebäude betraten. Da Hannas Spanischkenntnisse noch in den Kinderschuhen steckten, konnte sie die Predigt nicht verstehen, aber sie ließ die feierliche Atmosphäre auf sich wirken. Im Anschluss hatten sie sich mit Sanai und Mark zum Mittagessen verabredet. Hanna mochte die beiden sehr, sie strahlten Freundlichkeit und Wärme aus. Sicher war Mark etwas anstrengend, Karl hatte da so seine Probleme, weil Mark sehr viel erzählte und auch die Gespräche generell dominierte. Aber Hanna fand den Inhalt immer sehr interessant und sie hatte höchsten Respekt vor Marks ungeheurem Wissen, an dem sie teilhaben durfte.

Nach diesem Ausflug in den Norden hatte Hanna den Wunsch geäußert, auch die Lorbeerwälder zu besuchen, die sich ebenfalls dort befanden. Karl wollte ihr diesen Wunsch gern erfüllen und schlug vor, das nächste Mal, wenn seine Putzfrau kommen würde und sie das Terrain räumen mussten, um nicht im Weg zu sein, mit ihr dahin zu fahren. Diese Aussicht löste bei Hanna eine kindliche Vorfreude aus, sie hatte schon bei ihrem ersten Besuch mit Betty vorgehabt, sie sich anzusehen, aber dann war dazu keine Zeit mehr gewesen.

Doch dann war gerade an den beiden Tagen, an denen die Putzfrau ihre Arbeit verrichtete, das Wetter unbeständig, so dass der Ausflug auf unbestimmte Zeit vertagt werden musste. Als Hanna zu einem späteren Zeitpunkt an diesen Ausflug erinnerte, hatte Karl kein Interesse mehr gezeigt. Sie war enttäuscht. Da er auch sonst wenig Lust verspürte zu Unternehmungen fragte sie sich, ob das möglicherweise etwas mit seinem Alter zu tun haben könnte. Ihr war nicht entgangen, dass er zunehmend wenig Initiative ergriff, das Grundstück zu verlassen, wenn nicht gerade ein Einkauf nötig war oder die Aussicht auf ein Kaffeetrinken bestand.

Es waren immer noch sommerliche Temperaturen, kein Anzeichen von Winter oder wenigstens Regen.
Sibylle hatte schon vor einiger Zeit von einer idyllisch gelegenen Badebucht in der Nähe der Thermalquelle in Fuencaliente erzählt und als sie nun wieder darauf zurück kam, war Hanna sofort Feuer und Flamme, mit ihr dahin zu fahren.
Auf dem Parkplatz, der zur Quelle gehört, stellten sie das Auto ab, den Rest des Weges mussten sie zu Fuß zurücklegen. Der Weg führte durch Geröllfelder und sie mussten oft kleinere Hügel überqueren, die sich nicht sehr stabil anfühlten. Aber als sie dann bei der Lagune ankamen, wurden sie für alle Beschwerlichkeiten entschädigt. Eingebettet in schroffe Lavafelsen lag ein kleiner See, der von der Sonne beschienen wurde und so klar war, dass Hanna den Grund sehen konnte. Seine Oberfläche war glatt und der Himmel spiegelte sich darin. Hier war auch kein Wind, Sibylle hatte nicht übertrieben, ein romantischer Ort. Außer ihnen war noch ein junges Pärchen zum Baden gekommen. Hanna wollte gleich ins Wasser gehen und musste sich eine Stelle am Ufer suchen, wo sie gut herankam, auch hier war es sehr steinig und unwegsam. Hanna wunderte sich, dass das Wasser eine angenehme Temperatur hatte, eher sogar leicht warm. Sibylle hatte ihr erklärt, dass die Lagune unterirdisch von der warmen Quelle gespeist wird und sich mit dem Meerwasser vermischt. Daher war es auch nicht so salzreich. Hanna fühlte sich so richtig wohl und schwamm etliche Runden, bevor sie wieder an Land stieg. Unter sich hatte sie den Boden der Lagune sehen können, er war sehr zerklüftet und man musste schon aufmerksam sein, sich nicht an einem der Felsen zu verletzen, denn teilweise war es nicht sehr tief. Sie spürte auch, dass gerade abgehendes Wasser war, also Ebbe, denn mit der Zeit schauten einige der Felsen fast aus dem Wasser heraus. Nach dem erfrischenden Bad hatten sie ein kleines Picknick gemacht und sich dann etwas gesonnt. Hanna hatte gar nicht gemerkt, wie die Zeit vergangen war. Sibylle

machte sie darauf aufmerksam, dass sie sich dann langsam auf den Rückweg machen mussten. Aber zuvor kühlten sie sich noch einmal ab und traten dann den Rückweg über die Steine und Felsen an. Hanna war begeistert, diese Badestelle wollte sie sich merken und irgendwann wieder hierher zurückkehren. Als sie dann Karl ihre Eindrücke erzählte, merkte sie wie traurig sie war, dass er sie nicht begleitet hatte.

Das warme Wetter hatte Hanna wieder in den Garten gelockt. Sie hatte Erdbeeren, Salate, Zwiebeln und Kohl gepflanzt. Wahrscheinlich hatte sie es gleich etwas übertrieben, denn am Abend machte sich wieder ihr Rücken deutlich bemerkbar und in der Nacht konnte sie nur mit Hilfe einer Schmerztablette Ruhe finden. Als auch am nächsten Morgen die Schmerzen wieder präsent waren, ließ sie sich von Karl eine Spritze verabreichen, die auch schon eine Stunde später Wirkung zeigte. Sie war froh, einen Heilkundigen zur Seite zu haben, der auch gleich noch ihre Halswirbelsäule mit behandelte, denn auch sie hatte jetzt immer häufiger für unangenehmes Kribbeln und Taubheitsgefühl in den Fingern und Händen gesorgt und war morgens oft steif und schmerzhaft.

In einem riesigen chinesischen Supermarkt in Los Llanos hatten sie etwas größere Blumentöpfe und im Gartenzentrum Kräuterpflanzen gekauft. Hanna machte sich an die Arbeit und bepflanzte die Töpfe. Sie war richtig glücklich, nun einen eigenen Kräutergarten direkt vor der Tür zu besitzen und erntete nach Herzenslust. Besonders angetan war Karl von einer Kräutersuppe, die sie aus allen verfügbaren Kräutern gekocht hatte.

Auch Sibylle klagte über Schmerzen in der Hüfte und der Brust. Als Hanna dann im Scherz zu ihr sagte, sie solle sich doch einmal von Karl „pieksen" lassen, dann würde es ihr schnell besser gehen, hatte sie nicht damit gerechnet, in ein neuerliches Fettnäpfchen bei Karl getreten zu sein. Mit dem Ausdruck „pieksen" würde sie sich lustig machen über seine Arbeit und das wäre für ihn gleich zu setzen mit mangelndem Respekt davor. Das war ganz sicher nicht der Fall, aber es war schon oft vorgekommen, dass Karl so reagierte, wenn er das Gefühl hatte, nicht entsprechend beachtet oder anerkannt zu werden. Hanna war ziemlich erschrocken, dass er so auf ihren Scherz reagierte, aber da verstand er offensichtlich keinen Spaß. Ein Kindheitsmuster, wie sie schon wusste.
Er sprach bis zum Abend kein Wort mit ihr und zeigte sich erst versöhnt, als sie sich mehr als ein Mal bei ihm entschuldigt hatte. Wusste er denn

nicht, dass sie große Achtung vor ihm und seiner Arbeit hatte? Hatte sie sein Selbstwertgefühl angekratzt? Hanna merkte wieder einmal, dass sie sich jedes Wort drei Mal überlegen musste und fand das sehr anstrengend.

Ende November, Hanna konnte wieder einmal nicht schlafen, die Gedanken in ihrem Kopf waren einfach nicht zu beruhigen.
Immer öfter überkam sie jetzt das Gefühl in dem Film „Und täglich grüßt das Murmeltier" gelandet zu sein, denn in ihrem Leben mit Karl passierte genau das: sie kam zu ihm voller Wiedersehensfreude, sie verbrachten drei wundervolle Wochen, sie lachten und scherzten miteinander, es gab keine Missverständnisse, alles verlief einfach so harmonisch und sie war glücklich, wie sie nur sein konnte. Dann... es war als hätte jemand einen Schalter umgelegt, von einem Tag auf den anderen wurde Karl mürrisch, fing an, wieder ständig Fehler bei ihr zu suchen (und natürlich auch zu finden), die Gespräche hatten nicht mehr die Leichtigkeit, sie bekam oft pampige Antworten und bald schon wurde sie immer unsicherer im Umgang mit ihm. Letztendlich zog sie sich mehr und mehr zurück und hatte keine Lust mehr auf seine Gegenwart. Völlig frustriert erkannte sie, dass es auf Dauer nicht möglich war, eine harmonische Beziehung mit Karl zu pflegen. Sie hatte versucht, ihn auf die Probleme anzusprechen und auch er hatte gelegentlich seinen Unmut zum Ausdruck gebracht, aber einen gemeinsamen Nenner hatten sie nicht finden können. Ihr Besuch hatte nichts gebracht. Karl hielt an seiner Forderung fest, sie solle mit bei ihm schlafen und glaubte, dass sich damit alle anderen Probleme aus der Welt schaffen ließen.
Dann flog sie wieder nach Deutschland, er schrieb im whatsapp, dass sie ihm fehle, aber schon nach einigen Tagen war davon nicht mehr die Rede, er war in seinem „alten" Leben zurück und hatte sich darin wieder eingerichtet. Er konnte wieder am Computer arbeiten, wann es ihm gefiel und musste auf niemanden Rücksicht nehmen. Er musste nicht ihre Musik hören, konnte sich mit whatsapp und facebook unterhalten und sich den Tag ganz nach seinen Wünschen und Bedürfnissen einteilen. Keiner, der ihn daran erinnerte, dass im Garten und Haus jede Menge Arbeit wartet, die nicht weniger wird, wenn man davonläuft. Er ist nicht enttäuscht und in seiner Lebensqualität eingeschränkt dadurch, dass Hanna nicht ständig zum Kaffeetrinken fahren mochte und sicher froh, dass er eben das jetzt wieder mit Sibylle machen konnte, die sein Angebot meistens sehr gern annimmt.
Und all das wiederholte sich bei jedem ihrer Aufenthalte, eben wie in dem besagten Film..., jetzt schon zum 4. Mal. Anfänglich dachte sie

noch, es liegt an ihr. Doch nachdem sie dieses Mal wirklich immer wieder auf Karl zugegangen war, immer wieder herunterschluckte, was sie an unwirschen Antworten bekam und die Erklärung dafür darin suchte, dass er mit seinem Buch vorankommen möchte, dass ihm immer noch das Finanzamt im Nacken saß, dass ihm die viele Arbeit insbesondere im Garten wie eine Last auf den Schultern liegt und, und, und... war sie sich keiner „Schuld" bewusst, dass immer wieder dieses Muster auftrat. Hanna glaubte, dass nun das Schlafproblem wieder in seinen Gedanken präsent war.

Sicher hatte er sich eine Partnerin gewünscht, die mit ihm zusammen lebt, aber seine Vorstellungen wichen von Hannas doch in vielen Punkten ab, auch, und das insbesondere, was das Schlafverhalten betraf. Statt mit ihr zu reden, erfolgte nun der Rückzug seinerseits verbunden mit den unwürdigen Nörgeleien und Zurechtweisungen. Hanna hatte auch deshalb beschlossen, so schnell wie möglich wieder nach Deutschland zu fliegen, denn dieser Zustand des „Nebeneinanderherlebens" war für sie nur nervenaufreibend und verursachte schlaflose Nächte, und sie wusste, das tat ihr nicht gut. (Im Übrigen hatte sie in den drei „glücklichen" Wochen himmlisch gut geschlafen...)

Ihr wurde immer klarer, dass ihre Vorstellungen von einem gemeinsamen Leben unterschiedlicher kaum sein konnten und jeder konnte die des anderen nicht erfüllen. Karl lebte so weiter, wie er es getan hatte, bevor Hanna in sein Leben getreten war und verlangte von ihr, dass sie sich nahtlos da einfügte. Es fiel ihr nicht schwer, sich auf Karls Rhythmus einzustellen, obwohl das bedeutete, ihren eigenen Tagesrhythmus umzukrempeln, gänzlich auf Meditation und Yoga zu verzichten. Sie gestand sich ein, dass sie gern mit ihm zusammen war. Wenn er gut drauf war, waren auch ihre Gespräche unterhaltsam und sehr lehrreich, Karl hatte viel zu geben und Hanna lernte bereitwillig von ihm. Sie hatte aber auch manchmal den Eindruck, dass vieles Karl nicht schnell genug ging, oft trieb er sie zur Eile an und war dann ungehalten, wenn etwas nicht so klappte, wie er es sich wünschte. Auch für ihn war es sicherlich schwierig, mit Hanna und ihren Eigenheiten klar zu kommen und sie glaubte, sie hatten beide die Anforderungen an ein gemeinsames Leben unterschätzt.

Er machte „Seins" und sie notgedrungen „Ihrs". Sie wünschte sich das wirklich nicht, aber es war eben so und sie war langsam rat- und hilflos, weil sie auch selbst dann keine Erklärung erhielt, wenn sie mit ihm über ihre Situation sprach.

Sie war sich nicht mehr sicher, ob sie den Kampf um ihre Beziehung noch gewinnen konnte, ob er noch Sinn machte oder ob sie ihn sogar schon verloren hatte.

Bisher hatte sie nie in Zweifel gezogen, dass es einen tieferen Sinn gibt, der sie hatte zueinander finden lassen, aber jetzt und heute konnte sie diese Zweifel nicht ausräumen. Es fühlte sich für sie so an, als würde Karl (sicher nicht bewusst) auf ein Ende hinarbeiten, anders konnte sie sein momentanes Verhalten nicht erklären. Was war passiert oder passierte gerade? Das ständige Grübeln und Gedanken wälzen führte zu keinem Ziel. Es war alles so schwierig...

An einem Gruppennachmittag kamen alle Teilnehmer ziemlich aufgeregt zum Treffen. Sie berichteten, dass an Karls Gästehaus, das wie der Pajero an der Straße stand, offensichtlich ein Unfall passiert sei, denn die Wand, die zur Straße zeigt, wäre beschädigt. Karl ging, um es sich anzusehen und bestätigte diese Vermutung. Nach dem Treffen zeigte er Hanna den Schaden: die Wand war eingedrückt, im Innenraum, dem Gästebad, waren die Fliesen heruntergefallen und das Dach schien einsturzgefährdet zu sein. Hier musste jemand mit großer Wucht aufgeprallt sein. Auch von den Blumen und den Töpfen, die an der Straße gestanden hatten, lagen überall Reste verstreut herum.
Am nächsten Morgen begaben sie sich zur Polizei, um Anzeige zu erstatten. Sie erfuhren, dass eine Frau, die auf der regennassen Straße (am Vortag hatte es einen Regenschauer gegeben) in der Kurve ins Rutschen gekommen sei und dann gegen das Gästehaus geschleudert worden war. Wie schrecklich, dachte Hanna, so wie es aussah, musste die Frau verletzt sein. Aber dazu durfte die Polizei keine Aussagen machen, sie sagten nur, dass sie sich im Krankenhaus befindet, was Hanna zunächst beruhigte, sie war also am Leben.
Die Versicherung schickte Gutachter, um die Schadenssumme ermitteln zu können und dann konnte Karl überlegen, was er unternehmen wollte. Gemeinsam mit Miguel hatte er beschlossen, die Wand einzureißen, neu zu mauern, das Dach zu erneuern und das Bad wieder herzurichten. Nun hatten seine Bauleute zwei Baustellen...

Noch bevor Hanna ihren Rückflug angetreten hatte, war sie oft mit Karl zu dem Pajero gegangen, um sich den Baufortschritt anzusehen. In der Zwischenzeit waren die Wände im Original von Miguel und seinem Mitarbeiter hergestellt worden, nun wirkte der Raum schon freundlicher, denn sie waren weiß getüncht und die Beiden waren gerade dabei, den Boden vorzubereiten, um dann fliesen zu können. Neben dem Pajero hatte Miguel bereits damit begonnen, ein Nebengebäude zu errichten, die Mauern hatte er schon hochgezogen und das Dach war auch schon aufgesetzt worden. Hier würde ein kleines Bad entstehen mit Dusche und Toilette. Hanna hatte sich darüber gefreut, wie alles nun Gestalt annahm, aber wenn sie daran dachte, dass sie nicht sicher sein konnte, die Fertigstellung zu erleben, überkam sie große Traurigkeit.

Schon als Hanna im Flieger saß, überkam sie ein großes Gefühl der Erleichterung. Die letzten Tage hatten ihr klar gemacht, dass sich seit Oktober die Qualität ihrer Beziehung zu Karl verändert hatte und sie sich immer häufiger die Frage gestellt hatte, ob sie sie nicht auflösen sollte.
Ihre ständigen Nacken- und Rückenschmerzen hatten sicher auch etwas damit zu tun, denn immer, wenn sie dann wieder in Deutschland war, waren sie zwar nicht weg, aber wesentlich weniger.

Gleich am nächsten Tag nach ihrer Rückkehr holte Hanna ihre Weihnachtskisten hervor und begann damit, ihr Wohnzimmer weihnachtlich zu dekorieren. Sie verabredete sich mit ihrem Enkel Tom zum Weihnachtsbaumkauf. Zu Hause angekommen stellten sie ihn gemeinsam auf und Tom hatte viel Freude daran, ihn zu schmücken.
Nach getaner Arbeit setzten sie sich mit einer Tasse Kakao und von ihrer Tochter Jessica selbst gebackenen Plätzchen auf die Couch und begutachteten ihr gemeinsames Werk bei Kerzenschein und Weihnachtsmusik. Hanna war restlos glücklich, sie liebte die Vorweihnachtszeit.

Karl schickte ihr immer noch regelmäßig Nachrichten, aber Hanna spürte die Kälte, die sich zwischen sie geschoben hatte.

Freitag, 18. Dezember 2020, kurz vor 23 Uhr

Lieber Karl,

*es fühlt sich für mich nicht gut an, dass ich immer wieder ins Zweifeln komme, ob unsere Beziehung unter dem Umstand immer wiederkehrender Krisen eine Zukunft hat. Die Krisen sind hausgemacht und ich kann für mich ganz eindeutig sagen, woher sie kommen : **ich weiß nicht, woran ich bei Dir bin...***
Ich habe große Schwierigkeiten, dem Auf und Ab zu folgen, dass in unserer Beziehung für mich immer wieder auftritt.
Eine wunderbare Zeit haben wir immer während der ersten 2-3 Wochen nachdem ich aus Deutschland zurückgekommen bin. In dieser Zeit stimmt alles, wir verstehen uns wunderbar, tauschen oft Zärtlichkeiten aus, gehen aufeinander zu und offen miteinander um, ich habe das

Gefühl völliger Verbundenheit und Nähe, wir lachen und scherzen viel und es gibt nichts, was diese Harmonie trübt. Alles, was wir gemeinsam erleben ist ein tiefer Ausdruck unserer Zuneigung, so fühlt es sich jedenfalls für mich an.

In dieser harmonischen Zeit möchte ich jeden einzelnen Glücksmoment festhalten, weil ich schon weiß, dass sich dann, wie als würde ein Schalter umgelegt werden plötzlich (auffällig scheint mir zu sein, dass dieser Zeitpunkt mit dem zusammenfällt an dem ich meine Deutschlandreise plane), ein ganz unbehagliches Gefühl in mir ausbreitet. Ich weiß, Du würdest mir nie Vorwürfe machen, dass ich zu bestimmten Ereignissen bei Tom sein möchte, denn seine Entwicklung zu verfolgen ist mir wichtig, es werden vielleicht noch 2 oder 3 Jahre sein, dann wird er nicht mehr so anhänglich sein.

Es fühlte sich für mich ganz schlimm an, mich entscheiden zu müssen, wo ich Weihnachten verbringen möchte. Ich habe gesehen, dass Du traurig warst, das tat mir auch weh, aber ich kann mich ja nicht teilen. Es wäre für uns beide um vieles einfacher, wenn Du mitgekommen wärst, und wenn es auch nur für die Weihnachtswoche gewesen wäre... (Ich spüre, dass sich mir hier schon wieder die Frage stellt, was bedeute ich Dir?)

Und dann kommt die Woche vor meiner Reise nach Deutschland, in der ich eine Zeit der andauernden Zweifel durchlebe. Wir streiten uns nicht, es gibt keine Unstimmigkeiten, und wenn doch, dann sind sie belanglos, aber ich spüre eine unangenehme Anspannung in mir und ich spüre auch, dass sich eine Distanz zwischen uns entwickelt, die ich so nicht möchte und ich versuche, sie zu verringern, habe aber das Gefühl, von Deiner Seite auf Widerstand zu stoßen. Warum ist das so? Empfindest Du das auch? Es schwingen leise Vorwürfe im Raum: Du lässt mich schon wieder allein zurück...

Alles wäre halb so schlimm, wenn Du mit mir über das, was Du denkst und fühlst reden würdest. Es würde zwar an den Umständen nichts ändern aber ich würde die Ursache kennen für die Veränderung in Deinem Verhalten, das ich wahrnehme, und hätte Verständnis dafür. Aber... es findet keine Kommunikation statt, zumindest keine, die unsere Beziehung betrifft. Wir können über die Beziehungen anderer reden, aber nicht über die eigene.

Ich wünsche mir, dass wir es schaffen, reinen Tisch zu machen, zu sagen was jedem von uns in unserer Partnerschaft fehlt, was wir füreinander fühlen, wie wir zueinander stehen, wie wichtig uns der andere ist und gemeinsam nach Lösungen zu suchen. Wir sind doch mittlerweile erwachsen und haben gelernt, uns gefühlsmäßig auszudrücken und eben nicht in eine Abwehrstellung zu gehen, wenn wir uns gegenseitig die Schattenseiten zeigen. *Keiner von uns muss perfekt sein, nur echt und ehrlich.*

Und wenn sich meine Wahrnehmung unser Verhalten betreffend für Dich wie Anschuldigungen anfühlen, muss ich das erst mal so hinnehmen, beabsichtigt war es aber nicht. Es geht mir nicht darum, Schuld zuzuweisen, ich möchte Dich nur darauf aufmerksam machen, was ich wie wahrnehme und möchte, dass Du mir Deine Ansichten dazu mitteilst.

Wenn ich dann in Deutschland bin sind unsere Gespräche meistens in den ersten 10 Tagen immer noch herzlich und wir tauschen uns über vieles aus. Aber... dann auch hier dieses „Kippen". Es fühlt sich für mich so an als würdest Du mich für Dein Alleinsein verantwortlich machen und manchmal höre ich aus Deinen Bemerkungen leise Anklagen heraus. Ich traue mich dann kaum noch, Dir davon zu erzählen, was ich mit Tom unternehme oder was ich sonst noch so treibe, weil ich immer denke, es ist meine Schuld, dass Du jetzt allein bist und dass sich das für Dich nicht toll anfühlt. Ich habe dann auch das Gefühl, dass Du mir nicht erzählen willst, wie Deine Tage aussehen und das macht mich traurig, denn ich möchte, gerade weil wir getrennt sind, an Deinem Leben weiter teilhaben, auch wenn es unspektakulär ist. Aber wenn ich das Gefühl habe, eine Nervensäge zu sein, halte ich mich zurück. Richtig traurig werde ich dann, wenn morgens die erste Nachricht von Dir nicht ein wohlwollendes „Gute Morgen liebe Hanna" ist, sondern eine Coronanachricht oder irgendwelche anderen posts sind, die ich nicht mehr hören kann, gleich gar nicht früh am Morgen. Da frage ich mich dann wirklich, bin ich jetzt einfach nur einer Deiner Kontakte, die Du mit Neuigkeiten versorgst, oder bin ich die Frau, mit der Du Dein Leben teilst?

Hanna

Nach dieser Nachricht hatte Karl sich nicht wie sonst am Morgen gemeldet, um mit ihr zu telefonieren. Erst am Nachmittag rief er an, ihre e- Mail sprach er nicht an, sagte nur, dass er es für besser hält, ihrer Beziehung eine Auszeit zu geben...
Irgendwie war Hanna beinah erleichtert über dieses Ansinnen, denn sie fühlte auch, dass alle guten Vorsätze nicht gefruchtet hatten.
Am Abend schrieb sie in ihr „Tagebuch der Gefühle", wie sie ihre Notizen nannte:

Samstag, 19. Dezember 2020, der Tag, an dem Karl die Entscheidung getroffen hat, dass wir uns eine „Auszeit" nehmen sollten...

Ich bin erstaunlich ruhig, vor einer knappen Stunde sind die Würfel gefallen, eine „Auszeit", nach vorn offen, die es jeden von uns ermöglichen soll, über sich selbst und die Sinnhaftigkeit unserer Beziehung nachzudenken.
Ich habe meine Zweifel und die Befürchtung, dass Karl mich eines Tages anruft, um mir zu sagen, dass er die Beziehung für beendet erklärt. Ich könnte es ihm nicht mal verübeln, denn wer will auf Dauer dieses ständige Auf und Ab der Gefühle, das unweigerlich entsteht, weil ich meine Familie in Deutschland besuchen möchte. Ich habe diesen Konflikt, auf der einen Seite möchte ich natürlich Tom sehen und meine Kinder, mit ihnen Zeit verbringen, aber auf der anderen Seite möchte ich auf La Palma bei Karl sein. Und ich weiß nicht, wie ich ihn lösen kann... Ich verstehe auch Karl wenn er sagt, dass er keine Partnerin haben möchte, die so oft nicht da ist. Und ich verstehe sogar, wenn er weiter sagt, dass ich selbst dann, wenn ich da bin, nicht wirklich da bin, weil ich zum Schlafen immer ins Gästezimmer gehe und nicht mit in seinem Bett schlafe. Ich habe vergeblich versucht, ihm zu erklären, warum das so ist, er kann es nicht akzeptieren. Und das ist das Kardinalproblem, war es von Anfang an. Ich hatte die Hoffnung, dass ich irgendwann für mich einen Weg finde, bei ihm zu bleiben in der Nacht, aber er möchte da nicht drauf warten, die Zeit ist ihm zu kostbar und er weiß ja nicht, wie viel Lebenszeit ihm noch bleibt. Das kann ich nun wieder gut verstehen.
Im Moment denke ich, dass es kaum noch Hoffnung gibt, dass wir uns nochmal zusammenraufen, dass wir uns noch eine Chance geben, aber ich muss mir auch eingestehen, dass wir die Chancen, die wir hatten, nicht genutzt haben und wir jetzt mit den Konsequenzen leben müssen. Und wenn die Konsequenz die ist, dass wir uns trennen, vielleicht auf einer freundschaftlichen Basis miteinander verkehren, muss ich damit klar kommen. Ich frage mich trotzdem, wie ich so ruhig sein kann... habe ich es möglicherweise noch gar nicht verinnerlicht und kapiert, was da heute passiert ist? Oder ist es das, was ich auch will und mich nur nicht getraut habe auszusprechen? Mich beschleicht nicht zum ersten Mal der Gedanke, dass ich möglicherweise beziehungsunfähig bin, zu kühl, zu unnahbar..., zu gern meine Unabhängigkeit genieße, das Gefühl frei zu sein von jeglicher Verantwortung, keinen Beziehungsstress zu haben...

Ich wache auf und habe sofort Karl im Kopf. Natürlich kann ich erst mal nicht wieder einschlafen, aber das hatte ich erwartet.
Ich lausche in mich hinein, da ist noch immer eine unglaubliche Ruhe.
Ich hatte immer gedacht, wenn es jemals zu einer Trennung kommen würde, wäre Aufruhr in mir, würde alles in mir im gefühlsmäßigen Chaos versinken. Nein, das tut es nicht, und das macht mich nachdenklich. Wenn ich die Notizen lese, die ich in diesem reichlichen Jahr aufgeschrieben habe, muss ich feststellen, dass ich sehr oft meine Beziehung zu Karl hinterfragt habe, mit seinem Verhalten nicht klar gekommen bin. Habe ich hier schon den Grundstock gelegt für die jetzige Situation? Karl ist sehr feinfühlig, wahrscheinlich habe ich das unterschätzt. Er hatte von Anfang an recht, ich wollte keine Beziehung, obwohl ich mir was anderes eingeredet habe. Ich habe mich überrannt gefühlt von seinem Wunsch, gleich und sofort zu ihm nach La Palma zu ziehen, alles aufzugeben, meine Arbeit, meine Wohnung und meine Familie, um ganz für und mit ihm sein zu können. Ich glaube, die Tragweite dessen, was er sich da gewünscht und vorgestellt hatte, war und ist ihm nicht bewusst. Für ihn zählt der Wunsch, nicht allein zu sein und die letzten Jahre seines Lebens mit einer Partnerin zu verbringen, die ausnahmslos für ihn da ist. Er betont immer wieder, dass er Verständnis dafür hat, dass ich Tom besuchen will, und er ist wirklich traurig darüber, dass er so eine Familie nicht hat. Aber diese beiden Dinge sind für mich von Anfang an ein Problem gewesen und ich habe immer auch wieder gesagt, dass ich, auch nachdem ich im Oktober aufgehört hatte zu arbeiten, wenigstens 1x im Vierteljahr zu Tom fliegen möchte. Auch dafür hatte Karl Verständnis. Aber... da war seine Angst vor dem Alleinsein, die er ja schon aus seiner Kindheit kannte. Diese Angst hat es ihm nicht möglich gemacht, die Zeit einer vorübergehenden Trennung zu nutzen, für sich zu sein, Dinge tun zu können, zu denen er, wenn ich da bin, nicht kommt und sich dann darauf zu freuen, das ich wieder komme. Er konnte sich nicht an dem erfreuen, was er hätte haben können, wollte alles oder nichts. Ich weiß nicht, ob er davon überzeugt ist, dass er die Frau noch finden wird, die in sein Haus kommt und sagt „Hier will ich leben mit Dir", die sofort alles stehen und liegenlässt und ihn anbetet. Ich weiß, für diese Frau würde er alles tun, weil sie passt genau in seine Vorstellung und wenn sie dann auch noch keine Wünsche hat, sich völlig in sein Leben integriert, wäre das perfekt (eine Frau, die gut zu haben ist). Mein Fehler war es, den Wunsch zu äußern, einige Dinge im Haus zu verändern, ein gemeinsames Arbeitszimmer in der jetzigen „Rumpelkammer"

110

einzurichten, das wäre mit wenig Aufwand, aber dem Willen für Veränderung, möglich gewesen. Aber Karl hat mich nie gefragt, ob ich mich in seinem Haus wohlfühle und war beleidigt, als ich ihm sagte, dass ich mir Veränderungen wünsche, er der Meinung war, doch alles für mich getan zu haben, damit es mir gut geht. Ja, er war immer sehr besorgt, wollte mir immer Gutes tun, ich bin ihm dafür sehr dankbar, ich hatte oft ein schlechtes Gewissen, weil er immer zuerst an mich gedacht hat. Was jedoch Veränderungen in seinem Haus und auch im Garten betraf, wäre alles nur in dem Rahmen möglich gewesen, der nicht von seinem Schema abweicht, für ihn war alles stimmig und ich glaube, er konnte gar nicht verstehen, dass es keine großen Sachen gewesen wären, denn das Aufstellen von Bücherregalen (auch wenn die zugehörigen Schrauben fehlen, eine Lösung hätte es gegeben, wenn er wirklich eine gesucht hätte) hätte die Möglichkeit geboten, die noch in Umzugskartons in der Rumpelkammer gelagerten Bücher unterzubringen und das Wohnzimmer wäre um einiges wohnlicher geworden. Auch das Entsorgen seiner alten Patientenakten, er hätte nur jedes Mal, wenn er im Ofen ein Feuer anzündet, einen Packen mit verbrennen können, statt dessen ist die Aktion bisher daran gescheitert, dass er keinen Schredder hat, der mehr als ein Blatt auf einmal schreddert..., auch das kein wirkliches Problem.

Alle noch aus seiner aktiven Praxiszeit vorhandenen Medikamente, die in den Regalen im „Trockenraum" gelagert sind, hätten mal durchgeschaut und einiges entsorgt werden müssen, da wäre Platz entstanden für seine Ordner, verbleibende Unterlagen und für all die Werkzeuge, die in der Rumpelkammer aufbewahrt sind.

Im Sitzbereich beim Fernseher hätte ein schöner Teppich, und davon lagern noch mindestens zwei in seinem Gästehaus, eine wohnlichere Atmosphäre verbreitet und ein Teppich hätte auch gut in der Ecke mit den Sesseln mit dem wunderschönen Blick aus dem Fenster auf das Meer und die Inseln gewirkt.

Alles keine riesigen Veränderungen, aber mit großem Wohlfühlpotential, ich habe noch nicht begriffen, warum er sie nicht wollte, war ich da zu fordernd? (Diese Frage stellt sich mir, zumal er in einigen Gesprächen immer wieder betont hat, dass er alles für mich getan hat und dass er ja nicht das ganze Haus umkrempeln kann und es auch gar nicht will). Darum ging es nicht, er hat sich angegriffen gefühlt von meiner Bemerkung, dass ich mich nicht wohlfühle und um mich wohl zu fühlen, einige Veränderungen notwendig wären. Ich wollte mit ihm gemeinsam überlegen, wie wir für Abhilfe sorgen können. Es liegt und lag mir fern, ihn und sein Zuhause auf den Kopf zu stellen, deshalb war und bin ich enttäuscht, dass er so reagiert hat.

Schluss, es hat keinen Sinn, das ändert nichts. Ich glaube, Karl ist gar nicht bewusst, dass er von mir verlangt, dass ich mich mit allem arrangiere, alles so nehme wie es ist und damit zufrieden bin. Er ist nicht bereit, eine Lösung zu finden, es für uns Beide wohnlich und gemütlich zu machen, uns ein gemeinsames Heim zu schaffen. Das hat mich immer traurig gemacht und tut es jetzt insbesondere da ich merke, dass davon zu einem nicht unbedeutenden Teil das Ende unserer Beziehung herbeigeführt wird. Er ist sehr verärgert weil ich mir erlaubt habe, Wünsche zu äußern, die mir nach seiner Auffassung nicht zustehen, weil er alles für mich und mein Wohlbefinden getan hat.

Ich habe mich in vielen Momenten des Kummers, wenn Probleme auftauchten, gefragt, ob ich mir nicht etwas vorgemacht habe bzgl. der Gefühle, die ich für Karl hatte. Es waren keine Schmetterlinge in meinem Bauch, „nur" ein ganz tiefes Gefühl des Angezogenwerdens durch eine unsichtbare Kraft und eine Verbundenheit, die karmischen Ursprungs sein muss (ist auch so, wie ich in einer Meditation erfahren habe). Ich kann es bis heute nicht sagen, was mich immer wieder zu ihm hingezogen hat, ich kann nur sagen, dass ich mich sehr oft in seiner Nähe verstanden und aufgehoben gefühlt habe, dass ich gern „ankommen" wollte und mit ihm leben wollte, dass ich seine Küsse, die körperliche Nähe und Umarmungen nach wie vor vermisse. Ich wünsche mir wirklich sehr, dass wir einen Weg finden, unsere Beziehung in einer Weise zu leben, die für uns beide akzeptabel ist. Im Moment kann ich da nichts sehen, das dafür spricht, Karl fühlt sich unverstanden, allein gelassen von mir. Sicher ist er deshalb auch verletzt und ich kann seinen Wunsch verstehen, jetzt erst mal Zeit haben zu wollen, um mit dem Gefühlschaos zurecht zu kommen und in sein altes Leben zurück zu finden. Für mich sieht es so aus, als würde er damit das Ende unserer Beziehung vorbereiten, denn jemand, der wieder in sein altes Leben zurückkehren möchte, hat nicht die Absicht, ein neues Leben zu beginnen...
Mir schießen momentan so viele Dinge durch den Kopf, schöne Erlebnisse mit Karl, Augenblicke in völliger Glückseligkeit und dann wieder Bilder vom Meer, vom Garten und mir stehen sofort Tränen in den Augen. Werde ich je wieder auf der Terrasse sitzen und hinaus auf das Meer, hinüber nach Teneriffa und La Gomera schauen können... das und vieles andere wird mir sehr fehlen...
Ich sollte jedoch darauf gefasst sein, dass es so sein wird.
Dank eines Medikamentes habe ich den Eindruck, dass alles, was jetzt geschehen ist, nicht wirklich in mein Bewusstsein gedrungen ist, anders kann ich es mit nicht erklären, dass ich auch, während ich das hier

schreibe, so gut wie keine Gefühlsausbrüche habe. Oder bin ich froh, dass die Dinge nun auf dem Tisch liegen und dass das ewige Auf und Ab nun erst mal ein Ende hat? Gefühle für Karl habe ich gerade kaum, weder wohlwollende noch verurteilende. Vielleicht kommt das noch. Eines weiß ich jedoch mit Bestimmtheit, unsere Beziehung war von Anfang an schwierig, aber nie aussichtslos... bis auf jetzt... Und ich bin mir überhaupt noch nicht im Klaren, ob ich sie noch will. Karl hat recht, wenn er sagt, dass wir in vielen Dingen zu verschieden sind, aber wer bereit ist, Kompromisse zuzulassen, kann sogar noch von der Verschiedenheit profitieren, denn sie macht die Palette des Lebens bunter, statt dem anderen einen Vorwurf daraus zu machen, dass er andere Ansichten hat. Es ist nicht möglich, eine Veränderung zu wollen ohne dabei eine Veränderung an sich selbst oder seiner Umgebung auch zuzulassen.

Meine Gedanken drehen sich im Kreis und das Gesagte der letzten Gespräche, aber auch die vielen Gespräche und whatsapp-Nachrichten der Vergangenheit tauchen immer wieder auf. Vor einem halben Jahr habe ich noch nach dem Lockdown für unsere Beziehung gekämpft wie ein Löwe, in mir brannte ein Feuer, ich hatte ein großes Gefühl der Liebe in meinem Herzen. Wo ist es gerade hin? Ich habe keinen Biss mehr, es scheint alles sinnlos und verfahren.

Bitternis von Karls Seite, Verzweiflung und Hilflosigkeit auf meiner Seite. Was bringt die „Auszeit"?

Montag, 21. Dezember 2020

Meine momentanen Gefühle für Karl: neutral, ich denke oft an ihn, aber mein Herz bleibt ruhig, keine Regung, Leere in mir; Traurigkeit, aber langsam Klarheit was unsere Probleme betrifft

1. Ich kann nicht mit Karl zusammen die Nacht in einem Bett verbringen

Erwartung von Karl ---> Druck bei mir ---> ich kann nicht schlafen, muss mich bewegen, weil ich so eine innere Unruhe habe, ich möchte gern bei ihm bleiben, kann es aber nicht ---> denke, ich störe ihn, obwohl er tief schläft (Kopfsache?), hadere mit mir, weil ich ihm doch gern zeigen möchte, dass auch ich seine Nähe brauche, gelingt mir nicht ---> Frust bei mir und bei ihm Gefühl des Verlassenwerdens
ABER, das Problem liegt nicht allein bei mir

Karl ---> alte „Verlassenwerden- Muster" aus der Kindheit ---> jede Nacht erneut das Verlassenwerden durch mich ---> Sehnsucht nach

113

Nähe, Liebe und die frustrierte Frage an mich, ob ich denn überhaupt eine Beziehung möchte
Erfordernis ---> es ist mehr als erforderlich, dass Karl an dieses Muster, dieses Trauma herangeht, es bearbeitet und die Tatsache, dass ich sein Bett in der Nacht verlasse, als etwas ansieht, das nichts mit ihm zu tun hat, dass ich einfach nur wesentlich besser schlafe, früh ausgeruhter bin und Kraft für den Tag habe

aber, auch bei mir ist der Wunsch da, bei ihm zu bleiben, ich brauche Zeit...

schade, dass er sich nicht an den Dingen freuen kann, die er durch und mit mir haben kann, die ich ihm bieten und geben kann, was ich auch gern tue, weil er mir (immer noch) sehr viel bedeutet (doch Gefühle?)

2. Wohnumfeld---> ich fühle mich nicht wohl ---> „Rumpelkammer"

Als ich damals das erste Mal zu Karl gefahren bin, war ich überwältigt, ein schönes großes Haus, überall riesige Palmen, für mich exotische Gewächse, Blumen und in allen erdenklichen Farben blühende Sträucher, Buddha gleich in der Diele, wie schön, alles sehr großzügig, Garten mit Palmen, Benjis und eine üppig blühende Rabatte, der Wahnsinns- Blick auf das Meer, Weite und Sonne, Liegestuhl und immer wieder Grün. DAS PARADIES ! Als Karl dann sagte, dass er eine Frau sucht, die in diesem Paradies mit ihm leben möchte, dachte ich, wie schön wäre es, diese Frau sein zu dürfen...

Ich war seither oft bei ihm, aber ein Behaglichkeitsgefühl oder dieses „Wow, ich komme jetzt nach Hause" stellt sich nicht ein.
Die von mir vorgeschlagenen Veränderungen wären mal paar Tage Arbeit, aber das Ergebnis wäre es doch wert. Nur, wir müssen beginnen damit...

ABER, und hier ist es wieder, das „ABER", Karl hat mir gesagt, dass diese Veränderungen nicht in seinem Sinn sind, weil sie im „Außen" passieren und hier hat er mich angesprochen, ich sollte doch eher mal in mein Inneres schauen. Was glaubt er eigentlich, was ich die ganze Zeit seit unserem Kennenlernen mache?
Er verträgt es einfach nicht, wenn ich nicht seinem Beziehungsmodell folge, dass er sich zurechtgebastelt hat, was aber ganz offensichtlich bisher nicht funktioniert hat, denn keine der Frauen vor mir ist bei ihm geblieben. Trotzdem hält er daran fest. Wenn ich nicht sofort euphorisch

gerufen habe: „Hier in diesem wunderschönen Haus möchte ich mit dir leben", dann kann unsere Beziehung nur eine Kompromissbeziehung sein. Aber nach meinem Empfinden ist eine Beziehung immer ein Kompromiss, es sei denn beide leben nach den Vorstellungen des EINEN Partners...

Karl ist nicht bereit, an sich zu arbeiten, sein altes Verlassenheits-Muster aufzubrechen, äußere Veränderungen in seinem Umfeld zuzulassen und damit den Weg frei zu machen für eine gemeinsame Zukunft.
Ich glaube, er hat überhaupt noch nicht begriffen, welche Veränderungen es im letzten Jahr für mich gegeben hat und dass diese ganz viel auch mit ihm und dem Wunsch, mit ihm auf La Palma zu leben, zu tun haben. Und dieses Arbeiten an mir, meine alten Verstrickungen aufzulösen, geht nicht von jetzt auf gleich, aber ich bin guten Willens und dran. Wenn er „erst mal wieder in sein altes Leben zurückfinden" muss, stellt sich mir die Frage, ob er dann überhaupt bereit ist für ein gemeinsames Leben mit mir, denn dann müsste er doch eher sagen, „ich denke darüber nach, wie wir dieses Leben gestalten können und was kann ich dazu beitragen". Eine Beziehung wächst nur, wenn es Veränderungen beider Partner gibt, wenn jeder bereit ist, die erforderlichen Kompromisse einzugehen. Meinen Vorschlag dahingehend (3x in dem Gespräch vom Samstag gemacht) hat er immer wieder ignoriert. Ich war darüber mehr als erstaunt, weil Karl in der Vergangenheit sogar selbst oft Veränderungen in den angesprochenen Räumen in Erwägung gezogen und mir unterbreitet hatte.

Ich bin sehr gespannt, was die Auszeit (Besinnungszeit) ihm bringt, ob er eine Chance für unsere Beziehung sieht als Paar oder dann doch lieber allein bleiben möchte.... oder, eine Freundschaft...

Erstaunt war ich auch, dass er gestern Morgen eine Nachricht geschickt hat. Für mich bedeutet eine Auszeit, jeglichen Kontakt für eine unbestimmte Zeit abzubrechen. Ich weiß nicht, auf welche Art er dann diese Besinnungszeit abschließen will, auf das „Hörerzeichen" zum Signalisieren, dass ich mit ihm sprechen/ telefonieren möchte, wird er vergeblich warten, er wollte die „Auszeit", demnach ist es an ihm, sie auch zu beenden. Ich warte, obwohl das auch belastend ist. Andererseits bin ich aber froh, mal Ordnung in mein Gedankenchaos gebracht und für mich eine Entscheidung getroffen zu haben.

Entscheidung: partnerschaftliche Beziehung „JA", aber nach den Vorstellungen, Wünschen und Bedürfnissen von uns BEIDEN

Weg: zusammensetzen und diese Vorstellungen, Wünsche und Bedürfnisse auf den Tisch legen und gemeinsam überlegen, wie wir sie umsetzen können, wöchentliches Feedback, wie es sich für jeden von uns anfühlt, Anpassung

Dienstag, 22. Dezember 2020

Ich habe gerade erfahren, dass Sibylle heute mit Karl unterwegs sein wird, das tut so weh! Nicht weil ich auf sie eifersüchtig wäre, das wäre echt Quatsch, aber mich hat erstaunt, dass sie davon sprach, dass er möglicherweise unser Problem ihr gegenüber ansprechen würde, was ich schon erstaunlich finde, denn warum spricht er mit ihr darüber und nicht mit mir (ach, ja, Besinnungszeit) und ich wäre so gern bei ihm, er fehlt mir wirklich sehr.
Im Moment wäre es mir lieber, wenn wir überhaupt keinen Kontakt hätten...
Die Tabletten helfen mir, mich einigermaßen durch den Tag zu bringen ohne andauernd in Tränen auszubrechen. Es gibt einfach so vieles, was mich an ihn erinnert und nachdem er mir heute Morgen die Fotos vom Sonnenaufgang über dem Teide geschickt hat, ist die Sehnsucht hervorgebrochen und die Tränen lassen sich nicht mehr aufhalten. Er weiß ganz genau, wie sehr ich diese Momente des Sonnenaufgangs liebe, will er mir damit zeigen, was ich verpasse und was ich haben könnte?
Es ist auch schlimm für mich, dass ich weiß, dass er Sibylle jeden Morgen anruft um sie zu fragen, wie es ihr geht, mit mir aber nicht sprechen will.
Ich hänge irgendwie in der Luft, ich weiß nicht, wie und auch nicht wann diese Besinnungszeit enden wird und was dann kommt. Mein Pendel sagt mir immer wieder, dass er sich für unsere Partnerschaft aussprechen wird aber so lange, wie ich keine Gewissheit habe, zerrt es an meinen Nerven und ich habe teilweise große Mühe, meine Gefühle zu bändigen, sie umklammern mein Herz und nehmen mir die Luft.

Drei Tage waren nun vergangen, Hanna hatte auf die Nachricht Karls vom Sonntag nur knapp geantwortet, sie fand eine Auszeit, oder auch „Besinnungszeit", wie Karl es definiert hatte, ließ keinen Kontakt zu. Sie war immer noch erstaunt, dass sie nichts vermisste: keine Informationen

zur Coronalage von Facebook, kein Telefonat, keine Verpflichtung, sich zu melden. Es war sehr ruhig bei whatsapp, das tat ihr gut. Mit einem Mal war ihr klar geworden, wie fest Karl sie in der Hand hatte. Sie war ständig auf der Hut, ja nicht in die zahlreichen Fettnäpfchen zu treten, die er aufgestellt hatte. Und das war ein Akrobatik fordernder Slalom! Karl hatte das Ende dieser Besinnungszeit nach hinten offen gelassen, was Hanna schon seltsam fand. Aber das war seine Strategie, er wollte derjenige sein, der bestimmte, wann was getan oder nicht getan wird und ob überhaupt. Sie hingegen hatte ihm den Zeitraum bis zum Morgen des Heiligen Abends eingeräumt, sie war überzeugt, dass sie nicht mehr Zeit braucht, „sich zu besinnen". Wenn er sich bis dahin nicht gemeldet haben sollte, würde sie ihn anrufen, ihm sagen, dass aus ihrer Sicht die Beziehung zu Ende ist, sie am Jahresende nach La Palma kommen wird, um ihre Sachen abzuholen und sich von ihm zu verabschieden. Letzteres war ihr sehr wichtig, sie wollte sich auf keinen Fall leise aus seinem Leben stehlen.
So weit ist es nun gekommen, dachte sie bitter.
Als hätte Karl es geahnt, schickte er am 23. Dezember morgens eine Nachricht mit der Bitte um einen Anruf. Für Hanna war ziemlich sicher, dass er ihr mitteilen wird, dass er die Beziehung beendet, darauf war sie innerlich schon gefasst. Doch es kam anders...
Karl sagte ihr, dass sie ihm sehr fehle, er nicht allein sein möchte und bat sie, doch zurück zu kommen. Sie sollten noch einmal miteinander reden und nun endlich ein gemeinsames Leben beginnen. Hanna war platt, diese Bitte konnte und wollte sie nicht ausschlagen, vielleicht gab es ja doch noch eine Chance. Ihren Flug hatte sie ohnehin schon für den 30. Dezember gebucht und als sie ihm mitteilte, dass sie kommen wird, schien er sichtlich erleichtert. Aber auch Hanna war doch froh, dass er die Tür noch einmal geöffnet hatte. Ganz tief in ihrem Herzen war da noch ein Funke Hoffnung, getragen von ihrer Liebe zu ihm.
In den Tagen bis zu ihrem Abflug telefonierten sie häufig miteinander und Karl betonte immer wieder, dass er sich sehr auf ihr Kommen freue. Auch Hanna freute sich, aber da waren auch wieder ihre Zweifel. Sie beschloss, diesen Aufenthalt auf ein Vierteljahr auszudehnen, um zu schauen, ob und wie dieser neuerliche Versuch eines gemeinsamen Lebens aussehen könnte. Diese Zeit wollte sie sich und auch Karl geben und dann entscheiden, was aus ihrer Beziehung wird.

Mittlerweile gab es bestimmte Vorschriften, die einzuhalten waren, wenn man fliegen oder überhaupt reisen wollte. Hanna arbeitete sich durch den Dschungel von Informationen, um herauszufinden, welche Unterlagen sie einbringen musste. Sie brauchte ein negatives

Testergebnis von einer autorisierten Stelle, musste sich auf der spanischen Gesundheitsplattform anmelden, um einen sog. QR- Code zu bekommen, der bei der Einreise auf La Palma vorzuzeigen war und musste während der gesamten Reise in der Bahn und im Flieger sowie in allen Gebäuden eine Maske tragen. Alles das machte nicht unbedingt Laune auf Verreisen, aber Hanna wollte alles geduldig auf sich nehmen. Da der Flieger bereits 8.50 Uhr starten würde, sie aber keine Möglichkeit hatte, so früh eine Zugverbindung nach Frankfurt zu bekommen, musste sie sich auch um eine Übernachtungsmöglichkeit kümmern. Glücklicherweise konnte sie das Angebot einer früheren Kollegin annehmen, die in Mühlheim wohnt und bei der sie schon im August übernachtet hatte.

Am Mittag des 29. Dezember begab sie sich auf ihre Reise. Schon kurz nach fünf Uhr am nächsten Morgen brachte sie ihre Kollegin zum S-Bahnhof, von wo aus sie zum Flughafen fuhr. Sie hatte noch ausreichend Zeit, am Check-in- Schalter war auch noch nicht viel los. Aber es ging sehr schleppend vorwärts, die Kontrolle aller Dokumente nahm mehr Zeit in Anspruch und bei einigen Reisenden fehlte irgend etwas, was aber dank der modernen Technik vor Ort beschafft werden konnte. Endlich war Hanna an der Reihe. Die Mitarbeiterin am Schalter sah sich ihre Unterlagen durch und meinte dann: „Sie haben nicht den geforderten Test dabei, ich kann Sie nicht befördern!" Hanna blieb vor Schreck der Mund offen stehen, wie, sie hatte nicht den richtigen Test? Sie brauchte einen PCR- Test, ihr Antigen- Test war nicht aussagekräftig genug. Verzweiflung ergriff von ihr Besitz, woher sollte sie auf die Schnelle einen PCR- Test bekommen? Kein Erklärungsversuch ihrerseits konnte die Frau hinter dem Schalter erweichen, Hanna sah keinen Ausweg aus dieser misslichen Situation.
Sie rief Karl an und auch er war schockiert. Er gab ihr noch den Tipp, den Geschäftsführer der Condorgesellschaft auf dem Flughafen zu sprechen, vielleicht gab es noch eine Möglichkeit. Hanna hatte auch gesehen, dass die Schaltermitarbeiterin gerade ihren Platz verließ und sie schöpfte neue Hoffnung, bei einer anderen Glück zu haben, die vielleicht nicht so unhöflich ist und ein Nachsehen mit ihr hat. Aber auch sie wies Hanna darauf hin, dass der Test nicht für eine Beförderung reicht und sie auch bereits aus dem System gelöscht worden war.
Hanna wagte einen letzten Vorstoß und wollte den Geschäftsführer sprechen. Dieser kam auch nach wenigen Minuten und erklärte ihr sehr höflich, dass eine Beförderung nur mit PCR- Test möglich ist. Hanna verwies noch einmal auf den TMA- Test und da sie doch einen solchen hätte. Aber sie musste erfahren, dass dieser Test zwar ein Antigentest

ist, aber nur innerhalb Spaniens gilt. Ihr Test hatte damit nichts zu tun. Damit waren die Würfel gefallen, Hanna würde nicht mitfliegen können. Was nun?

Ziemlich niedergeschlagen überlegte sie, welche Optionen sie nun hatte. Ein Schalter mit der Aufschrift „Internationale Flüge" erregte ihre Aufmerksamkeit, nachdem man ihr am Condorschalter nicht weiter helfen wollte. Eine sehr kompetente und nette junge Frau bemühte sich herauszufinden, wann der nächste Flug nach La Palma gehen würde. Hanna hatte einige Möglichkeiten, die meisten Flüge jedoch mit einem oder sogar mehreren Zwischenstopps und entsprechend hohen Preisen. Da Hanna ja ihren Flug nicht erstattet bekam, weil sie es selbst verschuldet hatte, nicht mitgenommen zu werden, hatte sie wenig Lust, eine größere Summe auszugeben, als notwendig. Zunächst schien es nicht so, als würde noch in den nächsten 2- 3 Tagen ein Beförderung möglich sein und Hanna war schon geneigt, ihre Reise abzubrechen. Doch dann war die nette Flughafenmitarbeiterin doch noch fündig geworden, sie konnte Hanna einen Direktflug mit Easyjet für den nächsten Tag um 10 Uhr ab Berlin anbieten. Hanna buchte umgehend, obwohl sie nicht die blasseste Ahnung hatte, wie sie so früh am Morgen nach Berlin kommen sollte, aber da würde sie bestimmt eine Lösung finden.

Zuallererst musste sie sich um einen PCR- Test kümmern, das war noch die einfachste Aufgabe, denn im Flughafen befand sich ein riesiges Testzentrum. Gefühlt war sie mehrere Kilometer unterwegs, bevor sie sich in die Schlange der Wartenden einreihen konnte. Die Anmeldeformalitäten dauerten eine Ewigkeit, dann musste sie am Kassenschalter ihre 87€ bezahlen und durfte sich wieder in die Reihe der Wartenden eingliedern. Seit ihrer Erfahrung mit einem PCR- Test auf dem Düsseldorfer Flughafen sah sie diesem Test mit sehr gemischten Gefühlen entgegen. Sie war dann eher verwundert, als dieses Mal die Probe von der Mundschleimhaut genommen wurde, was sie als wesentlich angenehmer empfand. Fast schon erleichtert konnte sie nach nur wenigen Minuten das Testzentrum verlassen. Hanna hatte sich dazu entschlossen, erst wieder nach Hause zu fahren und dort in Ruhe ihr weiteres Vorgehen zu planen. Am Schalter der Deutschen Bundesbahn suchte ihr ein netter junger Mann die nächste Zugverbindung heraus und schon eine halbe Stunde später stand sie auf dem Bahnsteig, um auf ihren Zug zu warten, der auch auf die Minute pünktlich einfuhr. Sie hatte Glück, nur wenige Fahrgäste waren unterwegs. Sie stellte ihren Koffer ab, nahm den Rucksack vom Rücken und wollte gerade nach ihrer Reisetasche greifen, als sie feststellen musste, dass sie diese nicht dabei hatte. Sie schaute zum Fenster hinaus, und da stand ihre Tasche noch auf dem Bahnsteig! Geistesgegenwärtig sprang sie aus dem Zug, der Zugbegleiter hatte glücklicherweise ihre Aktion beobachtet und verhinderte die Abfahrt des Zuges. Hanna schnappte sich die Tasche, sprang wieder hinein und als sie sich auf ihren Platz gesetzt hatte, entlud sich die ganze Anspannung der letzten Stunden und sie weinte hemmungslos. Jetzt erst realisierte sie, was da alles passiert war. Das war zu viel gewesen! Nun machte sich auch die ganze Anspannung in ihrem Verhältnis zu Karl in der letzten Zeit bemerkbar.

Sie war erleichtert, erst mal wieder zu Hause zu sein. Nachdem sie sich etwas zu Essen bereitet hatte, setzte sie sich an ihren Laptop, um eine Zugverbindung nach Berlin heraus zu suchen. Sie hatte die Zeitvorgabe, spätestens 8 Uhr auf dem Berliner Flughafen sein zu müssen und da sah es nicht sehr rosig aus, sie brauchte 4-5 Stunden bis dorthin. Glücklicherweise konnte sie den Nachtzug, den Nightjet der Österreichischen Bundesbahn, ab Göttingen nutzen und konnte bis Berlin Südbahnhof durchfahren. Dazu musste sie einen Weg finden, um diesen Zug um kurz nach 3 Uhr morgens erreichen zu können, und das war ein Problem. Um diese Zeit fuhr noch kein Regionalzug, der sie nach Göttingen bringen konnte. Ihr blieb keine andere Möglichkeit, als ein Taxi zu bestellen und die 50€ dafür zu bezahlen. Dann musste sie nur noch die S- Bahn zum Flughafen Berlin/ Brandenburg nehmen.

So langsam kehrte etwas Ruhe in ihrem Geist ein, die Aufregungen des Tages hatten ihren Tribut gezollt. Sie telefonierte mit Karl, der sie etwas beruhigen konnte, dass alles noch einen guten Abschluss finden wird. Gegen Abend merkte Hanna auch, dass sie ziemlich müde war. Es war erst einmal alles erledigt und sie konnte sich ausruhen. An Schlafen war jedoch nicht zu denken, sie hoffte inständig, dass sie nun alle erforderlichen Dokumente beisammen hatte, das Ereignis vom Morgen lag ihr noch schwer in den Knochen. Immer wenn sie daran dachte, kamen ihr die Tränen, wie schwierig war es doch geworden, zu reisen. Hanna war früher eher selten gereist, sie hatte nicht einmal in jedem Jahr einen Urlaub gemacht, der sie außer Landes geführt hatte. Aber seit der Begegnung mit Karl hatte sich das doch sehr verändert, sie war mehrmals nun schon zwischen Ihrer Heimat und La Palma hin- und her geflogen. Sie musste aber auch feststellen, dass die Umstände des Fliegens sie sehr viel Kraft kostete, jedes Mal musste sie sich aufs Neue erkundigen, wie die gegenwärtigen Bestimmungen sind und dann dafür sorgen, diese erfüllen zu können. Sie musste nicht nur Zeit, sondern auch Geld investieren, das sie gern anderweitig ausgegeben hätte.

Andererseits war sie jedes Mal auch glücklich gewesen, auf der Insel sein zu dürfen, abgesehen von den Schwierigkeiten ihrer Beziehung zu Karl.

Sie legte sich auf die Couch und schloss die Augen in der Hoffnung, wenigstens drei bis vier Stunden Schlaf zu bekommen. Als um zwei Uhr ihr Wecker ging, hatte sie das Gefühl, etwas eingeschlummert gewesen zu sein, war aber schnell hellwach. In einer halben Stunde würde das Taxi sie zum Bahnhof in Göttingen bringen. Fast auf die Minute stand es vor der Tür und sie erreichte ohne Probleme den Nightjet. Der Zug war ziemlich voll, aber der zuvorkommende österreichische Zugbegleiter führte sie zu einem Abteil, in dem sich eine junge Frau zum Schlafen eingerichtet hatte. Für Hanna standen nun auch drei Plätze zur Verfügung und sie machte es sich ebenfalls bequem. Vorher stellte sie noch ihren Handywecker, um ja nicht zu verpassen wenn sie in Berlin angelangt sein würde. Alles klappte wunderbar, der Zug war pünktlich, was ja durchaus bei der Distanz von Zürich nach Berlin nicht selbstverständlich war. Sie erreichte die vorgesehene S- Bahn und kam nach einer Dreiviertelstunde auf dem Flughafen an. Sie hatte noch 2,5 Stunden Zeit bis zum Abflug und reihte sich in die Schlange der Wartenden am Check- in ein. Je näher sie dem Schalter kam, desto mehr spürte sie die innere Unruhe, zu präsent war das Ereignis vom Vortag. Aber alles war in Ordnung und sie konnte sich zum Sicherheitsbereich begeben. Ein zentnerschwerer Stein fiel von ihren Schultern und als sie Karl anrief, um ihm mitzuteilen, dass sie nun endlich auf dem Weg ist, war auch er erleichtert.
Die Easyjet- Maschine war nicht ausgebucht, so dass Hanna eine ganze Sitzreihe für sich allein hatte. Das kam ihr sehr entgegen, dadurch konnte sie sich etwas bequem einrichten, um noch ein wenig zu schlafen.

Auf La Palma gelandet musste sie zunächst einige Kontrollen passieren, bevor sie ihr Gepäck holen konnte.
Als sie in die Ankunftshalle kam, war Karl nirgendwo zu entdecken, doch als sie gerade ihr Handy hervor nahm, sah sie ihn aus dem Fahrstuhl auf sich zukommen. Die Begrüßung war herzlich und Hanna spürte eine große Erleichterung, nun endlich angekommen zu sein.

Gleich nach ihrer Ankunft hatte Karl ihr eine „Führung" durch Haus und Garten angedeihen lassen, es hatte sich einiges getan. Die Mauer des Gästehauses war neu hochgezogen worden und das Dach war gerade in Arbeit. Im Inneren des Gästehauses wurden im Bad Wasser- und

Stromleitungen neu verlegt, die alten Küchenmöbel waren entfernt worden, denn Karl hatte sich dazu entschlossen, das gesamte Gästehaus neu zu gestalten. Hanna fand diese Idee hervorragend, in ihrem Kopf nahm die Vorstellung Gestalt an, sich hier eventuell ein kleines Refugium gestalten zu können. Vielleicht hatte Karl ja dafür ein offenes Ohr.

Im Pajeroanbau war alles vorbereitet für den Anschluss des Warmwasserboilers, Toilette und Duschtasse waren schon aufgestellt. Hier war nun langsam ein Ende zu erkennen. Dennoch wagte Hanna keine Prognose, wann eine Nutzung des Raumes zu Therapie- oder Unterrichtszwecken möglich sein könnte.

Mit Wohlwollen konnte Hanna feststellen, dass Karl begonnen hatte, seine beiden „Rumpelkammern" zu beseitigen. In seinem Schlafzimmer standen nun Unmengen Kisten, Kartons und Gegenstände, die einen neuen Platz brauchten. Er hatte die IKEA- Regale aufgestellt, zu denen er beim Auf- und Leerräumen des Gästehauses die Schrauben wiedergefunden hatte. Der neu entstandene Raum hatte gleich eine andere Ausstrahlung und Hanna freute sich, dass Karl ihre Idee von einem Arbeitszimmer aufgegriffen hatte und jetzt dabei war, sie umzusetzen.

Sie war sehr erstaunt, als er ihr den Vorschlag machte, das Doppelbett aus dem Gästezimmer, das wesentlich breiter als sein Bett ist, in sein Schlafzimmer an die Wand zur Küche zu räumen. Hanna hatte selbst auch schon über diese Möglichkeit nachgedacht, sie dann aber wieder verworfen, denn laut Feng Shui, und darauf schwor Karl, war ein Bett an einer Wand, wo dahinter Wasser floss, denkbar ungünstig. Hanna war nicht überzeugt, dass das die Lösung ihres Schlafproblems sein wird, denn ein weiterer negativer Umstand kam noch dazu. Durch die zwei großen Fensterfronten war der Standort des Bettes jetzt genau zwischen einer Fensterfront und der Tür zum Flur, es wurde also von einer sogenannten Energieautobahn überquert. Da Karl auch im Atrium immer nachts alles beleuchtet hatte, würde es auch sehr hell im Flur und damit auch im Schlafbereich sein. Alles in allem, für Hanna keine Option. Aber sie sagte zunächst nichts dazu, sie wollte sich alles erst mal in Ruhe durch den Kopf gehen lassen. Angenehm überrascht war sie allerdings schon, dass Karl sich offensichtlich Gedanken gemacht hatte und das war ja immerhin schon etwas!

Sie freute sich aufrichtig über seine Bemühungen, den Räumen eine neue Bestimmung zu geben und sah es als ein gutes Zeichen.

Karl hatte für den Silvesterabend Gäste eingeladen, Beate, Uta, Ursel und Gisela, Hanna kannte alle vier. Trotzdem war sie davon wenig begeistert, sie war kaputt und wollte eigentlich Ruhe haben. Aber der Anstand gebot es, ihr Missfallen nicht zu äußern, schließlich war auch sie nur Gast und es war Karls Angelegenheit, wie er den letzten Abend des Jahres verbringen wollte. Wie sie es auch schon von den Vespern, die Karl immer ein Mal im Monat veranstaltete, kannte, freute sie sich auf ein leckeres Buffet, denn jeder würde seinen Beitrag dazu leisten. Nach dem üppigen Festessen machte er den Vorschlag, ein Tarot zu legen, um zu schauen, was das neue Jahr bringen wird. Bis auf Gisela waren alle begeistert und so bekam jeder die Wünsche der Karten mit auf den Weg. Hanna war nicht erstaunt gewesen, als die Karten ihr deutlich machten, dass das kommende Jahr von Entscheidungen geprägt sein wird. Das hatte sie schon gespürt und war bereit, sich dieser Aufgabe zu stellen.

In den nächsten Tagen und Wochen, die wieder harmonisch und glücklich vergingen, brachte Hanna den Garten wieder etwas auf Vordermann. Die Blumenkübel und Blumenampeln auf der Terrasse wurden von ihr neu bepflanzt, eine Pilzkrankheit hatte die wunderschönen Geranien, die sie bei ihrem letzten Aufenthalt gepflanzt hatte, zerstört. Sie kauften gemeinsam neue Pflanzen und erstaunlicherweise ließ Karl ihr dieses Mal relativ freie Hand bei ihrer Arbeit.
Aber Hanna machte sich keine Illusionen, so war es bisher immer gewesen, die ersten Wochen waren von Zuwendung und Verständnis geprägt und Hanna fühlte sich sehr wohl. Sie half Karl auch bei seinen Räumarbeiten und unterstützte ihn bei der Einrichtung und Gestaltung von Gästehaus und Pajero. Voller Bangen sah sie den nächsten Wochen entgegen, würde Karl wieder in sein „altes" Muster verfallen?

Sibylle, die sich auch sehr über Hannas Kommen gefreut hatte, sie hatte ihr anvertraut, dass sie nun etwas mehr Zeit wieder für sich haben würde, weil sie nicht mehr so oft mit Karl zum Kaffeetrinken fuhr, hatte Hanna von ihrem Vorhaben erzählt, auf den Roque de Los Muchachos zu fahren. Es hatte in den Bergen geschneit und da Schnee auf La Palma doch etwas besonderes ist, wollte sie da unbedingt hin. Natürlich wollte Hanna sie begleiten und so machten sie sich an einem trüben Tag auf den Weg. Aber sie kamen nicht sehr weit, schon auf halber Strecke mussten sie umkehren, weil die Straße gesperrt war. Sibylle hatte es zwar schon befürchtet, war aber nun trotzdem enttäuscht. Sie fuhren also zurück und da inzwischen die Sonne herausgekommen war, beschlossen sie, noch ein wenig durch Santa Cruz zu bummeln und sich in ein Cafe zu setzen. Sibylle wollte sich eine Hose kaufen und Hanna fand bei dieser Gelegenheit ein bourdeauxfarbenes Poloshirt, das sie für Karl mitnahm. Karl trug immer nur schwarze und dunkelblaue Shirts und Hanna fand, dass ein wenig Farbe in seiner Garderobe gut wäre, war sich aber nicht sicher, ob es Karl gefallen würde. Sie wollte dennoch den Versuch wagen, ihn auch mal auf den Geschmack nach einer anderen Farbe zu bringen.

Karl hatte Waffeln gebacken, die sie nun gemeinsam nach ihrer Rückkehr mit einer Tasse Getreidekaffee genussvoll verspeisten. Das Poloshirt gefiel ihm, er fand sogar die Farbe ansprechend.

Hanna hatte sich auch ein Kleid gekauft, das aber weder farblich noch vom Schnitt her Karls Zuspruch fand. Sie war nicht überrascht, er hatte schon oft an ihrer Kleidung das eine oder andere auszusetzen gehabt. Nach seinem Geschmack sollte sie sich wie die Spanierinnen kleiden, aber das entsprach nicht Hannas Stil und sie fand, das würde auch gar nicht zu ihr passen. Glitzer und Rüschen, Blümchendekore und eng anliegende elastische Teile waren nicht das, worin sie sich wohlfühlen würde. Hatte sie sich anfangs über Karls Bemerkungen zu ihrem Kleidungsstil geärgert, so hatte sie mit der Zeit das nötige Selbstbewusstsein entwickelt, das anzuziehen, was sie für sich für kleidsam hielt.

Karl hatte manchmal eine verletzende Art, wenn ihm etwas nicht gefiel. Hanna fand sein Verhalten dann reichlich taktlos und fragte sich, welchen Zweck er damit verfolgte. Wenn sie ihm genauso entgegen getreten wäre und ihn wegen seiner ausgefransten kurzen Hose und den oft farblich verblichenen Shirts angesprochen hätte, wäre er höchstwahrscheinlich beleidigt gewesen. Er hingegen nahm sich die Freiheit, ihr seine Auffassung in Bezug auf Kleidung überstülpen zu wollen.

Die Bauarbeiten am Gästehaus gingen voran, die Wände des Bades waren verputzt worden und Karl und Hanna fuhren zum Kauf von Fliesen für Wand und Boden. Das erste Mal hatte Hanna das Gefühl, dass Karl sie in seine Entscheidungen einbezog und das machte sie zuversichtlich. Auch bei der Auswahl eines Waschtisches für das Bad beim Pajero fragte er sie nach ihrer Meinung und sie suchten gemeinsam einen aus. Das war ein wirklich schönes Gefühl, etwas gemeinsam zu machen.

Obwohl Winter auf La Palma herrschte, auf dem Roque und auf dem Teide auf Teneriffa Schnee lag, waren die Tage meist sonnig und mit Temperaturen zwischen 16° und 20° eher frühlingshaft. Hanna fragte

Karl, ob sie denn nicht wieder einmal eine Wanderung machen könnten, sie wollte gern etwas anderes kennenlernen als eine neue Bar zum Kaffeetrinken. Aber Karl hatte wenig Lust und so verliefen die Tage in einem stets gleichen Rhythmus.

An einem der nächsten Gruppentreffen fragte Uta Hanna ob sie nicht Lust hätte, mit ihr eine kleine Wanderung in Fuencaliente zu machen und sie war sofort begeistert.
Sie parkten Utas Auto auf dem Parkplatz, den Hanna schon kannte von ihrem Besuch der Lagune mit Sibylle. Aber sie gingen in die entgegengesetzte Richtung, in die Lavafelder hinein. Uta erzählte viel von sich, von den Umständen, die sie nach La Palma geführt hatten und warum sie geblieben war, als ihre Töchter wieder nach Deutschland zurück gegangen waren. Auch Hanna hatte von sich und ihrer Familie erzählt und in Uta eine interessierte Zuhörerin gefunden. Als die Sonne langsam im Meer versank, gingen sie in eine Bar, die bekannt für ihre leckeren Makronen aus eigener Herstellung war. Sie waren wirklich köstlich und Uta war überrascht, dass Karl noch nie von dieser Spezialität erzählt hatte. Uta und Hanna waren sich einig, dass sie sich gern wieder einmal zu einer Wanderung verabreden könnten, wenn Karl keine Zeit oder Lust dazu hatte. Ehrlich gesagt hatte Hanna auch festgestellt, dass die Ausflüge mit Uta, Marina und auch Sibylle wesentlich ereignisreicher waren als die mit Karl. Das lag sicher daran, dass sich die Gespräche um Themen drehten, die Hanna interessierten und sie dadurch diese Frauen näher kennenlernen konnte. Karl hingegen hielt sich in vielen Dingen bedeckt was seine Person betraf, vor allem, wenn es um Emotionen ging. Anders verhielt es sich, wenn er aus seiner Praxis erzählte, mittlerweile glaubte Hanna, einen großen Teil seiner hauptsächlich weiblichen Patienten zu kennen, denn mit Beispielen war Karl immer sehr großzügig zur Hand.

Karl hatte immer darauf bestanden, Einkäufe und Barbesuche zu bezahlen, er war sogar recht verstimmt gewesen, als Hanna ihm Geld zurückgelassen hatte bevor sie nach Deutschland geflogen war. Es war ihr oft nicht angenehm, von Karl so ausgehalten zu werden. Doch als sie bemerkt hatte, dass Karl auch generell für Sibylle mit bezahlte wenn sie gemeinsam beim Kaffeetrinken waren und Sibylle das offensichtlich ganz normal fand, hatte sie versucht, ihr schlechtes Gewissen zu beruhigen. Er hatte ihr gegenüber auch immer betont, dass er das gern macht und es sich auch leisten konnte. Um so überraschter war sie, als er sie eines Morgens bat, zukünftig die Bezahlung des Kaffeetrinkens zu übernehmen. Das wollte Hanna gern, stellte aber die Bedingung, dass

Sibylle ihre Rechnung selbst begleichen müsste. Karl meinte, dass das nicht gehen würde, weil er das schon immer so mache und jetzt nicht plötzlich anders verfahren könne. Für Hanna war klar, dass Karl nicht allein sein wollte und sich damit Sibylles Bereitschaft erkauft hatte, mit ihm zum Kaffeetrinken zu fahren, ihr sozusagen einen Anreiz gab, den er damit begründete, dass sie nur eine kleine Rente bekäme. Hanna bot den Kompromiss an, dass sie dann gern die Rechnung übernehmen wird, wenn sie mit ihm allein unterwegs war und damit war er einverstanden.

Was Hanna jedoch nach wie vor nicht verstand war der Umstand, dass Karl fast jeden Tag zum Kaffeetrinken fahren wollte, Hanna aber oft dazu keine Lust hatte, weil noch so viele andere Dinge im Haus oder Garten auf Erledigung warteten. Aber für Karl war es ein Stück Lebensqualität, wie er ihr erklärt hatte. Ja, das war es tatsächlich, aber musste es denn täglich sein?

Die Tage reihten sich wie Perlen einer Kette aneinander und es gab nur wenig Abwechslung.

Als Hanna im Dezember 2019 auf der Insel gewesen war, hatte sie mit Sibylle und Karl schon einmal einen Ausflug nach Las Nieves unternommen und dort die gleichnamige Kirche und einen Gottesdienst besucht. Die Kirche war der Schutzgöttin der Insel, Las Nieves, geweiht und entsprechend prunkvoll ausgestattet. Die überlebensgroße Figur von Las Nieves selbst war in einen prächtigen Altar integriert, der überaus reichlich mit Blumen und Kerzen geschmückt war. Hanna war überwältigt gewesen, sie hatte nie zuvor eine solche sakrale Pracht gesehen. Dem Gottesdienst hatte sie nicht folgen können, aber sie hatte die Atmosphäre, das festliche Ambiente auf sich wirken lassen. Nun wollten Sibylle und Karl erneut zu einem Gottesdienst dorthin fahren und Hanna war erfreut, denn sie hatte schöne Erinnerungen an ihren ersten Besuch dort.

Leider hatten sie sich keinen guten Zeitpunkt ausgesucht, denn der gesamte Altarraum war mit großen Tüchern verhangen, es wurden umfangreiche Restaurierungs- und Bauarbeiten durchgeführt, wie Karl erfahren hatte. Auch der Gottesdienst hatte auf Hanna nicht die Wirkung, wie bei ihrem letzten Besuch. Sie war irgendwie enttäuscht, dass er von einem anderen Priester gehalten wurde, denn gerade die Art und Weise des Geistlichen, der sie bei ihrem ersten Besuch gehalten hatte und seine Ausstrahlung waren es gewesen, die sie sehr beeindruckt hatten. Aber es ging ihr nicht allein so, auch Sibylle und Karl meinten, dass sie sich den anderen Priester gewünscht hätten.

Wie Hanna es befürchtet hatte, war wieder „Alltag" in ihre Beziehung eingekehrt, der von den ihr schon bekannten Unmutsbekundungen und Kritiken von Karls Seite bestimmt wurde. Aber sie fühlte sich auch schuldig, ihr hatte es bisher an Mut gefehlt, Karl ihre Bedenken bezüglich der von ihm vorgeschlagenen Veränderung der Schlafsituation zu äußern, sie wusste, er wartete darauf. Doch irgendwie fragte sie sich immer häufiger, ob das denn überhaupt noch einen Sinn machte, es gab darüber hinaus noch andere Dinge, die sie so nicht haben wollte. Sie wurde sich immer sicherer in ihrer Meinung, dass der Versuch, ein selbstbestimmtes Leben mit Karl zu führen, gescheitert war und sie sich unglücklich, unverstanden und zunehmend frustriert fühlte. Auch Karl zog sich mehr und mehr zurück und ging in seine Lauerstellung, was bedeutete, dass er abwartete, was Hanna unternahm. Er hatte sich so weit zurückgezogen, dass sie nicht mehr wusste, wie sie noch an ihn herankommen sollte. Aber wollte sie das noch? Diese Frage trieb Hanna um und nur der Umstand, dass sie immer noch der Überzeugung war, zu ihm eine feste energetische Verbindung zu haben und sie gemeinsam eine karmische Aufgabe zu lösen hätten, zwang sie dazu, weiter zu machen und zu hoffen, dass Karl irgendwann den Druck aus ihrer Beziehung herausnehmen würde, der mit dem Schlafproblem immer wieder präsent war. Irgendwie schien ihr alles so verworren und sinnlos. Immer wieder tauchten vor ihrem geistigen Auge die Bilder aus ihrer vergangenen Zeit mit Karl auf und sie war einfach nur traurig, dass sie es beide nicht verstanden, ihre Probleme miteinander zu lösen. Sie hatte aufgegeben...

Achte darauf, dass das Leben, das du lebst, auch dein eigenes ist!

Uta hatte Hanna ein Buch geborgt. Dieses Buch von Ulli Olvedi „Die Stimme des Zwielichts", das Leben und vor allem das Denken der Nonne Maili, öffneten Hanna das Herz und sie fühlte, wie klar ihre Gedanken sich formten. Maili liebte die Freiheit des Denkens und die Klarheit der buddhistischen Lehre und obwohl sie den strengen Vorschriften des Klosters unterworfen war, hatte sie nie den Eindruck, gefangen zu sein. Hanne wurde sich bewusst, dass sie sich bei Karl eingeengt fühlte und sich wie ein exotischer Vogel eingesperrt in einen wunderschönen goldenen Käfig fühlte.
Vieles war in den letzten Monaten geschehen, Schönes, aber auch nicht so Schönes, für beides war Hanna dankbar, es hatte sie weitergebracht auf ihrem Weg. Aber sie hatte auch bemerkt, dass der ständige Druck

Spuren in ihrem Wohlbefinden, ihrer Gesundheit, hinterlassen hatte, sie hatte sich nur noch schrecklich gefühlt und konnte nichts Konkretes benennen, was dazu geführt hatte. Auch das immense Tempo, das Karl vorgeben wollte, und sein beständiges Drängen, ob sie denn nun mit ihm leben möchte, hatte sie nicht mithalten können, alles war viel zu schnell gegangen.

Karl hatte sich Sorgen gemacht über ihren Zustand und Sanai gebeten, Hanna zu helfen. Sie hatte von einem neuartigen Therapiegerät berichtet, dass sie seit einiger Zeit sehr erfolgreich nutzte. Hanna verstand nur nicht, dass Karl scheinbar überhaupt nicht daran dachte, dass alles auch etwas mit ihm zu tun hatte. In den wenigen Gesprächen, die sie zuletzt geführt hatten, hatte er immer wieder betont, dass es ihr Verhalten war und ist, dass es unmöglich macht, eine Partnerschaft zu leben. Seinen Anteil daran zog er nicht in Betracht.

Eine Woche früher als ursprünglich geplant, flog sie nach Deutschland zurück.
Mit jedem Kilometer, den sie zwischen Karl und sich brachte, wurde sie fröhlicher und freute sich auf das Wiedersehen mit ihren Kindern und ihrem Enkel, denn Ostern stand vor der Tür, das sie alle gemeinsam verbringen wollten.
Wieder in Deutschland, wieder zu Hause, in ihrem Heim, da wo sie sich wohl und geborgen fühlte, wo sie einfach nur sie selbst sein konnte...

Als Karl vor Weihnachten um die Kontaktpause gebeten hatte, war für Hanna klar, dass sich eine Entscheidung anbahnte und war innerlich darauf vorbereitet. Erst war sie erschrocken, solche Pausen waren aus ihrer Erfahrung der „Anfang vom Ende". Aber schon am nächsten Tag empfand sie es als sehr befreiend, nicht verpflichtet zu sein, anzurufen oder Nachrichten zu schicken. Ihr war klar geworden, wie sehr sie schon in ihre Rolle hineingewachsen war, ständig verfügbar zu sein und ein schlechtes Gewissen haben zu müssen, wenn sie mal nicht so „funktionierte", wie Karl es erwartet hatte.
Dieser Zustand stellte sich nun erneut ein. Es war wie ein inneres Aufatmen, wie ein Geschenk, das sie unerwartet erhalten hatte. Sie fühlte sich frei und unabhängig und sie wunderte sich nicht darüber, sondern genoss es!
Hanna verstand nicht, dass Karl nicht mit dem zufrieden sein konnte und wollte, was sie ihm bieten kann, sie nicht so akzeptieren konnte, wie sie ist. Sie hatte so viel für ihn und ihre Beziehung aufgegeben, ihr

Leben umgestülpt und es war immer wieder sie gewesen, die in schwierigen Situationen, und davon hatte es reichlich gegeben, ihm die Hand gereicht hatte und ihn ihrer Liebe versichert hatte. Es war genug, sie konnte und wollte nicht mehr.

Am 7. April hatte Hanna Karl in einem Audio mitgeteilt, dass sie ihre Beziehung beendet. Seine Reaktion war erwartungsgemäß heftig, er war einfach nur sauer und verletzt, dass sie diesen Schritt gemacht hatte und nicht er.

Aber schon einen Tag später bat er sie unter Tränen, alles noch einmal zu überdenken und zu ihm zurück zu kommen.

Hanna war sich sicher, die richtige Entscheidung getroffen zu haben und hatte keine Lust mehr, mit Karl zu sprechen, um sich seine immer wiederkehrenden Vorwürfe anzuhören. Sie schickte ihm eine e- Mail, in der sie sich noch einmal allen Frust von der Seele schrieb:

Lieber Karl,

danke für Deine aufrichtigen Worte und Deinen Wunsch, meine Entscheidung noch einmal zu überdenken.
Bevor wir beginnen können, endlich eine Partnerschaft zu leben müssen wir uns darüber klar werden, wie diese aussehen soll. In der Vergangenheit hatten wir darüber so unterschiedliche Auffassungen, die für mich einen gemeinsamen Weg unmöglich machten. Wie soll sie also aussehen ?

Damit Du verstehen kannst, ich denke, Du willst es, warum ich mich so entschieden habe, möchte ich mit Dir gemeinsam mal „unsere Zeit" anschauen, nicht alles, aber für mich wesentliche Situationen und die damit verbundenen Gefühle.

In den 1½ Jahren, die nun hinter uns liegen, in denen ich ein knappes Dreivierteljahr auf La Palma bei Dir verbracht hatte, ist so viel passiert in meinem Leben, dass ich darüber in der Reflektion wirklich erstaunt war. Und jetzt bemerke ich auch, dass ich sehr viel Kraft aufwenden musste, um alles so zu meistern. Aber ich habe es geschafft und bin stolz darauf.
Ich durfte wunderbare, schöne Erlebnisse mit Dir genießen in der Anfangszeit bevor Corona alles verändert hat. Dafür hast Du meine tiefe Dankbarkeit.

129

Diese Zeit mit Dir hat mein ganzes Leben in einer Art und Weise und mit einer rasanten Geschwindigkeit verändert, dass ich oft das Gefühl hatte, nicht hinterher zu kommen. Die Ereignisse überschlugen sich und ich fühlte mich teilweise überfordert, vor allem von Deinem Ansinnen, mich zu entscheiden, ob ich für immer nach La Palma kommen möchte. Ich konnte mit diesem Tempo nicht Schritt halten und habe immer wieder versucht, eine Pause einzulegen und mich aus dem Geschehen heraus zu nehmen (Du hast es „Isolationsverhalten" genannt). In mir war ein ganz starkes Gefühl, das mich immer wieder zu Dir hingezogen hat (das Band) und ich habe dieses Gefühl und den Zustand, den es in mir hervorgerufen hat, als Liebe bezeichnet.

In den nächsten Abschnitten möchte ich Dir schildern, mit welchen Gedanken, Gefühlen, Bedürfnissen und Wünschen diese Zeit verbunden war.

Ganz zu Beginn möchte ich dir sagen, dass ich sehr dankbar bin, Dir begegnet zu sein. Ich durfte viel lernen, über mich, über Dich und eine Beziehung, die sich gänzlich anders gestaltete, als ich es kannte. Ich betrachte das als einen wertvollen Schatz.
Es gab viele Menschen in meinem Leben, die Spuren in meinem Herzen hinterlassen haben, aber ich habe zuvor keinen kennengelernt, der mich so tief berührt hat wie Du. Ich habe mir auch nie so sehr gewünscht, in der Lage zu sein, meine Bedürfnisse, Wünsche und Vorstellungen klar auszudrücken und sie mit Dir gemeinsam zu leben. Aber gerade das ist mir offensichtlich nicht ausreichend gelungen.

Unsere erste Begegnung im „Zulay" schlug bei mir ein wie eine Bombe. Ich hatte nur wenige Worte mit Dir gewechselt, Betty hatte Dich gleich in Beschlag genommen. Ich saß im Auto, Du liefst mit Sibylle vorbei und in mir waren Gefühle, die ich überhaupt nicht einordnen konnte. Ich wollte Dich unbedingt näher kennenlernen, obwohl ich damals überhaupt nicht wusste, ob Du mit Sibylle liiert bist. In den folgenden Tagen warst Du ständig in meinen Gedanken präsent, und wenn ich an Dich dachte, überfluteten mich unbeschreiblich schöne Gefühle von Freude und Erwartung auf etwas ganz Besonderes, von dem ich noch keine Ahnung hatte, was es sein könnte.

Bei unserer zweiten Begegnung hatte ich dann Gelegenheit, eine sehr angeregte Unterhaltung mit Dir zu führen und ich war fasziniert von Dir, von Deiner zuvorkommenden und liebevollen Art, Deinem verschmitzten charmanten und gewinnenden Lächeln und davon, dass

Du zuhören konntest, wie ich das noch nie zuvor bei einem Mann erlebt hatte. Durch meinen Körper jagten Gefühlsstürme, die ich kaum in den Griff bekam. Ich fühlte mich zu Dir hingezogen auf eine magische Weise, die mir einerseits Angst machte, weil ich die Macht dessen bemerkte und nicht dagegen ankam und andererseits aber eine so große Neugier weckte, zu erfahren, was diese Energie mit mir, mit uns macht. Ich war einfach nur glücklich, weil ich mir sicher war, das Du der Mann sein kannst, den ich mir immer gewünscht hatte. Ein unsichtbares energetisches Band spürte ich so deutlich als wäre es materiell wirklich vorhanden.

Wir verbrachten wundervolle Tage und so nahm ich die ersten drohenden dunklen Wolken über mir nicht wahr, die sich dann nie mehr entfernen wollten und über mir schweben bis heute (wie ein Damoklesschwert). Diese Wolken sind Deine Erwartungen an unsere Beziehung, die nicht vereinbar sind mit meinen. Du wünschst Dir viel Nähe und machtest mir immer wieder klar, dass es für Dich undenkbar ist, dass ich nachts nicht bei Dir schlafe. Es ist mir nicht gelungen, Dir meine Beweggründe verständlich zu machen. Und da dieser Wunsch Deinerseits essentiell für den Fortbestand der Beziehung zu mir ist, ich ihn Dir aber nicht erfüllen kann, muss ich feststellen, dass ich nicht die Frau bin, die Du Dir wünschst und die Dich glücklich und zufrieden machen kann.
Ich kann zu viel Nähe durch Dich nicht zulassen und ich frage mich, woran das liegt. Für mich wäre eine Beziehung mit viel Freiraum ideal. In diesem Rahmen könnte ich mich frei bewegen. Doch je mehr Du versuchst, mich an Dich zu binden, desto größer wird mein Verlangen, weg zu gehen. Ich habe mir immer gewünscht, und dieser Wunsch hat sich als Hoffnung bis zum heutigen Tag gehalten, dass Du irgendwann dazu bereit sein wirst, mir diesen Freiraum zu gewähren, ich habe Deine Bemühungen dahingehend bemerkt und freudig aufgenommen. Jedoch kannst auch Du nicht über Deinen Schatten springen, Dein Wunsch ist übermächtig groß, mich ständig ganz nah bei Dir zu wissen. Du kannst mit so einem Freigeist wie mir nichts anfangen und bist ständig im Hunger nach Nähe. Ich verstehe aber auch Dich und Deine Wünsche sehr gut. Du hattest in Deiner Kindheit all die Dinge nicht, die Du Dir nun von mir wünschst. Ich bin voller Mitgefühl ob dieses Mangels. Aber ich kann Dir das nicht geben und sehe es auch nicht als meine Aufgabe an, das Defizit Deiner Kindheit zu bereinigen. Es dürfte allein Deine Aufgabe sein, Dich der daraus resultierenden Angst vor Verlust zu stellen.
In einer Partnerschaft ist es nicht das Problem nur des einen Partners,

131

sich mit seinen Schattenseiten auseinander zu setzen, auch der andere muss sich den seinen stellen und daran arbeiten. Dazu ist keiner zu alt, auch Du nicht.

Wir wissen beide, dass unsere Beziehung ein großes Potential an Gemeinsamkeiten, Interessen und Gefühlen füreinander hat. Eigentlich wäre das ein ganz solides Fundament. Aber wir haben es in 1½ Jahren nicht geschafft, jeder für sich an seinem Problem so zu arbeiten, dass wir das Gesamtproblem unserer Beziehung hätten lösen können.

Wir beide sind von unserem Wesen her wie Hund und Katze, nicht ständig im Streit, wie man diese Redewendung oft verwendet, aber so unterschiedlich in unserem Verhalten:
Du suchst meine Nähe und möchtest, dass es mir gut geht (aber nur das, was Du denkst, was mir gut tun würde) und tust dafür alles, was dir möglich ist (wie ein Hund, der seinem Herrchen/ Frauchen ein wahrer Freund sein möchte), und ich komme mal zum Schmusen und Kuscheln und gehe dann wieder, um allein zu sein (wie eine Katze, die ja bekanntlich Einzelgänger ist). Unterschiedlicher können zwei Menschen kaum sein. Damit will ich nicht sagen, dass so eine Beziehung nicht funktionieren kann. Die Voraussetzung dafür wäre aber, dass jeder den anderen so wie er eben ist akzeptieren, auf seine Art lieben und verstehen kann und sich entsprechend auf die Besonderheit, den Unterschied, einlassen kann ohne dem anderen vorzuwerfen, dass er so ist wie er eben ist. Gerade das macht jeden von uns einzigartig und liebenswert. Wir sind Menschen, wir machen Fehler.
Ich habe gemerkt, dass ich mich wieder und wieder verletzt gefühlt habe, wenn Du mir Deine Handlungsmuster aufzwingen wolltest, wenn ich Dinge nicht so getan habe, wie sie aus Deiner Sicht einfacher, zeitsparender und sinnvoller gewesen wären. Mit dieser Form der Kritik kann ich nicht umgehen. Ich bin gern bereit, von Dir zu lernen. Die Form, in der Du Dein Wissen vermittelst, ist oft für mich befremdlich und verletzend. Wir sind nicht Lehrer und Schülerin sondern Partner und da ist keiner dümmer als der andere.
Es ist eine große Aufgabe, jeden so sein lassen zu können wie er ist, denn so ist er richtig und kann sein ganzes Potential, auch das in der Beziehung, entfalten.

Alles, was ich in den vorhergehenden Abschnitten angesprochen habe, wäre aus meiner Sicht nicht wirklich ein Grund für meine Entscheidung gewesen. Mit Geduld und Kommunikation auf Augenhöhe (nicht ich Patient- Du Therapeut, sondern ich Hanna, deine Partnerin- Du Karl, *mein Partner) wären diese Probleme nicht unlösbar geblieben.*

Das, was letztendlich das i- Tüpfelchen war, ist die schmerzlichste aller Erkenntnisse überhaupt für mich, nämlich die, dass ich immer geglaubt habe, dass zwischen uns Liebe ist, das aber der größte Irrtum meinerseits war. Und das tat richtig weh.
Nun wirst Du möglicherweise protestieren, vielleicht sogar behaupten, dass es nicht so ist, weil du alles für mich getan hast, dich um mich gesorgt hast, auf mein Wohl bedacht warst, mir Wünsche erfüllt hast, auf mich Rücksicht genommen hast. Ja, das hast Du alles für mich getan und ich bin deshalb von tiefer Dankbarkeit erfüllt.

Ich habe keine Ahnung, was ich mir unter einem „Nicht- Liebe- Typ" vorstellen soll, ein Begriff, den Du verwendet hast, um mir zu erklären, warum Du mich nur „wirklich sehr magst". Im Herzen eines jeden Menschen ist Liebe, die entfaltet und gelebt werden möchte, insbesondere, wenn wir dem bestimmten Menschen begegnen, der diese Liebes- Energie zum Schwingen bringt.
Aber gut, sprechen wir nicht mehr von Liebe. Im Grunde ist es auch völlig egal, wie wir das Gefühl nennen, wenn wir bereit sind, unser Herz für einen Menschen so weit zu öffnen, dass wir uns verletzlich machen. Ja, genau das passiert dann, ich musste diese Erfahrung auch wieder mit Dir machen. Aber ich würde es jederzeit wieder tun wenn ich der festen Überzeugung wäre, dass es an der Zeit für eine neue, hoffentlich schönere Erfahrung ist. Ich war in unserer Beziehung auch nur begrenzt in der Lage, mich zu öffnen für Dich, denn als ich gemerkt hatte, dass keine Öffnung von Deiner Seite kam, hatte ich mich auch wieder verschlossen. Und so haben wir uns beide eingeigelt und entfernt, wo eigentlich hätte Nähe entstehen können.

Ich möchte Dir jetzt noch sagen, was mir wichtig in einer Partnerschaft wäre.

Ich möchte von dem Menschen, für den ich liebevolle Gefühle empfinde, wahrgenommen und respektiert werden als der Mensch, der ich bin, mit all meinen Vorzügen, aber auch mit all meinen Schwächen und Schattenseiten. Das heißt nicht, dass ich nicht weiter daran arbeiten werde, diese Schwächen abzulegen, meine Schattenseiten anzusehen und in Sonnenseiten zu transformieren. Mit einem Partner (nicht Therapeut) an meiner Seite, der meine inneren Werte zu würdigen weiß und der mir aufrichtig und geduldig in diesem Prozess seine hilfreiche Hand bietet, kann ich dabei über mich selbst wachsen und zusätzlich etwas für diese Beziehung tun.

Aber, und das ist etwas, was ich nach wie vor nicht verstehe, ich habe mich allein gelassen gefühlt, nicht gehört, wenn ich um Hilfe gebeten habe, mein Partner Karl war nicht da, der Therapeut Karl wohl und auch stets mit einer Lösung aus seiner Praxis. Das war es nicht, was ich wirklich gebraucht hätte. Nicht, dass ich Dir das nicht gesagt hätte, ich musste mit ansehen, dass es Dir nicht möglich war, aus Deiner Therapeutenrolle heraus zu treten und mal hinzuschauen, was bei uns in der Beziehung nicht lief und das auch zu kommunizieren. Es war schmerzlich, zu erkennen, dass das, was Du in wahrscheinlich tausenden von Paartherapien den Partnern ans Herz gelegt hast, miteinander zu reden, über das, was Sorge bereitet, Du in Deiner eigenen Partnerschaft nur selten praktizieren wolltest.

Es hat nicht nur Dir wehgetan und Dich damit verletzt, dass ich allein und dazu noch in einem anderen Raum schlafen wollte, auch ich habe darunter gelitten. Ich kann die Nächte nicht zählen, in denen ich in Deinem Bett neben Dir lag und mit offenen Augen die Decke angestarrt habe und mich immer wieder gefragt habe, warum ich nicht bleiben kann und ich war oft verzweifelt über meine Unfähigkeit, einfach die Augen zu schließen und zu schlafen. Jede Bewegung, jeder Laut von Dir ließen mich aufschrecken. Es ging nicht, ich musste gehen und bemerkte, dass, als ich allein war, der innere Druck weg war, ich sofort ruhiger wurde und einschlafen konnte.
Ich habe mir gewünscht, dass es Dir möglich werden könnte, es zu akzeptieren, dass die Umstände sind, wie sie sind. Ich musste zu meinem Wohl entscheiden auch auf die Gefahr hin, dass sich das Damoklesschwert senken wird und Du die Beziehung beenden wirst wie Du es mir mehrmals angedroht hast (wenn..., dann...).
Und ich habe mir gewünscht, dass Du eines Tages bemerken wirst, dass das, was Du haben kannst auch einen Wert hat und damit glücklich sein kannst.

Es hat mir sehr oft weh getan, wenn ich das Gefühl hatte, von Dir respektlos und rüde behandelt worden zu sein (und das auch im Beisein anderer, die mich dann darauf angesprochen haben). Das ist kein würdiges Verhalten einer Partnerin gegenüber.
Respekt und Achtung sind für mich zwei der wichtigsten Säulen einer Beziehung. Ich erinnere mich an Situationen, in denen ich mit Schrecken festgestellt habe, dass es Dir daran mangelt in Bezug auf meine Person, aber auch Anderen gegenüber. Denn auch die Begegnung zweier Menschen, selbst wenn sie ihre Beziehung nicht als

Liebesbeziehung bezeichnen oder verstehen, darf nur auf Augenhöhe geschehen, sobald sich einer über den anderen erhebt, wird aus der Beziehung ein Abhängigkeitsverhältnis. Und als ich das bei uns bemerkt habe, musste ich die Reißleine ziehen. Ich weiß, was ich mir wert sein darf, und da hat keiner das Recht, auch Du nicht, mich klein zu machen, nur um selbst an Größe, Macht und Anerkennung zu gewinnen.

Ich bin dankbar für all diese Erkenntnisse, auch wenn sie mir reichlich Schmerzen zugefügt haben, aber ich bin reicher geworden, meine Seele durfte viel lernen. Du hast mal gesagt, wir lernen durch die Erfahrung von Leid. Ich kann das nur bestätigen.

Es hat mich befremdet, dass Du nicht bereit bist der Beziehung, die wir miteinander eingegangen sind, die Möglichkeit einer Weiterentwicklung zu geben, weil Du sie nur in Deinem vorgefassten starren Muster zulassen konntest.
Ich sprach mal von dem Pflänzchen (du erinnerst Dich?), das jede Beziehung am Anfang ist. Das Pflänzchen braucht viel Zeit und es wird auch immer wieder mal Zeiten geben, in denen kein Wachstum geschieht. Das heißt auch, dass ich dem anderen Gelegenheiten und Möglichkeiten einräumen sollte, damit er sich bei mir, in meiner Nähe, in meinem Leben nicht nur zurecht findet sondern auch so wohl fühlt, dass er nicht mehr gehen möchte. Und... dass er das uneingeschränkte Recht erhält, seine Bedürfnisse und Wünsche, die ihm dieses Wohlbefinden ermöglichen würden, zu äußern und damit gehört zu werden.
Ich sollte mich nahtlos in Dein Leben einfügen. Mehr noch, ich sollte mit fliegenden Fahnen und einem „Hola, hier bin ich und jetzt darf ich in einem tollen großen Haus mit Meerblick und Paradies leben und bin der glücklichste Mensch unter der Sonne!" bei Dir einziehen und annehmen, was Du mir da an Köstlichkeiten auf einem goldenen Tablett serviert hast und nicht auch noch daran herum mäkeln.

Es hat mich verletzt, dass Du meine Existenz und die Existenz einer partnerschaftlichen Beziehung versteckt und geleugnet hast vor Deiner Familie, unseren gemeinsamen Freunden und auch vor den anderen Menschen, die uns kennen und nahe stehen. Es hat mir von Anfang an sehr weh getan, dass Du Dich nicht zu mir bekannt hast und nur sehr vereinzelt einen Hinweis auf unsere Verbindung gegeben hast. Deiner Schwester, die Dich fragte, ob es eine Frau in Deinem Leben gibt, hast Du auf eine Art und Weise geantwortet, die ich einfach nur verletzend empfand (auch für Deine Schwester).

Ja, ich habe mir da ganz offensichtlich „die Welt schön geredet", in dem ich annahm, dass Du mit mir leben willst, weil Du mir mittlerweile liebevolle Gefühle entgegen bringst und eine Partnerschaft anstrebst, die auf gegenseitiger Achtung, Respekt und Vertrauen aufbaut.

Wenn ich für Dich nur die biologisch tolle Frau war, die Dir schöne Momente im Bett beschert hat, fühle ich mich von der Einschätzung nicht geschmeichelt, eher herabgewürdigt und reduziert allein auf das Sexuelle. Für mich hat diese Säule einer Beziehung einen großen Wert, aber nicht den alles Bestimmenden. Mich macht mehr aus, als nur das...

Es macht mich traurig zu sehen, dass es Dir so schwer fällt, Dich auf andere Werte zu besinnen, die einer Partnerschaft im fortgeschrittenen Lebensalter entsprechen und der Sexualität so einen großen Stellenwert zusprichst. Für mich sind gemeinsame Erlebnisse wie Wandern, Strandspaziergänge, Essen gehen, inspirierende Gespräche, uvm. viel wichtiger und machen mich glücklich und zufrieden. Da Dein Denken aber beständig damit beschäftigt ist, Dich zu fragen, warum mir Sexualität nicht das Gleiche bedeutet wie Dir, hast Du ganz vergessen, zu leben.

Es ist ewig lange her, dass wir einen Ausflug unternommen haben, das letzte Mal war es der Gottesdienst in Las Nieves, und da waren wir auch nicht allein. Es macht mich traurig, dass Du die Schönheit und Vielseitigkeit, die Einzigartigkeit La Palmas überhaupt nicht wahrnimmst. Stattdessen reibst Du Dich auf an der Politik und merkst gar nicht, wie viel negative Energie Du dabei produzierst. Auch das habe ich in der letzten Zeit nicht mehr aushalten können.

Ich verstehe unter einem Leben in Partnerschaft gemeinsam etwas zu erleben, schöne bleibende Momente gemeinsam zu genießen, sich liebevoll und zärtlich zu begegnen, ohne gleich wieder an Sex zu denken, Meinungsverschiedenheiten im Gespräch zu klären und sie aufzulösen durch die Bereitschaft, Kompromisse einzugehen.

Lieber Karl, es gab eine Zeit, da hat mich ein Feuer im Herzen fast verzehrt, es war so gewaltig, dass es mir Angst gemacht hat, dass ich daran verbrennen könnte. Ich habe es „Liebe" genannt. Viele kleine Episoden, in denen ich mich verletzt, missverstanden, unverstanden, lieb- und respektlos und überheblich behandelt gefühlt habe, streuten jedoch immer mehr Sand über dieses Feuer und nun ist es nicht mehr da, es ist verloschen...

Es geht doch im Leben darum, die göttliche Aufgabe zu erfüllen, glücklich, erfolgreich und gesund zu sein und alles, aber auch wirklich alles dafür zu tun, dieses Ziel zu erreichen. Du hast in den Vespern im Januar und Februar immer wieder darauf hingewiesen und ich habe darüber nachgedacht.

Ich fühlte mich nicht glücklich, weil ich verlernt hatte, ICH zu sein. Ich war auf dem Weg, mich selbst zu verlieren, in dem ich Dein Leben gelebt habe, meine Bedürfnisse und Wünsche selten zum Ausdruck gebracht habe, nur „des lieben Friedens willen".

Ich war auch nicht erfolgreich in dem Bemühen, eine ausgeglichene, Dir gerecht werdende Beziehung zu führen, mein Potential zu leben und meine Arme offen zu halten für Dich.

Und... ich war auch nicht gesund. Meine ständigen Rückenprobleme, Kopfschmerzen, Nackenschmerzen waren der Schrei meiner Seele, weil ich sie selbst viel zu lange nicht hören wollte.

Aus meiner Sicht hätten wir nur dann eine realistische Chance von vorn zu beginnen, wenn wir uns zusammensetzen und ENDLICH mal als Paar (noch mal: nicht Patientin und Therapeut !) miteinander reden, jeder seine Vorstellungen ganz konkret auf den Tisch legt und jeder auch zu Kompromissen bereit ist.

Was für mich essentiell ist in der Beziehung zu bzw. mit Dir ist der uneingeschränkte Wunsch, mein eigenes selbstbestimmtes Leben zu führen. Ich möchte nicht ein nettes Anhängsel völlig integriert in Dein Leben sein, so wie ich es bisher empfunden habe. Denn ich habe Dein Leben gelebt, nicht das meine.

Du weißt, wie sehr ich La Palma liebe, die Insel ist ein Ort, an dem ich mich wohlfühle, auch wenn es mir (noch) nicht möglich ist, mich ganz von Deutschland zu lösen. Ich weiß, dass ich dort noch für die nächsten Jahre gebraucht werde als Oma und ich diese Aufgabe auch sehr gern übernehme. Und ich spüre auch, dass ich insbesondere das Zusammensein mit meinem Enkel brauche und genieße, ihm gehört meine ganze Liebe. Es wird der Tag kommen, da wird er beginnen, sein eigenes Leben zu leben und ich werde dann nicht mehr die Rolle spielen, die mir jetzt noch zugedacht ist.

Ich habe auch immer wieder spüren müssen, und ich war darüber sehr betroffen, dass es Dir sehr weh tut, dass das Verhältnis zu Deiner Familie nicht diese Herzlichkeit und Wärme hat, die Du Dir für Dich wünschen würdest und das manchmal sogar Neid oder Eifersucht ins Spiel gekommen sind, wenn Du gesehen oder gehört hast, welchen starken Halt mir meine Familie vermittelt und wie geborgen ich mich da fühlen darf. Mir ist bewusst, das hat einen unermesslich hohen Wert, den ich auch zu schätzen weiß.

Aber, wenn ich auf La Palma bin, spüre ich immer wieder, dass ich
dahin gehöre... und dass ich immer wieder dahin zurückkehren werde...

Meine Gefühle für Dich kann ich momentan nicht in Worte fassen, sie
sind sehr widersprüchlich.
Ich kann mir momentan keine Rückkehr vorstellen, und auch keine
Partnerschaft. Mein Pendel sagt mir ganz eindeutig, dass mir das nicht
gut tun würde. Wir können nicht einfach da weiter machen, wo wir
aufgehört haben, mit diesem Zustand ging und geht es uns beiden
schlecht. Die Wunden sind noch zu frisch...

Aber...
Ich bin nach wie vor der Überzeugung, dass unsere Begegnung einen
tiefen karmischen Sinn hat, dass wir etwas lernen sollen.
Ich habe ein sehr schönes Karma- Orakel- Kartenset von Vadim
Tschenze (Du kennst ihn ?). In seinem Vorwort zur Handhabung des
Sets schreibt er:
„Karmische Verstrickungen oder Verbindungen sind nicht immer
gleichzusetzen mit einer romantischen und liebevollen Geschichte. Sehr
viel mehr geht es dabei um Aufgaben als um Perfektion in einer
Beziehung.
Unter einer karmischen Beziehung versteht man, dass zwei Personen
miteinander in einem oder mehreren Leben liiert oder als Partner
vorgesehen waren. Eine solche Beziehung ist immer schwierig und hat
oft mit Leiden zu tun: Man kann nicht miteinander, aber auch nicht ohne
einander. Der Partner geht einem nicht aus dem Kopf,... man „spürt"
sich über tausende von Kilometern. Man „weiß" wenn einer den
anderen täuscht. Man „fühlt" wenn der andere leidet..."
„Eine karmische Seelenpartnerschaft ist eine energetische Beziehung,
die im Gegensatz zur Seelenverwandschaft auf einer alten Erfahrung
aus dem Vorleben basiert.
Eine karmische Beziehung hat immer mehrere Ziele und diese
verfolgen beide Parteien. Erstmals jedoch geht es dabei um ein
gemeinsames Ziel, nämlich zusammenzufinden oder etwas aus dem
Vorleben nachzuholen. Somit sind beide Partner durch eine Energie
verbunden, die zu diesem gemeinsamen Ziel führt.
Realisiert man, dass man eine solche negativ belastete und
problematische karmische Beziehung hat, ist man gefordert, etwas aus
seinem Vorleben zu bewältigen."
„Das Ziel ist letztendlich, das Selbstwertgefühl zu steigern."

„Eine karmische Beziehung hat also immer einen Sinn, und es ist erstaunlich, wie viele solcher Beziehungen gelebt werden. Eine Trennung ist sehr schwierig durchzuführen, denn die Bindung ist so stark, dass man sozusagen nicht miteinander, aber auch nicht ohne einander sein kann. Dieses Phänomen bezeichnet man als >ein karmisches Dilemma<."

„Karmische Verstrickungen sind oft mit schwerwiegenden Problemen behaftet, die uns ungeheuren Schmerz bereiten können. Doch dieser Schmerz, dieses Leid weist uns den Weg, etwas in unserem Leben zu ändern und das Karma aufzulösen."

„Karmische Verstrickungen sind überall zu finden,... Denn hier lernen Sie nicht nur die ewige Liebe oder eine glückliche Partnerschaft kennen. Vielmehr sollten Sie mit Emotionen, (Mit-)Leid und Kontrolle rechnen, bis es zur wahren aufrichtigen, bedingungslosen Liebe kommt. Gefühle wie Abweisung, Macht, Angst hingegen sind bei karmischen Verstrickungen nicht selten."

„Eine karmische Verbindung ist energetisch sehr stark; sie ist immer stärker als eine normale Beziehung. Wieso? Nun, eine karmische Beziehung weist immer doppelte Energie auf. Ist bei einer normalen, nichtkarmischen Beziehung nur eine Energie im Spiel, sind es bei der karmischen Beziehung Energien von diesem sowie von vielen Vorleben. Das macht die Karma- Verbindung so unermesslich energetisch."

„Karmische Seelenpartner begegnen sich immer wieder, denn sie helfen uns, unseren vorbestimmten Weg weiterzugehen. Dabei ist immer von Anfang an eine unerklärliche Anziehungskraft im Spiel. Man verspürt viel Vertrauen und Verständnis füreinander. Dennoch kann man nicht immer gut miteinander umgehen. Auf der einen Seite ist die gegenseitige Anziehungskraft so stark, auf der anderen Seite wollen wir uns voneinander entfernen. Das Karma fordert jedoch von beiden, dass sie ihre karmische Verstrickung erkennen, daran arbeiten und zueinander finden."

Tja, besser kann man das, was uns passiert ist, nicht beschreiben, auch wenn uns der gute Mann gar nicht kennt. Seine Worte lassen mich besser verstehen, warum wir uns begegnet sind und worin die Aufgabe besteht, nämlich HEIL zu werden, jeder für sich und miteinander. Vielleicht wäre eine Freundschaft ein neuer Anfang wenn der Druck der Erwartungen, die jeder in die Partnerbeziehung impliziert, nicht mehr da ist, weil die Beziehung als solche eine neue Qualität und wieder eine Chance bekommt.

Hanna

Als Hanna diese Nachricht verschickt hatte, war sie sich nicht sicher, wie Karl das Geschriebene aufnehmen würde. Zu ihrem Erstaunen, aber auch mit Freude und Zuversicht, führten sie und Karl dann ein sehr langes Telefonat, in dem sie alle Punkte, die Hanna in ihrer e-Mail genannt hatte, ansprachen und auch Karl seine Wünsche äußerte. Im Ergebnis dessen wollten sie beide einen Neuanfang wagen, sie hatten viele gute Vorschläge unterbreitet, die es jetzt umzusetzen galt.

In der Zwischenzeit hatte Hanna dank Sanais psychologischer Unterstützung wieder zu ihrer Kraft zurück gefunden, sie fühlte sich stark genug, sich dieser Herausforderung neuerlich zu stellen. Es sah so aus, als würde auch Karl an sich arbeiten wollen. Ihr Kontakt war lockerer und unkomplizierter geworden, sie hatte nicht mehr das Gefühl, zu irgendetwas gezwungen zu sein. Das machte es für sie leichter, sie artikulierte ganz klar, was sie wollte und was nicht ging. Noch vor einem Jahr hätte sie sich das nicht vorstellen können.
Während sich das Verhältnis zu Karl positiv zu entwickeln schien, stieß Hanna sowohl bei Sibylle als auch bei Sanai nicht auf Verständnis darüber, dass sie sich für einen Neuanfang mit Karl entschieden hatte. Beide hatten sie sie darauf hingewiesen, dass Karl ihr nicht die Gefühle entgegen brachte, die sie für ihn empfand. Als Außenstehende hatten sie da noch einen anderen Blickwinkel und Hanna war sehr dankbar für ihre Ehrlichkeit.
Aber sie wollte es dennoch wagen, sie hatte immer noch die Hoffnung, dass seine Gefühle sich wandeln könnten. Diese Hoffnung wurde genährt dadurch, dass Karl immer wieder betonte, dass er sich wünscht, dass sie zu ihm zurück kommt, weil er sie sehr vermisst. Sie konnte sich nicht vorstellen, dass das nicht ehrlich gemeint war. Sie plante, am 1. Juni nach La Palma zu fliegen, 2- 3 Wochen mit Karl zu verbringen und dann zu entscheiden, ob aus ihrer Sicht ein Neuanfang denkbar wäre. Leider war sie nicht frei von Zweifeln, tröstete sich jedoch damit, dass sie zu nichts verpflichtet war und es immer eine Möglichkeit gab, sich anders zu entscheiden.

Zwei Wochen vor ihrem Flug schrieb Sibylle ihr Nachrichten, dass es ihr überhaupt nicht gut ging, dass sie einen schlimmen Husten hätte und sich auch sonst ziemlich schlapp fühlte. Hanna machte sich Sorgen, dass Sibylle sich mit dem Coronavirus infiziert haben könnte und bat sie, doch einen Test machen zu lassen. Sibylle lehnte das rundheraus ab, was Hanna nicht verstehen konnte. Als Sibylle ihr dann schrieb, dass sie nun auch noch hohes Fieber bekommen hatte, gingen bei ihr alle Alarmglocken an. Sie machte sich auch Sorgen um Karl und auch um sich selbst, wenn sie in wenigen Tagen auf die Insel kommen wird. Karl war als kleines Kind an einer offenen Tuberkulose erkrankt gewesen und seither auf den Bronchien sehr anfällig. Und Sibylle war gefährdet durch ihre Asthmaerkrankung. Sollte sie sich angesteckt haben, war größte Vorsicht geboten! Voller Sorge verfolgte sie die Nachrichten von Sibylle, sie sprach auch Karl darauf an, der aber die Situation herunterzuspielen versuchte. Hanna konnte auch seine Reaktion nicht verstehen. Oder lag es an ihr, hatte sie sich von der Angsthysterie anstecken lassen? Karl hatte ihr auch erzählt, dass Beate aus der Gruppe, als sie von Hannas bevorstehenden Besuch erfuhr, ihn darauf hingewiesen hatte, dass Hanna sich für zwei Wochen in Quarantäne begeben müsse. Auch das hatte Hanna nicht wirklich verstanden, Deutschland war kein Risikogebiet, die Inzidenzien niedriger als auf der Insel, sie musste einen negativen Schnelltest vorweisen bei der Einreise, alles also eigentlich kein Grund zur Sorge, aber sie hätte die Quarantäne dennoch in Kauf genommen. Karl war ziemlich genervt von Beates Forderung und auch so, weil sie auch in der Gruppe Ansichten zur Coronalage vertrat, die die meisten, Karl einbezogen, nicht teilten und dadurch eine Spaltung deutlich wurde, die Karl nicht tolerieren wollte. Er hatte Hanna davon berichtet, dass es immer schwieriger auch für ihn geworden war, diese Disharmonie auszugleichen und er mit Beate das Gespräch suchen wollte, um ihrem Wirken Einhalt zu gebieten.

Sibylles Nachrichten wurden immer konfuser, mal lag sie mit hohem Fieber im Bett und dann nur wenige Stunden später ging es ihr so gut, dass sie sogar mit Karl zum Einkaufen fahren konnte. Hanna wusste nicht, was sie davon halten sollte.
Eine Woche vor ihrer Reise berichtete Sibylle wieder von hohem Fieber und Husten und dass sie sich schlapp und richtig krank fühle. Nun hatte Hanna wirklich Bedenken, ob sie fliegen sollte, sie wollte sich und ihre Familie nicht anstecken, denn es war ja nach wie vor unklar, ob Sibylle infiziert war oder ob es sich um eine „normale" Erkältung oder gar „nur" einer ihrer mit dem Asthma in Verbindung stehenden Erscheinungen handelte. Sie fand Sibylles Verhalten nicht korrekt, aus ihrer Sicht gefährdete sie nicht nur sich, sondern auch die Menschen in ihrem Umfeld und da zählte Karl ja auch mit dazu.
Hanna rief Karl an, konnte ihn aber nur auf dem Weg zum Baustoffeinkauf erwischen und schilderte mit kurzen Worten, dass sie ihn bitten möchte, für eine Woche, also bis zu ihrem Besuch, sich von Sibylle fern zu halten und sie dazu zu bewegen, einen Test machen zu

lassen. Ansonsten müsse sie auf ihre Reise verzichten und würde ihren Flug stornieren. Sie bat ihn aber auch, sie nach seiner Rückkehr nach Hause noch mal anzurufen, sie wollte ihm noch ihre Beweggründe erklären. Am Nachmittag rief Karl an und war sehr ungehalten. Er warf ihr vor, ihn erpressen zu wollen mit der Androhung, dass sie den Flug stornieren wollte und dass er auf keinen Fall den Kontakt zu Sibylle abbrechen würde. Sibylles Symptome hätten nichts mit Corona zu tun und sie solle sich wieder beruhigen. Hanna war sprachlos, sie hatte nicht die Absicht, ihn zu erpressen, sie wollte lediglich darauf aufmerksam machen, dass sie sich sorgte und die entsprechenden Konsequenzen ziehen würde, wenn Karl für ihr Anliegen kein Verständnis zeigen würde. Aber Karl ließ nicht mit sich reden, völlig erbost sagte er ihr, sie solle dann eben den Flug stornieren und es wäre sowieso besser, wenn sie in Deutschland bliebe, er hätte schon genug Ärger um die Ohren mit Beate.

Nach diesem Telefonat saß Hanna wie versteinert da, ihr fiel es wie Schuppen von den Augen, Karl hatte wieder nicht zu ihr gestanden, die Kaffeetrinken mit Sibylle waren ihm wichtiger als ihr Besuch... Gut, dachte sie, dann ist es so. Alles, was sie gemeinsam in den letzten Wochen mühsam aufgebaut hatten an Vertrauen und Zuversicht zerfiel zu Staub und Hanna konnte nichts dagegen tun. Voller Bitterkeit fragte sie sich, wie sie überhaupt den Glauben entwickeln konnte, dass es Karl ernst gewesen war, dieses Telefonat hatte seine wahren Beweggründe offenbart, er wollte nicht allein sein. Sibylle war immer für ihn verfügbar, sie nicht, also wählte er ihre Anwesenheit. Wie erbärmlich, Hanna fand keine Worte!

Doch es kam noch schlimmer. Im April noch hatte Sibylle Hanna ihre Unterstützung zugesichert was die Unterbringung ihrer persönlichen Sachen, die sie noch bei Karl hatte, betraf. Sie wollte ihr helfen, alles bei einem Freund unterzustellen und im Laufe von späteren Besuchen Stück für Stück mit nach Hause zu nehmen bzw. zu schicken. Hanna erzählte Sibylle auch von dem Telefonat mit Karl und Sibylle versicherte ihr, dass sie sich keine Gedanken machen sollte wegen ihrer Symptome, die hätte sie schon oft gehabt im Zusammenhang mit ihrem Asthma. Hanna wollte ihr gern glauben und da Sibylle gerade seit zwei Tagen wieder von einer Besserung ihres Zustandes gesprochen hatte, bat Hanna sie, sich um ihre Sachen zu kümmern, wie sie es besprochen hatten. Hanna bekam eine Antwort, mit der sie nicht gerechnet hatte, Sibylle warf ihr Menschenverachtung und mangelnde Empathie vor, sie sei richtig krank und daher nicht in der Lage, ihrer Bitte Folge zu leisten und außerdem sei sie es leid, ständig von Hanna mit ihren Problemen, die sie mit Karl hatte, konfrontiert zu werden. Hanna entschuldigte sich umgehend, aber diese Nachricht hatte Sibylle schon gar nicht mehr gelesen, sie hatte Hanna in ihrem whatsapp- account gesperrt.

Nun kam eine Welle ins Rollen, die Hanna nicht aufhalten konnte, Karl hatte in der Gruppe von Hannas Entscheidung aufgrund von Sibylles Symptomen nicht zu kommen, verbreitet und damit dafür gesorgt, dass neuerlich eine Spaltung „pro" und „kontra" Hanna entstanden war. Hanna war empört, ihr Partnerschaftsproblem gehörte nicht in die Gruppe, das sagte sie Karl dann auch sehr deutlich. Aber es war zu spät, die Dinge nahmen ihren Lauf und Hanna war zum Sündenbock geworden, der von Karl für den ganzen Unfrieden in der Gruppe verantwortlich gemacht wurde. Sie hatte kaum eine Möglichkeit der Rechtfertigung, denn außer mit Uta und Ursel konnte sie mit niemanden darüber sprechen.

Das Verhältnis zu Karl blieb weiter angespannt, die Nachrichten, wenn sie überhaupt welche von ihm erhielt, beschäftigten sich mit der Coronalage. Hanna war es leid, sie zu diskutieren.

Karl hatte ihr gesagt, dass er ihr ihre Sachen mit der Post schicken würde, sie brauche dazu nicht extra nach La Palma zu kommen. Hanna war es aber wichtig, sich selbst um alles zu kümmern, denn sie hatte Bedenken, dass es bei dem Verschicken ihrer Massageöle zu einem Unglück kommen könnte, diese auslaufen könnten, wenn sie nicht sicher verpackt werden würden und ihre ganzen Sachen dann nicht mehr zu gebrauchen wären. Deshalb hatte sie den Flug vom 1. Juni auf den 30. Juni umgebucht. Je nachdem wie Karl diese Nachricht aufnehmen würde, wollte sie 1, 2 oder auch 3 Wochen bleiben, um in Ruhe alles gut zu verpacken.

Wie sie schon vermutet hatte, war Karl nicht begeistert, er war der Ansicht, dass zum gegenwärtigen Zeitpunkt ihr Erscheinen nicht vorteilhaft wäre. Aber Hannas Entschluss stand fest, sie wollte es hinter sich bringen und damit ihre Entscheidung vom April endgültig machen. Sie hatte jeglichen Glauben verloren, dass sich die Dinge noch zum Besseren wenden würden.

Das erste Mal, seit sie Karl kannte, freute sich Hanna nicht, ihn wieder zu sehen. Es war so viel passiert in dem letzten Vierteljahr, jedoch nichts, was sie in irgendeiner Form partnerschaftlich weiter gebracht hätte. Aber nichts desto trotz war Hanna sehr zufrieden mit sich, sie hatte sich im April gegen eine Partnerschaft mit ihm ausgesprochen und ihm diese Entscheidung mitgeteilt, auch dazu wäre sie noch vor einem Jahr nicht in der Lage gewesen. Und, sie hatte auch immer wieder den Mut gehabt, zu ihrer Entscheidung zu stehen oder sich den

Schwierigkeiten zu stellen. Sie durfte stolz auf sich sein und das war sie auch!

Zu ihrem Erstaunen sagte ihr Karl einige Tage bevor sie von Deutschland wegflog, dass er sich auf ihren Besuch freue. Sie jedoch war sehr verhalten in ihrer Äußerung dahingehend. Sie war eher gespannt, wie sich die vor ihr liegenden Tage mit ihm gestalten würden und ob er in der Zwischenzeit ein wenig Ruhe in die Gruppe hatte bringen können. Sie hatte ihn gebeten, ihren Besuch dort nicht zu erwähnen, sie überlegte auch immer noch, ob sie sich noch ein letztes Mal der Gruppe stellen bzw. sich verabschieden sollte. Sie würde das dann vor Ort entscheiden.

Liebe ist nicht, jemanden zu binden,
sondern ihm die Freiheit zu geben, bleiben zu wollen.

Juli

Seit ihrer Rückreise im März hatte sich auf den beiden Baustellen einiges getan, vor allem das Gästehaus hatte tolle Fortschritte gemacht, das Bad war fertig, auch ein Fenster eingebaut, die Küche war soweit vorbereitet, dass gefliest werden konnte und im Schlaf- Wohnraum hatte Karl statt des ursprünglich vorhandenen Fensters eine große Terrassentür vorgesehen und die Wände waren frisch verputzt und weiß getüncht. Es gefiel Hanna ausnehmend gut und sie hätte gern hier nach der Fertigstellung Zeit verbracht... Karl hatte eine kleine Terrasse anlegen lassen, auf die man vom Wohn- Schlafbereich gehen konnte. Dazu war der schöne riesige Wandelröschenbusch entfernt worden, was Hanna sehr schade fand, er hatte immer überaus üppig geblüht. Das Gästehaus hatte sehr an Komfort gewonnen und wenn es einmal fertig sein würde, würde es ein sehr ansprechendes kleines Appartement abgeben. Ein wenig Traurigkeit überkam Hanna bei dem Gedanken, dass sie das nicht mehr erleben würde...

Sie half Karl, seine Blumenampeln und Blumentöpfe neu mit Geranien zu bepflanzen und unterstützte ihn beim Wässern des Gartens. Karl hielt sich sehr zurück mit Kritik, was das Zusammensein angenehm machte. Eigentlich war alles so, wie es immer in den ersten Tagen nach ihrer Rückkehr aus Deutschland gewesen war, sie kamen prima miteinander zurecht und es herrschte eine ausgewogene Stimmung.

Hanna sah es daher nicht als dringlich an, sich sofort mit dem Verschicken ihrer persönlichen Dinge zu beschäftigen, sie hatte sich entschlossen, drei Wochen zu bleiben und in der zweiten Woche damit zu beginnen. Karl unterstützte sie bei der Beschaffung von Kartons und brachte mit ihr die fertigen Pakete zur Post. Dabei war er still und teilweise in sich gekehrt.

Sie fuhren jeden Tag zum Kaffeetrinken, Hanna wollte ihm und sich noch einmal dieses Vergnügen gönnen, in die Kosten teilten sie sich. Eher selten war Sibylle mit dabei, zwischen Hanna und ihr stand ja immer noch das Zerwürfnis und Hanna konnte nicht so tun, als hätte es das nie gegeben. Sie sprachen miteinander, aber es fehlte die Wärme zwischen ihnen.

Hanna hatte Karl gefragt, ob sie noch einmal nach Puerto Naos fahren könnten, dort am Strand hatte sie Zeit mit Betty verbracht, an die sie sich gern erinnerte. Sie wollte auch sehen, ob die Bauarbeiten auf der Uferpromenade, die damals noch im Gang waren, nunmehr beendet waren.

Sie fanden eine sehr schöne Bar, mit ansprechendem Ambiente und Angebot und der Besitzer, ein Holländer, der mit seiner Familie schon viele Jahre auf der Insel lebt, sprach sehr gut Deutsch. Hanna hatte durch die Lage der Bar direkt auf der Strandpromenade jeden Tag die Möglichkeit, im Meer schwimmen zu können. Darüber war sie sehr glücklich und konnte ihren Frieden schließen damit, möglicherweise nicht so bald wieder hier sein zu können.

Hanna war schon ziemlich erstaunt, wie viele Sachen sie im Lauf der Zeit mit zu Karl gebracht hatte, sie füllten fünf Pakete und einen Koffer.

Sie hatte Karl noch gebeten, ihr zu sagen, wenn er bei bestimmten Arbeiten noch ihre Unterstützung brauchen würde und er machte davon auch Gebrauch. Sie spürte sein Bemühen, die noch verbleibenden Tage nicht durch Zwietracht zu zerstören und er lenkte bei Meinungsverschiedenheiten schnell ein. Ihr Umgang miteinander war immer noch vertraut, aber ihm fehlte jede Herzlichkeit. Das hatte Hanna auch nicht erwartet, trotzdem tat es ihr weh, wenn sie daran dachte, dass sie hier her nicht zurückkehren wird und auch dann, wenn sie sich für die Weiterführung ihrer Beziehung als eine Freundschaft entscheiden würden, es nie wieder so sein würde, wie es einmal war. Aber vielleicht war gerade das gut so.

Sie saßen an einem schönen Morgen, die Sonne war gerade aus dem Meer gestiegen, auf der Plattform und Hanna schaute auf das Meer und hinüber nach Teneriffa, als Karl sie bat, bis Weihnachten auf der Insel bei ihm zu bleiben. Hanna war überrascht über dieses Ansinnen, für sie war klar gewesen, und das hatte sie Karl gegenüber auch so kommuniziert, dass sie nur kommen wird, um ihre Sachen abzuholen und dann aus Karls Leben zu verschwinden, wenn er nicht an einer Freundschaft Interesse hätte. Außerdem waren nun schon fast alle Sachen auf dem Weg in ihre Heimat und sie hatte auch nicht die geringste Ahnung, was das noch bringen sollte. Sie antwortete Karl, dass ihre Abreise feststeht, sie hatte auch schon den Rückflug gebucht. An den Umständen und auch an ihren Ansichten bezüglich eines gemeinsamen Lebens hatte sich nichts geändert und so gab es für sie keinen Grund, zu bleiben. Es schien ihr, als würde Karl noch einmal einen Versuch starten wollen, das Endgültige zu vermeiden, aber Hanna war nicht bereit, etwas aufzuwärmen, was nicht mehr vorhanden war, ihre Gefühle für Karl waren lediglich noch freundschaftlicher Natur.

Einen tränenreichen Abschied ihrerseits hatte es bei ihrer letzten Teilnahme am Gruppennachmittag gegeben, zu der sie sich nun doch entschlossen hatte. Davor musste sich Hanna noch einer unliebsamen Begegnung mit Beate stellen, die empört darüber war, dass man sie über Hannas Besuch nicht in Kenntnis gesetzt hatte und sie dadurch nicht die Möglichkeit gehabt hatte, ihre Teilnahme an dem Nachmittag abzusagen, denn das hätte sie dann getan. Sie warf Hanna Verantwortungslosigkeit und mangelnde Solidarität vor und zu Hannas Erstaunen war es Karl, der für sie einsprang und Beate in die Schranken wies. Hanna entschuldigte sich bei allen, dass ihre persönlichen Probleme die Stimmung in der Gruppe negativ beeinflusst hatten, was sie natürlich nicht beabsichtigt hatte und verabschiedete sich nicht ohne sich bei allen dafür zu bedanken, wie herzlich sie empfangen und in die Gruppe integriert worden war.

Am 20. Juli flog sie zurück nach Hause. Das Herz war ihr schwer, sie musste sich von ihrer geliebten Insel verabschieden und wusste nicht, ob und wann sie sie wiedersehen würde. Von Karl hatte sie sich getrennt, bevor sie sich in die Schlange am Check- in- Schalter eingereiht hatte. Von diesem Moment an kam sie sich frei und ungebunden vor, ein Gefühl, das sie so vermisst hatte.

Vier Tage später war ihr Geburtstag. Vergeblich hatte Hanna auf eine Nachricht von Karl gewartet und sie war sich nicht sicher, ob er ihn einfach vergessen hatte oder sich absichtlich nicht meldete, um sie zu verletzen. Seit ihrer Rückkehr hatte er täglich geschrieben, dass sie ihm fehle und sie doch zurück kommen solle und sie war nicht darauf eingegangen. Sie redete sich ein, dass es ihr nichts ausmachte, dass er sich nicht meldete, aber tief in ihrem Herzen war sie enttäuscht, sehr sogar. Einige Tage später hatte sie beiläufig ihren Geburtstag erwähnt und Karl hatte ihr eine Sprachnachricht geschickt, in der er untröstlich war, dass er ihn vergessen hatte. Hanna gab vor, ihm zu verzeihen, aber es fiel ihr sehr schwer, es wirklich zu können.

Loslassen kostet weniger Kraft als festzuhalten,
aber trotzdem ist es schwerer.

August

Mitte August war sie mit ihrer Tochter zu einer Fahrrad- Paddeltour an die Unstrut aufgebrochen, an fünf Tagen wollten sie von Artern nach Naumburg unterwegs sein, sie mit dem Rad, ihre Tochter mit dem Boot. Sie hatten ausgesprochen sonniges warmes Sommerwetter und genossen beide das Zusammensein sehr. Hanna hatte im Vorfeld Unterkünfte gebucht und sie hatten keine Schwierigkeiten mit irgendwelchen Coronabeschränkungen gehabt. Sie hatte Karl jeden Tag Fotos geschickt, wo sie sich gerade befand und Karl war wieder traurig, nicht dabei zu sein...
Und da war ihre eine Idee gekommen, wie sie vielleicht doch noch eine Möglichkeit finden könnten, eine Beziehung leben zu können. Sie schlug Karl vor, darüber nachzudenken, ob es denn nicht möglich sein könnte, dass sie die Sommermonate in Deutschland verbrachten und sich im Winterhalbjahr auf La Palma aufhielten, so wie es viele Deutsche praktizierten. Grundsätzlich hatte Karl ja nichts dagegen einzuwenden, verwies aber dann wieder auf seine Bedenken, das Haus und seine Tiere nicht so lange allein lassen zu können. Obwohl Hanna natürlich klar war, dass Karl diese Bedenken hatte, war da immer die Hoffnung, dass er einen Weg finden würde, sie auszuräumen, wenn er es wirklich gewollt hätte. Er war es immer gewesen, der gesagt hatte, wenn man etwas wirklich will, sorgt man dafür, dass es auch geschehen kann. Wie sah das bei ihm aus? Ganz offensichtlich waren seine Wünsche diesbezüglich nicht vorhanden und das musste Hanna zur Kenntnis nehmen und akzeptieren. Aber es zeigte ihr auch wieder, dass ihre Entscheidung vom April goldrichtig gewesen war.

Manchmal ist ein Rückzug nötig, um Herz und Seele zu schützen.

September

Hanna war auf die neuerlichen Bitten von Karl, doch wieder nach La Palma zu kommen, nicht eingegangen, hatte sie entweder ignoriert oder abschlägig beantwortet. Aber er hatte nicht locker gelassen, schickte ihr Fotos von Sonnenaufgängen, weil er wusste, dass sie sie so liebte, von den Blumen im Garten und flehte sie fast schon an, ihre Entscheidung vom April rückgängig zu machen. Immer wieder hinterfragte Hanna ihre Gefühle, Karl verstand es, sie immer noch zu triggern, er wusste ganz genau, womit er sie fangen konnte und versuchte, sie zu beeinflussen. Doch je intensiver seine Bemühungen waren, desto mehr fühlte sie sich durch ihn manipuliert und Anfang September schrieb sie ihm, dass er es doch bitte „als gegeben" hinnehmen soll, dass sie nicht zu ihm zurück kommen wird und dass sie sich lediglich eine freundschaftliche Beziehung vorstellen könnte, zu mehr war sie nicht bereit. Wie immer, wenn Hanna so offen sprach, war Karls Reaktion barsch und verletzend. Das Resultat war, dass er sie fragte, was „es denn noch bringen sollte", dass sie ihm ständig Bildchen schickte und ihm Fragen nach seinem Leben stellte, wenn es doch kein Miteinander mehr geben wird und dass sie das dann doch besser lassen sollte. Diese Antwort machte ihr deutlich, dass für Karl auch eine Freundschaft nicht denkbar war, er war verletzt und Hanna merkte, dass sein Prinzip „ganz oder gar nicht" wieder griff und da hatte sie keine Chance. Von nun an hielt sie sich sehr bedeckt, antwortete nur in knappen Worten auf das, was er ihr an Informationen, meist hatte es etwas mit Corona zu tun, schickte. Selbst als am 20. September der Vulkan auf La Palma ausgebrochen war und seine Aktivität bis Weihnachten anhielt, waren seine whatsapp-Nachrichten spartanisch und unpersönlich, auch wenn sie ihn nach seinem Leben und wie er mit der entstandenen Situation zurecht kam, fragte. Auf die Glückwünsche zu seinem Geburtstag am 2. Oktober bekam sie keine Antwort...

In diesem Jahr fand in Erfurt die Bundesgartenschau, kurz BUGA, statt und Hanna hatte sich mit ihrer sächsischen Freundin Antje dort Ende September verabredet. Sie hatten sich ein gemeinsames Quartier genommen und während Antje an dem Wochenende ein Seminar besuchte, stattete Hanna dem BUGA- Gelände einen Besuch ab. Am Samstag fuhr sie zum ega- Park, wo ein großer Teil der Ausstellung zu finden war. In zwei riesigen Gewächshäusern konnte sie Dahlien und Orchideen in den wundersamsten Formen und Farben bewundern. In einem dritten Gewächshaus hatte man die Tropen und eine Wüste nachempfunden mit den wunderlichsten und exotischsten Gewächsen.

Überall gab es Schilder mit Beschreibungen und Erklärungen, die Hanna sehr informativ fand. Auch auf den unzähligen Rabatten waren Blumen und Gräser gepflanzt und jedes Beet erstrahlte in einem besonderen Glanz. Erst am Nachmittag machte sie sich auf den Weg zum Petersberg, der den zweiten großen Ausstellungsort beherbergte. Hier waren hauptsächlich Nutzpflanzen, Gemüse und Kräuter zu bestaunen und es herrschte an den vielen Ständen, an denen man Getränke oder auch etwas zu Essen kaufen konnte, ein reges Treiben. Auch Hanna setzte sich dort erst einmal hin, um etwas ihre Beine auszuruhen. Sie beobachtete Kinder, die sich auf einem ganz aus Naturmaterialien gefertigten Spielplatz die Zeit vertrieben. Sie schaute sich die vielen Fotos an, die sie mit ihrem Handy gemacht hatte und wurde zunehmend trauriger, weil sie Karl nicht daran teilhaben lassen konnte, er wollte es ja nicht.

Am späten Nachmittag hatte sie sich mit ihrer Freundin am Domplatz verabredet und sie aßen in einem malaisischen Restaurant sehr lecker zu Abend. Anschließend bummelten sie noch durch die Außenanlagen der BUGA bei Fackelschein und imposanten Lichtshows.

Am Sonntag verabschiedete sich Antje, um noch ihr Seminar zu besuchen und Hanna machte sich auf die Heimreise. Unterwegs machte sie noch einen kurzen Abstecher nach Bad Langensalza, wo sie eine Außenstelle der BUGA, den Japanischen Garten, besuchte. Er befindet sich mitten in der Stadt und ist ein Kleinod, das man sich auf jeden Fall ansehen sollte, wenn man das beschauliche Städtchen besucht. Weitläufige Wasser- und Sandflächen sind die wesentlichen Gestaltungselemente dieses Gartens, die von blühenden Bäumen und Sträuchern durchbrochen werden. In einem kleinen Gewächshaus, das den Häusern in Japan nachempfunden ist, kann man eine große Bananenpflanze bewundern, was jedoch für Hanna nicht so bemerkenswert war, weil sie wesentlich größere Exemplare auf La Palma gesehen hatte. Es war angenehm, durch diesen hübschen Garten zu flanieren, am frühen Sonntagmorgen waren auch nur wenige Leute unterwegs.

Für Hanna waren diese drei Tage sehr erholsam und inhaltsreich gewesen. Es hatte ihr viel Freude bereitet, draußen in der Natur zu sein, die liebevoll gestalteten Anlagen der BUGA zu betrachten und sie hatte bemerkt, wie sich dadurch ein innerer Frieden in ihr ausbreiten konnte. Sie hatte nur selten an Karl gedacht und wusste, dass ihr persönliches Glück nicht von ihm abhing. Wie oft in der letzten Zeit fühlte sie sich frei und genoss dieses Gefühl.

*Du verlierst nicht an Wert, nur weil jemand nicht in der Lage ist,
ihn zu erkennen.*

Oktober

Hanna verfolgte in den Medien das Geschehen um den
Vulkanausbruch. Es waren schreckliche Bilder, ganze Landstriche
waren von den Lavamassen bedeckt worden, zwei Ortschaften, durch
die sie im Sommer noch mit Karl gefahren war, und die neu gebaute
Straße entlang der Küste waren begraben worden. Sie dachte an die
vielen Menschen, die nun ihr Zuhause und ihre gesamte Existenz
verloren hatten.
Auch Uta und Ursel hielten sie auf dem Laufenden, schickten Bilder und
erzählten ihr von ihren Erlebnissen und Eindrücken, die teilweise sehr
bedrückend für Hanna waren.
Nichts würde mehr so sein wie vor dem Ausbruch und Hanna wollte sich
nicht vorstellen, was sie vorfinden wird, wenn sie irgendwann La Palma
wieder einen Besuch abstatten wird.

*Alles, was du brauchst, ist Hoffnung und Kraft.
Die Hoffnung, dass alles irgendwann besser wird
und die Kraft, bis dahin durchzuhalten.*

November

Eines Morgens hatte Karl ihr eine Mail geschickt. Es war das Manuskript
seines neuen Buches, in dem er eine Liebesbeziehung, die auf dem
Jakobsweg seinen Anfang genommen hatte, beschrieb. Er bat sie, es zu
lesen und ihm ihre Meinung mitzuteilen. Das wollte sie natürlich gern
tun, außerdem sah sie darin eine Möglichkeit, mit ihm vielleicht wieder
ins Gespräch zu kommen über das sterile whatsapp hinaus.
In wenigen Tagen hatte sie das gesamte Manuskript durchgelesen und
wusste erst nicht so recht etwas mit dem Thema anzufangen. Es war
schon eine recht seltsame Geschichte eines Mannes, der auf dem
Jakobsweg drei Frauen kennenlernt, die unterschiedlicher kaum sein
können. Karl hatte wieder sein Erzähltalent ausgelebt, spannend und
anschaulich wurde der Leser durch die Handlung geführt. Abgesehen
von dem Gefühl, dass es sich bei dem Mann um Karl selbst handeln
könnte, beschlich Hanna die Ahnung, dass er hier genau die Art

Partnerschaft beschrieb, die er sich vorstellte. Das fand Hanna insofern sehr interessant, als dass Sexualität eine sehr dominante Rolle einnahm, genau so, wie sie es in ihrer Beziehung zu ihm auch immer wahrgenommen hatte. Sie war sich unsicher, ob sie ihm diese Empfindung mitteilen sollte, entschied sich dagegen, weil sie sich nicht sicher sein konnte, ob das wirklich nur ihr ganz persönliches Gefühl war. Noch am gleichen Tag, an dem sie ihm mitgeteilt hatte, dass sie das Buch zu Ende gelesen hatte, rief er sie an. Das Gespräch verlief in einem entspannten Rahmen, Karl war aufgeräumt und heiter und Hanna hatte keine Mühe, über ihre Gefühle zu sprechen, die sie beim Lesen empfunden hatte. Er betonte mehrfach, dass ihm ihre Meinung sehr wichtig sei und forderte sie extra auf, ihm auch zu sagen, wenn er noch etwas verändern oder ergänzen sollte. Es war lange her, dass sie so miteinander gesprochen hatten und Hanna war darüber sehr erleichtert. Möglicherweise war es ein Anfang, wieder aufeinander zuzugehen und mehr Interesse am anderen zu entwickeln.

Aber... leider blieb dieses Telefonat eine Eintagsfliege, denn Karl schickte weiter nur Facebook- Nachrichten zur Coronathematik, die Hanna zunehmend auf die Nerven gingen. Sie wollte von all dem nichts mehr wissen. Sie war einfach enttäuscht, dass es keine „normale" Konversation zwischen ihnen geben konnte.

2022

Hanna hatte Silvester mit Betty verbracht. Sie hatten sich ein sehr leckeres Essen zubereitet, eine Flasche Weißwein geköpft und ein Tarot gelegt. Und sie hatten viel geredet über Hannas Entschluss, den Kontakt zu Karl vollständig abzubrechen. In Betty hatte sie da eine Verbündete, da sie Karl ja auch kannte und die letzten beiden Jahre sozusagen "live" miterlebt hatte. Hanna hatte keine Zweifel mehr, das Richtige zu tun, denn sie hatte keine Lust mehr auf Belanglosigkeiten und Desinteresse. Und sie hatte nicht einmal das Bedürfnis, mit ihm am Telefon zu sprechen. Sie verfasste eine kurze Sprachnachricht, die sie ihm am Silvesterabend mit guten Wünschen für das neue Jahr schickte. Die Antwort darauf öffnete sie nicht mehr und nach einigen Tagen löschte sie seinen Chat und die beiden Telefonnummern, die sie auf ihrem Handy gespeichert hatte.

Die ersten Tage des neuen Jahres gestalteten sich turbulent, denn Hannas Tochter musste bis zum 7. Januar ihre Doktorarbeit einreichen und Hanna hatte deshalb ihren Enkel noch öfter als gewöhnlich auch als Schlafgast. In dieser Zeit hatte sie nur selten an Karl gedacht, sie war einfach zu beschäftigt mit anderen Dingen. Aber als dann wieder „etwas Luft" war, bemerkte sie, dass sie manchmal bei ganz alltäglichen Verrichtungen an ihn denken musste. Zu ihrem Erstaunen, waren diese Gedanken durchsetzt von Wut und Unverständnis, dass er besonders im letzten Vierteljahr keine Anstalten unternommen hatte, ihrer Beziehung auf freundschaftlicher Basis eine Perspektive zu geben. Sie war wieder einmal mehr stolz auf sich, dass sie es geschafft hatte, auf jeglichen Kontakt zu verzichten, ihm das mitgeteilt hatte und damit nun wirklich frei sein konnte für ein unabhängiges Leben.

Es ist nicht immer leicht zu gehen, ohne sich umzudrehen,
doch manchmal ist es besser,
an sich selbst zu denken als an andere.

Es war ein herrlich frischer Morgen und ich hatte mir vorgenommen, heute Hannas Geschichte zum Abschluss zu bringen. Ich war schon sehr früh wach gewesen, die Sonne schob sich gerade über den Teide und ich hatte mit meiner Kaffeetasse auf der kleinen Terrasse meines Refugiums sitzend ihr Erscheinen am Himmel erwartet.

Ich musste daran denken, wie ich noch vor zwei Wochen mit Hanna in der Bar in Tazacorte gesessen hatte und wir uns an ihrem letzten Abend bevor sie wieder nach Deutschland zurück flog, einen wirklich traumhaften Sonnenuntergang angeschaut hatten. Es war gerade so, als würde die Sonne noch einmal ihre ganze Schönheit des Augenblicks für Hanna zeigen wollen.

Wir waren jede auf ihre Art glücklich, Hanna, weil sie wundervolle drei Wochen auf ihrer Lieblingsinsel zugebracht, sich gut erholt hatte und sich nun bereit fühlte, ihre neu gewonnene Freiheit zu genießen, ich, weil ich eine Geschichte „im Kasten" hatte, die mich sehr bewegte und faszinierte, und wir beide, weil wir uns kennengelernt hatten und auf ein baldiges Wiedersehen freuten.

„Weißt Du", hatte sie die Stille gebrochen, "ich merke, wie jetzt, da ich Dir meine Geschichte erzählt habe, in mir ein tiefer Frieden eingekehrt ist. Mein Herz bleibt ganz ruhig, wenn ich an Karl denke. Ich kann mit allem abschließen, den schönen Augenblicken, aber auch den weniger schönen Begebenheiten. Ich bin Dir sehr dankbar, dass Du mir die Gelegenheit gegeben hast, auf diese Weise noch einmal mit meinen Emotionen ins Reine zu kommen! In mir war so viel Liebe, aber ich hatte irgendwann gemerkt, dass nicht er es war, dem ich sie schenken sollte."

Als wir uns kurz darauf voneinander verabschiedet hatten, drückte sie mich ganz fest an sich und ich spürte diese große Wärme und Liebe, die sie zu verschenken bereit war und ich wünschte ihr von ganzem Herzen, dass sie demjenigen begegnen möge, der sie verdient hat.

Auch meine Tage auf der Insel waren gezählt, schon am Wochenende würde mein Flug gehen und ich freute mich darauf, Arnd, meinen Mann wieder zu sehen. Sechs Wochen war ich unterwegs und ich war schon sehr gespannt, was er zu meiner neuen Geschichte sagen wird.

Arnd war mein größter Bewunderer, aber auch mein schärfster Kritiker.

Ich beschloss, nach Tazacorte zu fahren und den Tag am Meer zu verbringen.

Es war noch zu früh, die Bar hatte noch nicht geöffnet. Ich setzte mich an einen der Tische und begann mit dem Schreiben.

Gegen 11 Uhr erschien Rosa, die Chefin der Bar, winkte mir zu und rief, dass sie mir gleich einen Kaffee bringen wird. Sie spannte die Sonnenschirme auf, rückte Tische und Stühle zurecht und verschwand dann hinter ihrem Tresen. Die ersten Gäste erschienen und es wurde recht lebendig um mich herum. Ich hatte schon bemerkt, dass es einige Stammgäste gab, die täglich in der Bar anzutreffen waren.

Rosa kam mit meinem Kaffee und fragte mich, ob ich auch etwas essen möchte. Ich vertröstete sie auf später und sie ging, um sich den anderen Gästen zu widmen.

Nach einer reichlichen Stunde schloss ich das letzte Kapitel ab und klappte dann meinen Laptop zu. Geschafft, den Feinschliff würde ich zu Hause erledigen, in den verbleibenden Tagen wollte ich mir noch die Orte ansehen, von denen Hanna begeistert gewesen war, als sie sie besucht hatte.

Bei unserem letzten Treffen hatte Hanna wieder lange auf das Meer hinaus geschaut, bevor sie sich noch einmal an mich wand: „Ja, die Begegnung mit Karl war etwas sehr Besonderes, das habe ich die ganze Zeit gespürt. Trotz des übermäßig großen Wunsches, hier auf La Palma ein gemeinsames Leben aufzubauen, blieb gerade das uns versagt. Wir hatten zu unterschiedliche Auffassungen von einer partnerschaftlichen Beziehung, die es verhindert haben. Aber ich hege keinen Groll gegen Karl, auf seine ihm eigene Art hat er mir vieles gezeigt und beigebracht, wofür ich ihm sehr dankbar bin. Ich bin oft durch ihn mit meinen Schattenseiten konfrontiert worden und war gezwungen, mich mit ihnen auseinander zu setzen. Heute weiß ich, wie wertvoll diese schmerzhaften Erkenntnisse waren und ich kann sagen, dass sich viele Dinge seither in meinem Leben gewandelt haben. Ich habe mich oft gefragt, ob ich damals, als wir uns kennenlernten, wirklich schon wieder „reif" für eine Beziehung war und mit dem Wissen von heute würde ich diese Frage verneinen. Andererseits war es offensichtlich für meine Seele wichtig, diese Erfahrung zu sammeln. Ich sollte mich damit auseinandersetzen, zu meinen Gefühlen, Bedürfnissen und Wünschen zu stehen, sie zu artikulieren und daran zu arbeiten, sie zu verwirklichen. Ich glaube, was das betrifft, habe ich meine karmische Aufgabe mit Karls Hilfe erfüllt. Wenn ich ehrlich bin, ist da immer noch ein kleiner Funken Zuneigung zu ihm vorhanden. Auch er konnte für mich kein anderer Mensch sein, als der, der er war und ist. Und so muss ich ihn lassen, auf seine Weise ist er richtig. Das ist eine wichtige Erkenntnis, denn auch er musste mich ja so nehmen, wie ich bin.

Dankbar bin ich aber auch für die Begegnungen mit den Mitgliedern der

Gruppe, auch sie haben mir viel gegeben und ich hoffe, dass auch ich ihnen etwas dalassen konnte. Und nicht zuletzt möchte ich mich bei Dir bedanken für Dein geduldiges Zuhören, Nachfragen und Verstehen. Damit hast Du mir die Gelegenheit gegeben, mich noch einmal mit allen Höhen und Tiefen meiner Beziehung zu Karl auseinandersetzen zu müssen. Vieles ist mir erst jetzt wirklich bewusst und klar geworden und ich kann jetzt auch wieder Positives sehen, was lange Zeit hinter einem dunklen Schleier verborgen war."

Bei diesen Worten hatte sie ein kleines Säckchen aus ihrer Tasche gezogen, das sie mir in die Hand gelegte hatte. Es war ein Armband aus Lavasteinperlen, das Kraft und Lebensmut verleiht. Diese kleine Geste hatte mir Tränen in die Augen steigen lassen, ich hatte Hanna umarmt und ihr von ganzem Herzen gedankt.

Hanna hatte mir ihre Geschichte erzählt, die ungewöhnlich und zugleich tragisch war. Zwei Menschen, die offenbar durch etwas miteinander verbunden waren, das nicht im herkömmlichen Sinn erklärbar war, konnten nicht zueinander finden. Es gab etwas, das zwischen ihnen stand...

Irgendwie hatte ihr Zusammentreffen eine gewisse Tragik.

Betty, Hannas Freundin, hatte es so ausgedrückt: Karl hatte einen sehr wertvollen Diamanten in seinen Händen gehalten, Hanna. Aber er wollte lieber einen Rohdiamanten haben, den er sich zurecht schleifen konnte. Er wollte ALLES, konnte sich nicht mit dem zufrieden geben, was er hätte bekommen können und stand nun da mit NICHTS.

Hanna war unzählige Male sich selbst begegnet, der Ohnmacht, ihre Zweifel zu besiegen und hatte sich fast im Chaos ihrer Gefühle verloren.

Ich erlaube mir
glücklich zu sein,
bunt zu träumen,
grenzenlos zu denken,
meine Zukunft farbig zu malen
und
manchmal eine rosarote Brille zu tragen.
Ich erlaube mir, MEIN Leben zu leben!

Arnd hatte nach meiner Rückkehr mit großem Interesse mein Manuskript gelesen. Wir saßen abends auf unserer Terrasse im schwindenden Sonnenlicht, als er zu mir sagte: „Irgendetwas an diesem Mann Karl macht mich nachdenklich. Sein Verhalten ist ungewöhnlich und ich frage mich, warum. Ich versuche, es zu verstehen, aber es ist mir so fremd, dass ich nur immer wieder den Kopf schütteln kann. Es hat etwas krankhaftes und ich wüsste zu gern, was."

„Mir geht es auch so. Schon als mir Hanna ihre Geschichte erzählte, habe ich mir immer wieder die Frage gestellt, was da in seinem Kopf vorgegangen ist. Das hat sich für mich einfach nicht „normal" angefühlt", gab ich ihm recht. „Ich habe vor einigen Tagen mit Lydia, meiner Lektorin, telefoniert, ich hatte ihr den Manuskriptentwurf geschickt und auch sie hatte mich sofort auf dieses Thema angesprochen. Sie erzählte von einer Bekannten, die ähnliches erlebt hat. Sie befindet sich in psychologischer Behandlung nachdem sie sich von diesem Mann getrennt hatte, der sie auch so behandelt hat. Das Verhalten solcher Menschen wird Narzissmus genannt und bestimmt den Charakter sehr entscheidend, was sich ganz besonders in solchen engen Beziehungen wie einer Partnerschaft zeigt. Sie hatte mir auch ein Buch empfohlen von einem Autor, bei dessen Namen ich in schallendes Gelächter ausgebrochen war. Es war Karls Buch über die Charakterstrukturen. Eigentlich hätte ich statt zu lachen in herzzerreißendes Weinen ausbrechen müssen, denn er hat dort sich selbst so deutlich beschrieben. Unvorstellbar, dass der gleiche Mensch nicht in der Lage ist, sich selbst zu reflektieren. Lydia meinte, dass sie mir das Buch gern besorgen wird, falls ich meine Kenntnisse über Charakterstrukturen im weitesten Sinne, insbesondere aber in Bezug auf Narzissmus erweitern möchte. Ich bat sie darum, denn ich wollte wirklich verstehen, warum diese Menschen so sind. Außerdem bin ich neugierig, was Karl zu diesem Thema zu berichten hat." „Ich würde es dann auch gern lesen, wenn Du durch bist", bemerkte Arnd und nahm mich in seine starken Arme. Er drückte mir einen Kuss auf die Stirn und hielt mich lange so umfasst. Ich fühlte mich wohl und war dankbar, dass er nicht so ist wie Karl, wie ein Narzisst.

Noch am gleichen Abend schrieb ich Hanna eine mail. Ich berichtete ihr von meinen Erkenntnissen und machte sie auf Karls Buch aufmerksam. Eine halbe Stunde später erhielt ich von ihr die Nachricht:

Meine liebe Freundin,

nachdem ich Deine mail gelesen hatte, bin ich gleich zu meinem Bücherregal gestürzt und habe Karls Buch herausgesucht. Wir hatten in den Gruppengesprächen ja begonnen, über die einzelnen Charakterstrukturen zu sprechen, waren aber bei meiner Abreise gerade mal durch das Thema „Orale" gekommen, also noch ziemlich am Anfang. Ich war zu dieser Zeit so mit mir beschäftigt, dass ich gar nicht auf die Idee gekommen bin, das Buch zu lesen. Aber das werde ich jetzt mit Sicherheit nachholen, danke Dir für den Hinweis!

Fühl Dich umarmt!

Hanna

Ich war erstaunt, schon knapp eine Woche später diese Nachricht von ihr zu erhalten:

Du Liebe,

ich bin total geflashed, wie man heute sagen würde. Ich habe noch nie ein Buch in dieser Geschwindigkeit durchgelesen und war auch noch nie hinterher so unsagbar traurig und gleichzeitig wütend. Traurig weil ich mit großer Deutlichkeit gespürt habe, dass ich mit Karl offensichtlich einem ausgeprägten Narzissten begegnet bin und wütend, dass er immer strikt abgelehnt hatte, narzisstische Züge zu haben, wenn Sibylle ihn daraufhin angesprochen hatte. Stattdessen bezichtigte er ganz oft andere, seine früheren Partnerinnen zum Beispiel, Narzisstinnen gewesen zu sein und dieses wenig schmeichelhafte Prädikat hatte er auch Ute und Beate in der Gruppe verliehen. Mir ist es wie Schuppen von den Augen gefallen, worauf ich mich völlig blind eingelassen hatte. Das konnte doch nicht gut gehen. Aber ich war sehr erleichtert, als ich mir darüber im Klaren geworden bin, mit meinem Beziehungsende das einzig Richtige getan zu haben. Ich glaube, gerade noch rechtzeitig, bevor ich zu einer Marionette in seinen Händen wurde, die er so tanzen lassen konnte, wie er wollte. Es ist schon sehr erstaunlich, wie das Wissen um eine Sache, hier das Wissen über Narzissmus, dazu führen kann, eine völlig neue Sicht auf die Dinge zuzulassen. Mir ist nochmal deutlich geworden, dass meine Hoffnung auf eine Veränderung in Karls Verhalten von vornherein zum Scheitern verurteilt war. Sein Wesen und das daraus resultierende Verhalten haben es verhindert weil er auch nie ehrlich zu sich war und sich seine Fehler eingestehen konnte.

159

Drück Dich!

Hanna

Schon mit Ungeduld erwartete ich das Buch und als es da war, nahm ich mir als erstes das Kapitel über Narzissmus vor. Ich musste zugeben, dass er sich mit dem Buch sehr viel Mühe gemacht hatte, es war anschaulich geschrieben und mit passenden Bildern illustriert, ein Buch, das man gern in die Hand nimmt, um nachzuschlagen.
Die narzisstische Charakterstruktur hatte Karl hier sehr anschaulich beschrieben. In vielem erkannte ich sein Verhalten Hanna gegenüber wieder und war teilweise richtig schockiert. Ich fragte mich nicht zum ersten Mal, wie Hanna es überhaupt so lange mit ihm aushalten konnte. Nachdem auch Arnd es gelesen hatte, tauschten wir uns über unsere Empfindungen aus. Erstaunlich war, dass uns beiden plötzlich sehr viele Menschen, auch in unserem Freundes- und Bekanntenkreis, einfielen, die gelegentlich auch solche narzisstischen Züge zeigten, aber bei keinem so extrem wie bei Karl. Wir waren uns einig, dass dies eine sehr interessante Erkenntnis auch im Bezug darauf ist, diese Menschen einfach besser zu verstehen. Besonders schwierig wird es dann, und das hatte sich ja auch in Hannas Beziehung zu Karl gezeigt, wenn man einem solchen Menschen in Liebe begegnet und sich wünscht, die gleichen Gefühle zurück zu bekommen. Aber dazu sind Narzissten nicht fähig, wie selbst Karl in seinem Buch festgestellt hat.

Inzwischen war der Sommer vorüber und ich wartete schon sehnsüchtig auf eine Nachricht von Hanna. Ich steckte gerade mitten in den Recherchen zu meinem nächsten Buch, ein Auftragswerk von meinem Verlag, als ich die folgende Nachricht von ihr erhielt:

Meine treue Freundin,

ich hoffe, Du siehst es mir nach, dass ich mich erst jetzt melde.
Das letzte halbe Jahr hat mich sehr gefordert, die Verarbeitung der Beziehung mit Karl war noch einmal ein intensiver Prozess, der nun einen Abschluss finden konnte. Noch im Frühjahr hatte ich gespürt, dass es für mich noch etwas zu lösen, besser aufzulösen, gab, um das Bild, wie man so schön sagt, rund zu machen. Deshalb hatte ich Dich auch gebeten, mit der Veröffentlichung des Buches noch zu warten. Meine Gefühle waren oft merkwürdig, Wut und Trauer wechselten sich ab und wie aus heiterem Himmel musste ich weinen bei dem Gedanken an diese Zeit der Begegnung mit Karl. Ich war hin- und hergerissen,

weil mich ganz oft der Wunsch förmlich überrannte, mich bei ihm zu melden, mit ihm über meine Gefühle zu sprechen, hoffend auf sein Verständnis und seine Anteilnahme. Doch glücklicherweise setzte dann immer mein Verstand ein, der mir klar sagte, dass so ein Gespräch in der Vergangenheit zu nichts geführt hatte und es auch jetzt nicht tun würde. Dennoch gab es Tage, an denen ich mich elend fühlte, abgeschnitten von der Welt um mich herum und so voller Trauer, dass es richtig weh tat. Dann wieder war mein Leben voller Leichtigkeit und Freude, ich hatte wunderbare Gespräche mit Freundinnen, die mich darin bestärkten, weiter zu machen auf diesem oft steinigen Weg der Selbsterkenntnis.

Ich hatte erfahren, dass es in Karls Leben eine neue Frau gab und war darüber aufrichtig erfreut. Ich knüpfte daran die Hoffnung, dass er nun nicht mehr versuchen würde, mit mir Kontakt aufzunehmen, denn ich spürte, dass er das immer noch wollte und wenn es sein Stolz zugelassen hätte, auch getan hätte.

Kürzlich besuchte mich eine Freundin, die Akasha- Chroniken liest und ich bat sie, dies für mich zu tun. Es war ein Erlebnis ganz besonderer Art. Ich war mir sicher gewesen, dass zwischen Karl und mir noch immer eine karmische Verbindung bestand, obwohl ich an deren Auflösung schon sehr ausgiebig gearbeitet hatte. Alle noch bestehenden Schnüre (meine Freundin sagte mir, dass diese teilweise 5 cm dick gewesen seien) wurden durchtrennt und ich verspürte eine Erleichterung und Freiheit wie lange nicht mehr. In den folgenden Tagen nahm diese Leichtigkeit noch zu, ich bemerkte, dass ich viel seltener an ihn dachte und wenn, dann waren da zu meinem ehrlichen Erstaunen wohlwollende Gefühle. Plötzlich begriff ich, dass meine Aufgabe in unserer karmischen Beziehung nun gelöst war, ich war frei und unabhängig! Ein wirklich beglückendes Gefühl, das auch anhält und mich befähigt, den Prozess des Loslassens, Verzeihens und Vergebens zuzulassen.

Nun wirst Du sicher wissen wollen, was meine Aufgabe war in der karmischen Beziehung zu Karl, die Antwort wird Dich wenig erstaunen, denn vieles, von dem, was ich Dir erzählt habe, hatte schon deutliche Hinweise gegeben, aber ich konnte sie noch nicht in ihrer Ganzheit wahrnehmen.
Ich habe in dieser wirklich schwierigen Beziehung lernen dürfen, meine Bedürfnisse, Wünsche und Gefühle zu spüren, sie anzunehmen, auszudrücken und nicht müde zu werden, dieses auch in meinem Leben zu verankern und damit zu integrieren. Voller Stolz erinnerte ich

mich an viele kleine Situationen, in denen ich das das erste Mal wirklich bewusst gemacht habe und ich bin echt glücklich und dankbar, dass ich es lernen durfte.

Und noch etwas ist mir klar geworden. Ich darf mir verzeihen und damit auch ihm. Er konnte für mich, für uns, kein anderer sein als er es war, auch er hatte seine Aufgabe zu erledigen und auch wenn ich vieles nicht verstand und auch heute noch nicht verstehe, hat er ganz sicher nach seinem Lebensplan gehandelt, wie ich auch. Ich kann nun voller Dankbarkeit, aber auch Demut, auf diese gemeinsame Zeit zurückblicken.

Von Ursel erhielt ich kürzlich eine Nachricht, in der sie mir erzählte, dass es seit einiger Zeit keine Gruppentreffen mehr gab. Das wird für Karl eine schwere Entscheidung gewesen sein, die Treffen hatten ihm immer viel bedeutet, sie waren seine Bühne der Anerkennung und Würdigung seines Könnens und Wissens.

Ich habe nur gedacht: **Einsamer alter Mann**

Ich freue mich, bald Dein Buch in meinen Händen halten zu dürfen!

Fühl Dich herzlich umarmt!

Hanna

Das kranke Herz

Kürzlich erhielt der Verstand einen dringenden Hilferuf vom Herz. Er überlegte nicht lange und signalisierte dem Herz seine Aufmerksamkeit. Er fand das Herz in einem schlimmen Zustand vor, es hatte ganz rotgeweinte Augen, war völlig verzweifelt und ratlos. „Ich schlage nun schon so viele Jahre immer mit dem gleichen Rhythmus und der gleichen Ausgeglichenheit, aber seit einiger Zeit habe ich damit große Mühe. Ständig werden die einzelnen Türen in mir aufgerissen und wieder zugeschlagen, das ist ein Lärm und ich komme ganz aus meinem Takt." Dabei kullern dem Herzen große Tränen über die Wangen und es fängt erneut leise an zu weinen. „Ja, was ist denn passiert?", will der Verstand wissen. „Ach, ich habe über die Jahre so viel Liebe in meinen Kammern gesammelt, und es ist ständig mehr geworden. Als nichts mehr in die Kammern gepasst hat, habe ich begonnen, die Liebe auf mein Bankkonto zu bringen. Aber jetzt steht dort schon so eine große Zahl, dass ich sie nicht mehr lesen kann und gar nicht weiß, wie viel es nun ist." Wieder fängt das Herz an zu schluchzen und dicke Krokodilstränen rollen die Wangen hinunter. Ratlos schaut der Verstand das Herz an und denkt: „Armer Kerl, das muss ja auch schrecklich sein, wenn immer nur etwas dazu kommt, aber nichts oder nur wenig weggeht!" Da fällt ihm aber etwas ein und er fragt das Herz: "Warum hast Du denn alles behalten und nichts ausgegeben von der Liebe?" Mit traurigen Augen und schniefender Nase antwortet das Herz: „Alle Türen wurden immer abgesperrt, sie sind verschlossen, niemand kommt da heran. Und dann sind da Wachen vor den Türen postiert, auf ihren Uniformen steht mit großen Buchstaben 'Angst' und sie haben sehr grimmige Gesichter." Nachdenklich kaut der Verstand an seiner Unterlippe, „Das ist ja schrecklich, was können wir denn da machen?" Das Herz zuckt mit den Schultern: „Ich habe schon so vieles versucht, sie stehen schon so lange dort herum, dass ich nicht mehr weiß, was ich noch tun soll!" Und wieder schluchzt und weint das Herz, dass der Verstand schon bald selbst das Weinen anfängt. Aber dann stutzt er, schaut das Herz an und hat eine Idee: „Ich schick Dir mal meine Mut- Armee vorbei, die Kerle sind stark und können die Angst vertreiben. Sie sind schon auf dem Weg zu Dir!" Und es dauert auch gar nicht lange, sind sie vor Ort. Dann beginnt ein wilder Kampf, das Herz zuckt, windet sich wie in Krämpfen, schlägt laut und heftig, pumpt das Blut in großen Stößen von einer Kammer in die andere in Venen und Adern hinein, ein Rauschen und Toben ist zu hören, dass dem Verstand dabei ganz schwindlig wird. Plötzlich ist Stille, der Verstand sieht mit Freude, dass das Herz ruhig und ganz regelmäßig schlägt und einen entspannten Gesichtsausdruck hat. „Und", fragt er vorsichtig, „wie fühlst Du Dich jetzt?" Lächelnd erwidert das Herz: „Ich bin so froh und heiter, dass die Ängste jetzt fort sind, jetzt kann ich die Türen aufschließen und die ganze Liebe herauslassen! Das ist ein wunderbares Gefühl, mir ist dabei so leicht als wäre ich eine Feder, alles Blut kommt zum Fließen, es wird ganz warm in mir. Ich kann mich wieder ausdehnen und mit jedem Schlag schicke ich eine Portion Liebe in den Kreislauf. Schau mal, ob bei Dir auch schon was angekommen ist." Der Verstand horcht kurz in sich hinein und stellt voller Freude fest, dass er spüren kann, wie frei und lustig blubbernd die Liebe sprudelt und fließt. Zufrieden lehnt er sich zurück und lauscht dem freudigen Schlag des Herzens.

Anmerkung der Autorin

Die Geschichte dieses Buches basiert auf einer wahren Begebenheit. Alle Personen existieren in der Wirklichkeit, tragen dort aber einen anderen Namen.

Von der Autorin sind bereits unter ihrem bürgerlichen Namen (Suryadevi) Helen Altmann erschienen:

Tief wie mein See (2004, Notschriften- Verlag)

Linda und die Regenbogenfee (2022, BoD- Verlag)